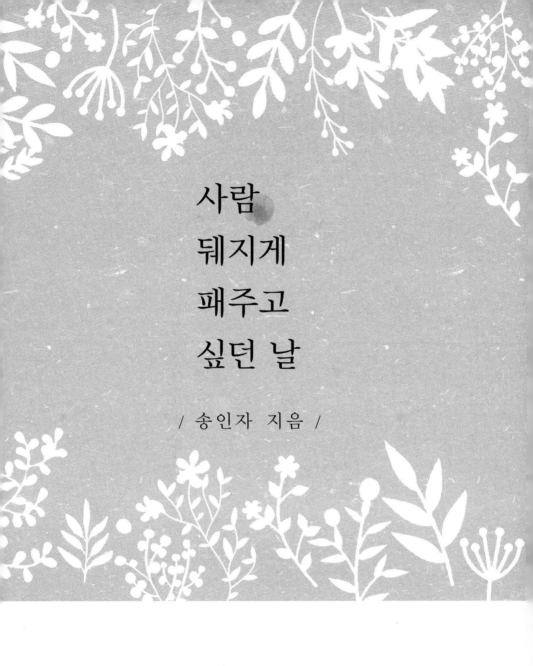

사람
돼지게
패주고
싶던 날

/ 송인자 지음 /

청어

사람 뒈지게 패주고 싶던 날

송인자 지음

발행처·도서출판 **청어**
발행인·이영철
영 업·이동호
홍 보·최윤영
기 획·천성래 | 이용희
편 집·방세화
디자인·김바라 | 서경아
제작부장·공병한
인 쇄·두리터

등 록·1999년 5월 3일
(제321-3210000251001999000063호)

1판 1쇄 발행·2016년 9월 1일
1판 1쇄 발행·2016년 9월 10일

주소·서울특별시 서초구 효령로55길 45-8
대표전화·586-0477
팩시밀리·586-0478

홈페이지·www.chungeobook.com
E-mail·ppi20@hanmail.net
ISBN·979-11-5860-427-1(03810)

이 도서의 국립중앙도서관 출판시도서목록(CIP)은 서지정보유통지원시스템 홈페이지
(http://seoji.nl.go.kr)와 국가자료공동목록시스템(http://www.nl.go.kr/kolisnet)에서
이용하실 수 있습니다.(CIP제어번호: CIP2016018622)

사람
뒈지게
패주고
싶던 날

작가의 말

　10여 년 동안 여러 문예지에 기고했던 글과 새로운 글을 추가해 첫 산문집을 냅니다. 어린 시절부터 독서광이었던 저는 학창시절 신문사 백일장에서 입상한 경력이 있습니다. 성인이 되어서는 어느 단체를 다녀오든 그기록을 남기는 게 습관이 되었습니다. 그래서 제 노트북 파일에는 〈기쁨세상〉의 축제후기, 〈내 마음의 노래〉 합창단일기, 남편의 〈재경순천중고동문산악회〉의 산행기, 손녀의 성장기, 그리고 수필과 소설 등 다양한 글이 수두룩합니다.

　글쓰기는 제게 큰 위안이자 기쁨이었습니다. 그러함에도 사는 게 바빴고 게을러서 쓰지 못하다가 나이 50세에 접어들어서야 수필과 소설을 쓰기 시작했습니다. 글 쓰는 과정에 저는 운 좋게도 이상헌, 송지나라는 큰스승 두 분을 만났습니다.
　베스트셀러 『흥하는 말씨 망하는 말투』와 수많은 저서를 집필하신 칼럼니스트 이상헌 선생님은 삶이 할퀸 상처로 잔뜩 꼬여있던 저를 긍정 마인

드로 바꾸어주신 분입니다. 드라마작가 송지나 선생님은 정의롭고 합리적인 세상을 만들기 위해 노력하는, 가장 닮고 싶은 이 시대 최고의 작가이십니다.

　이 외에도 이광복 선생님, 변우량 교수님, 오양호 교수님, 강기옥 선생님, 이은집 선생님, 조정옥 화가님, 사랑하는 언니와 형부, 그리고 글 쓰는 동안 제 감정을 존중해주고 아껴주는 남편과 내 아이들, 제 주변에는 힘을 주는 많은 분들이 계십니다. 이 모든 분들께 존경과 사랑을 보냅니다.

　첫 산문집을 예쁘게 만들어주신 청어출판사 대표 이영철 님, 방세화 편집장님 이하 수고하신 모든 분께도 감사드립니다.

송인지

추천사

성공적인 삶을 살아가는 방법 중에 〈1. 10. 100. 1000. 10000의 법칙〉이 있다. 하루 한가지 씩 좋은 일을 하고, 10번 크게 웃으며, 100자를 쓰고, 1000자를 읽고, 10000보 걷기를 생활화한다면 현실이 아무리 어렵다 해도 성공 못할 사람이 없다는 얘기다. 반복의 힘이 기적을 만들기 때문이다.

내가 송인자를 알게 된 것은 2001년 어느 교회 강연회에서였는데 당시 송인자와 남편은 사업 부도의 후유증으로 많이 지쳐있었다. 나는 이들 부부에게 긍정 마인드를 갖도록 트레이닝 시켰는데 지금도 기쁠 때나 슬플 때 수시로 나를 찾는 고마운 사람들이다. 리우 올림픽에서 펜싱부분 박상영 선수는 시합 중 어려운 고비마다 '할 수 있다'라는 말을 반복했더니 힘이 생기고 금메달이 자기를 찾아왔다는 말을 했다. 그것이 말의 힘이다.

송인자는 명랑 쾌활한 기질의 소유자로 어려운 여건 속에서도 미소를 잃지 않으며 문학적 감수성도 우수하고 컴퓨터도 잘 다룬다. 그 자질을 발휘해 매월 열리는 〈기쁨세상〉의 축제 후기를 몇 년 동안 카페에 올려줬고 그 글은 회원들에게 큰 기쁨을 줬다.

나는 수필가인 내 친구 오희창(전 대전교도소 교정청장)에게 송인자를 소개해 수필가로 등단시켰다. 그녀는 글쓰기를 멈추지 않고 정진하더니 지난해에는 한국문인협회 기관지인 월간문학을 통해 소설가로 등단했다.

그녀의 사전에 불가능이란 단어는 존재하지 않는다. 쉽게 좌절할 수 있는 조건 속에서도 뒤늦게 문학의 꽃을 피웠는데 일일 연속극 보다 더 재미있다. 일찍 핀 꽃은 일찍 지고 늦게 핀 꽃은 늦게 진다는 진리를 보여주고 있는 것이다.

송인자는 어느 문화센터에서 글을 배운 사람이 아니다. 그래서인지 작가에게는 커다란 장점인 특유의 문체가 있다. 앞으로는 소설 쓰기에 집중한다니 기대가 크다.

이상헌

(방송작가, 칼럼니스트, 한국 교육심리협회 회장)

제1부

가
족

제2부

문
화

제3부

일
상

제4부

여행기

제1부

———

가
족

인생은 아름다워!

무더웠던 8월의 금요일 저녁, 어머님의 고희연(古稀宴)을 맞아 아들, 딸, 사위, 며느리, 손자들까지 왁자하게 들이닥치니 신발장이 넘쳐나고 현관 앞도 벗어놓은 신발로 빼곡하다. 서울, 여수, 계룡, 경주, 광주에서 효성스러운 자식들이 모두 모였다. '세상은 넓고 사건과 사연은 많기도 하여라!'

사람이 많으니 몇 끼 안 되는 밥 먹고 치우는 것도 전쟁이다. 어느 한 놈, 안 먹고 구석에 처박혀 자도 모를 일이었다.

잔칫날인 토요일, 우리는 꽃단장을 하고서 행사장인 웨딩홀로 향했다.

9년 전 회갑연(回甲宴)을 크게 했으니 고희연은 사촌끼리 모여 식사나 하자고 한 자리였는데, 친인척과 자식 친구들이 모여드니 100여 명이 넘었다. 목사님을 모시고 간단한 예배를 드리고, 큰 자식인 우리 부부를 시작으로 차례대로 어머님께 절을 올렸다. 화기애애한 분위기 속에 갑자기 막내 도련님이 눈물을 훔친다. 그 모습을 보자 회갑연 때 누구라 할 것 없이 여기저기서 눈물을 찍어댔던 일이 생각났다.

어머님의 회갑연은 초가을, 근사한 별장식 식당에서 치렀다.

14

너른 정원에는 은행나무와 잘 가꿔진 향나무가 즐비했고, 잔디 가장자리에는 아름다운 꽃들이 향기를 뿜는 화창한 날이었다. 어머님과 집안 여자들이 아리따운 한복을 차려입고 격식에 맞게 손님을 접대하고 기념사진을 찍었다.

10월의 여린 해살이 기웃한 해거름이 되자 대개의 손님들은 떠나고 친척만 남게 됐다. 그러자 남편은 한복 입은 어머님을 들쳐 업은 채 "울지를 말아라. 내일 일은 내가 부모 되어서 알아보리라" 노래를 부르며 꺼이꺼이 울었다. 잔칫날 왜 저렇게 슬픈 노래를 부를까 싶어 속으로는 책망하면서도 그 심정을 알기에 나도 삐죽삐죽 눈물이 나왔다. 둘러서 있던 가족들 모두 마찬가지였다. 나는 그날의 쓸쓸하고 처연했던 분위기를 아직껏 잊지 못한다.

회갑 이태 전, 큰 아들인 남편은 아버님이 남긴 많은 재산을 없애고 수십억 부도를 냈다. 남편은 원래 법학 전공자로 몇 번 도전한 사법고시에서 낙방을 거듭하더니, 아버님이 돌아가시자 주변의 권유로 고시를 그만두고 '엔지니어링'과 '건설설비' 회사 2개를 연이어 설립했다.

회사가 처음부터 내리막길을 간 것은 아니었다.

어떤 때는 몇 천만 원의 수입이 생겼다고 즐거운 비명을 지르기도 했다. 하지만 경험 미숙과 IMF라는 시대적 상황까지 겹쳐 더 이상 버틸 재간이 없었던 것이다. 그러나 도박처럼 나쁜 짓을 하다 그리 된 것이 아니기 때문에 심하게 원망하는 사람은 없었다. 그래도 현실은 냉정했다. 부도에는 형제들이 얽혀 집안이 쑥대밭이 되고 말았다.

그런 상황이 됐지만 어머님은 진정 강하셨다.

쓰러져 누워 자식들 가슴을 짓이기지 않으셨다. 어머님은 평소에도 쉬이 감정을 드러내지 않는 이지적인 분이다. 평생 주변으로부터 선망과 존경을 받으며 사셨던 분이니 얼마나 참담하셨을까 싶지만 가장 먼저 현실을 받아들이셨다. 어머님이 그렇게 버티고 계시는 동안 시댁 형제들은 최고의 우애를 보이며 보란 듯이 어려움을 극복해냈다.

부도를 극복하기까지 걸린 시간은 10년이 넘었다.

가장 크게 고생을 한 이는 셋째 시동생이다. 치과 의사라는 직업은 금융업계에는 좋은 먹잇감이었다. 그는 형님의 부동산 등을 부채와 함께 안아야 했다. 부담스러웠으나 은행의 강권과 회유에 못 이겨 사인을 했고, 긴 세월동안 그 빚에 시달려야했다. 당시는 시동생 병원이 우리 건물 3층에 있었는데, 빚쟁이들이 수시로 올라가서 행패를 부려서 보기 민망했고 괴로웠다. 어떤 이들은 진료 중에도 들어가서 멱살을 잡고 난리를 피웠다. 본인이 쓴 것도 아닌 형님의 빚인데 동생이 무슨 죄라고.

지금도 시동생을 쳐다보면 우리가 서울로 떠나오기 전, 섣달 그믐날 밤이 생각난다. 그날 그는 형제들이 모두 모인 자리에 007가방을 가져와서는 내용물을 마룻바닥에 들이부었다. 그것은 어마어마한 개수의 통장들이었다. 시동생은 그걸 부어놓고 통곡했다. 절망감으로 얼마나 외로웠으면 그랬을까. 지금 생각해도 가슴이 먹먹하다.

그는 본인 몫의 유산을 모두 팔고, 아이의 우유 값도 아껴 그때까지 갚은 돈이 수억 원이라고 했다. 모두들 숙연해져 고개만 숙이고 있었다. 뭐라고 위로의 말을 찾을 수 없었던 것이다. 그 순간 무슨 말이 위로가 되겠는가. 위로란 그저 돈 뭉치를 턱 안기는 것 말고는 없었다. 큰형이 재기할 때까지 조금만 더 참으라는 어머님이나 형님 말도 야속했을 것이다. 그는 앞으로는 더 이상 아무도 찾지 않을 것이라는 폭탄선언을 하더니 통장을 챙겨 나가 버렸다. 시동생이 사라진 현관은 어두웠다.

그리고 5년 이상 모든 왕래가 끊겼다.

그는 대학 다닐 때도 조카들 생일까지 잊지 않고 선물을 챙겼던 사람이다. 집안의 대소사를 누구보다도 정성스럽게 챙겼던 그가 아버님 제사 때 조차 얼굴을 보이지 않았다. 그러나 그 행동에 대해 누구도 언급하지 않았다. 아니 할 수가 없었다. 그 사이 그는 장인의 도움으로 순천에 개업을 했고, 실력을 인정받아 번창해 차근차근 빚을 갚을 수 있었다고 한다. 시간은 힘이 세다. 이제는 모든 빚이 청산되었단다. 아울러 상처받았던 마음도 차츰 아물게 된 것 같다. 참으로 고마운 일이다. 특히 고통의 시간을 함께 견뎌준 셋째 동서에게 무어라 말할 수 없이 미안하고 감사하다.

시동생들 자랑을 하려면 이뿐 아니다.

방학 때면 조카들에게 예쁜 선물을 챙겨주는 둘째동서와 명절에 식구 많은 형님네를 위해 자신의 봉고차를 넘겨주고 버스를 타고 내려가는 둘째 시동생도 너무나 고맙다. 때마다 조카들 공부를 지도해주고 용돈도 챙겨주는 막내 도련님 등, 내가 친정에서건 어디서건 시댁 얘기를 하면 모두들 신기해한다. 사람들이 "세상에, 정말 그런 형제들이 있느냐"고 되묻기도 한다.

동생들이 지탱해주는 동안 남편도 열심히 살았다.

이제는 수입도 많아졌고 놀라울 정도로 자제력도 생겼다. 남편만이 아니라 형제들 모두 비슷하다. 부잣집 자식으로 여유롭게만 살아왔다면 가질 수 없을 것 같은 이해심과 관용심을 보인다. 별 굴곡 없는 평온한 삶이 왜 좋지 않을까 만은 인생 전체로 볼 때 시련도 결코 나쁘지 만은 않은 것 같다. 불운도 인간의 의지 앞에서는 무력해진다는 말이 있다. 인생은 사랑의 순환작용이니 한마음으로 슬기를 모아 대처해 나가면 극복하지 못할 게 없는 것이다.

우리는 회갑연 때와는 달리 사진도 많이 찍고 유쾌하게 떠들며 춤도 췄다.

어머님 친구들과 시이모님 등 나이 드신 분들이 더 잘 노신다. 손자들에게는 마이크 넘어갈 새가 없다. 그날 저녁, 어머님은 늘 응접실 한 켠을 지키고 있던 15년 된 인삼주를 따셨다. 인삼의 진한 향이 실내에 확 퍼졌다. 자잘한 인삼뿌리가 가득 든 대형 인삼주는 작은 시누이가 금산 살 때 갖다준 것이다. 어머님을 모시고 살며 '저걸 언제 따시려나?' 싶었는데 벼르던 날이 오늘이었나 보다.

남편의 4형제는 모두 순천고교 출신이다. 나는 올해 체육대회 집행기수인 셋째 시동생이 자랑스러워 망설이다 이 글을 쓴다.

〈2011년, 순천고등학교 회보〉

*시어머님은 2011년 순천고교에서 '장한 어머니' 상을 수상하셨다.

존경하는 나의 시어머님

엊그제 지나간 어버이날을 기념하여 내 시어머님 자랑 좀 하련다.

시어머님은 19세에 시아버님과 결혼해 자수성가한 분으로 진정한 여걸이시다. 결혼 초부터 신발가게, 쌀가게, 연탄가게, 제과점, 식당, 다방, 목욕탕까지 안 해본 장사가 없으셨단다. 그렇게 번 돈으로 7~8년 동안 실패를 거듭하던 시아버님의 사업자금을 대셨고, 시아버님은 70년대에 유행했던 피조개 등 양식업과 해운업 성공으로 많은 부를 이루셨다.

시아버님은 율촌새마을금고를 창립하셨고, 율촌면에 수도가 개설되기전 상수도 기초 공사를 하셨으며, 2층이던 면사무소를 3층으로 개축 기증하셨다. 또 인근 바다 선창가까지 도로를 포장하셨으며, 면민 경로잔치 등많은 사회사업을 하셨다. 그 공을 인정받아 전두환 대통령 시절 국민포장을 수상하셨다.

부모님은 아들 사형제와 딸 둘, 육남매를 두셨는데 자식들 또한 주위의부러움을 살 만큼 공부를 잘했단다. 남편과 둘째 시누이는 법대, 큰 시누이는 명문 순천여고, 둘째 시동생은 해군사관학교, 셋째 시동생은 치대,막내시동생은 공대를 나왔다. 이토록 자식들이 잘 자라고 집이 번창할 수 있었던 건 시어머님의 내조와 가정교육의 결과라는 걸 누구도 부인하지 못한다.

시어머님은 한 인간으로서도 아주 장점이 많은 분이다.

어떤 상황에서건 불만을 토하는 법 없으시고, 그 상태에서 가장 이상적인 방법을 찾아내신다. 아무리 화가 나도 언성을 높이는 법도 없으셨다. 언젠가 단 한번 싸우는 모습을 뵈었는데 상대가 악을 쓰고 대들 때조차 조용조용 그러나 강단 있게 대꾸하셨다. 그 모습에 경외의 맘이 들었고 진정 강한 분이라는 걸 알았다. 얼굴도 미인인데다 자태에도 귀티가 흐른다. 많이 배우지 못하셨지만 시사용어도 잘 아신다.

시어머님은 평생 몸가짐에 흐트러짐이 없으셨다. 자식들 앞에서도 다리를 한곳으로 모으고 앉으시고, 한여름 집안에서도 옷차림이 단정하셨다. 여름이면 늘 러닝셔츠 바람으로 계시다가 불쑥 들어오는 사위에 놀라서 허둥대며 윗옷을 찾는 내 친정엄마와는 판이하셨다.

음식에 대해서도 절대 타박하는 법이 없으셨다.

결혼 초, 처음 장어탕을 끓일 때였다. 장어를 푹 삶은 후 뼈와 살을 모두 채에 걸러 버리고 국물로만 끓였는데도 맛있다며 드셔서 민망했다. 내가 된장단지 속의 구더기를 보고 질겁할 때도 책망하지 않고 웃으며 처리하셔서 맘이 편했다. 모임에 다녀오시면 "며느리도 반자식인데 남들 앞에서 홍보는 건 누워서 자기 얼굴에 침 뱉기지." 며느리 홍보는 친구들을 딱해할 만큼 지혜로우셨다.

내가 아이를 낳고 기를 때만 해도 남아선호 사상이 깊을 때였다.

주변에는 딸을 둘만 낳아도 또 딸이냐고 구박하는 시어머님들이 있던 시절이었다. 물론 당시에도 딸을 낳는 게 여자 탓만은 아니라는 인식이 제법 알려져 있었지만 시골 노인들은 그걸 인정하지 않고 며느리만 타박했다. 한데 나는 딸을 넷이나 낳고도 시어머님으로부터 단 한 번도 섭섭한 소리를 들어본 적이 없다. 넷째를 낳고서 펑펑 우는 내게 "딸이라도 내 자식이 최고다! 울지 마라 애 낳고 울면 눈 나빠진단다."며 위로하셨다.

나는 그 많은 아이들을 낳는 동안 한 번도 병원 미역국을 먹지 않았다. 산기가 있어 병원을 가면 언제나 손수 미역국을 끓이셨다. 애 낳고 나오면 회복실에 미역국이 먼저 도착해 있었다. 분만 후, 훗배 아픈데 간호사들이 함부로 다룬다며 직접 침대 곁에 서서 몇 시간씩 배를 쓸어주기도 하셨다.

그러니 동창들이 자기 시어머니 흉볼 때 나는 자랑을 했다. 물론 젊어서부터 시어머님을 존경만 했던 것은 아니다. 결혼 초에는 세상 보는 눈이 나와 달랐기에 더러 불만도 있었다. "주인이 모든 걸 알고 있어야지 종업원한테 일도 제대로 지킬 수 있고 무시당하지도 않는다." 등의 훈시를 들을 때면 게으른 나를 타박하는 소리로 들려서 싫었다. 당시에는 돈만 있으면 뭘 못할까 싶어 공감하지 못했는데 나이가 드니 그 말씀이 백번 옳다는 게 느껴진다.

시어머님은 집 비우는 것도 엄청 꺼리셨다.

어쩌다 원거리 여행 좀 가시자면 내가 집 비워두고 어딜 가겠냐 니들끼리 다녀와라. 하시니 효자인 남편이 어머님을 두고 떠나지 못해 변변한 여행 한 번 못하고 살았다. 외식은 자주했으나 경제적으로 여유 있던 때라 이 점이 가장 속상했다.

시어머님의 많은 장점 중에서도 가장 닮고 싶은 건 끝없는 인내심이다.

이즈음 나이 든 부모들은 자식과 통화만 되면 "어디가 아프다. 돈 쓸 일이 있다." 하신다는데, 내 시어머님은 본인이 아프신 건 내색 않고 처음부터 끝까지 자식 염려뿐이다. 특히 고생한다며 큰 며느리에 대한 걱정이 많으시다. 그러니 이따금 남편에게 섭섭해도 시어머님과 통화 하고나면 풀린다. 시어머님은 절대 좌절을 모르는 분으로 힘들게 살고 있는 우리에게 조금만 참자며 늘 희망적으로 말씀하신다.

매년 명절이면 전국에 흩어져 사는 형제들이 시어머님이 계시는 순천으로 모인다. 시어머님은 "나 아무것도 준비 못했다. 니들이 와서 장만해라." 말씀은 그리하시지만 도착해 보면 냉장고와 베란다에 온갖 것들이 준비되어 있다. 올해도 냉동실에는 얼렸다 살짝 녹여서 쓰기 좋게 떼어놓은 굴과 새우가 있었고, 고사리와 토란대는 물에 불려 삶아놓고, 생선은 간해서 말려 놓고, 동태 전 감은 포를 떠서 얼려놓고, 잣과 호박씨 등 견과류를 넣고 물엿에 달달하게 볶아놓은 멸치볶음, 찹쌀 죽 되직하게 발라서 말린 후 살짝 튀겨낸 김, 깻잎, 방아꽃(이게 최고의 별미다) 등… 심지어 생강과 마늘도 갈아서 쓰기 좋게 잘게 토막 내어 냉동실에 보관하고 계셨다. 그러니 명절 음식 준비가 얼마나 편하겠는가. 내가 하는 일이란 들깨를 갈아 넣어 각종 나물을 볶고, 무치고, 생선을 굽고, 둘째와 셋째 동서가 늘 사오는 소고기와 갈비 등을 양념하는 정도다. 그러면 손아래 동서들은 모여 앉아 동태, 굴, 동그랑땡, 버섯 등 갖가지 전을 지진다.

오늘 아침에는 화단에 자라고 있던 갓을 뜯어서 쌈밥을 먹었다.

이것은 시어머님이 지난번 오셨을 때, 꽃과 잡풀 등이 뒤엉켜있는 곳에 씨를 뿌려놓고 간 것이다. 막내에게서 할머니가 화단에 씨 뿌려놓고 가셨다는 소리만 들었지 내가 출근한 후 뿌려서 뭘 뿌린 줄 몰랐다. 그것들이 예쁜 두 잎을 세상에 내놓았을 땐 남편이 불러서 보여줬다.

"이것 봐! 벌써 잎이 나왔어."

그게 뭔지 전화 한 통화면 알 수 있었겠지만 그냥 넘어갔다. 통화할 때도 그건 까먹었다. 그리고선 새싹이 주는 신비의 순간이 지나자 또 잊고 지냈다.

어느 날 아침 밥하느라 부산한데 남편이 계속 불러댔다. 나가보니 화단에는 상추와 쑥갓 등이 이미 웃자라서 꽃을 피우고 있었다. 그것들은 거름이 충분치 않아서인지 가늘고 길기만 했다. 그래도 우리 식구는 부지런히 그것들을 뜯어다 먹는다. 시장에서 파는 통통하게 잘 자란 것들 보다 훨씬 맛있다. 시어머님이 뿌린 사랑의 씨앗이 자란 것이니까.

김장 하는 날

온수동 친정에 가서 김장하는 걸 도왔다.

서울로 이사 온 지 몇 년이 지났건만 나는 아직 김치를 담가 먹지 않고 산다. 직장 다닌다는 핑계로 언니와 친정엄마가 주시는 김치를 날름날름 받아먹고 있다. 김치 담가 본 지가 오래되니 순서도 기억나지 않는다. 지금도 닥치면 못할 리야 없겠지만 그냥저냥 살아지니 이렇게 됐다.

엄마는 이 김장을 위해 몇 달 전부터 6쪽 마늘을 구입하고, 고추를 사서 빻고, 시장을 휘젓고 다니면서 맛을 봐가며 새우젓을 골라서 샀을 것이다. 며칠 전에는 배추를 이리저리 굴려가며 속이 꽉 찬 것을 골라 다듬어서 절이고, 파와 갓, 굴 등 갖은 양념을 준비하느라 바빴으리라.

내가 도착했을 때는 막내 여동생의 아들을 업고서는 "아이고, 허리야." 를 외치며 이것저것 지시하고 계셨다. 정신이 없는지 이걸 시켰다 저걸 시켰다 하신다.

"배추가 참 맛나다. 그치야?"

해마다 엄마가 산 배추가 최고란다. 생전 안 늙을 것 같던 엄마도 이제 노인 티가 난다. 그래도 일흔 다섯의 나이치고는 건강한 편이다. 언니와 여동생이 일을 거의 마친 뒤라 늦게 간 나는 배추 몇 포기 버무리지도 못했다. 그래도 올해는 흉내라도 내니 덜 미안하다.

부지런한 언니는 전날 자기네 김장을 해놓고 와서 도와드리는 것이란다. 많이 피곤했던지 안방으로 들어가더니만 금세 잠이 든다. 엄마 곁에 사는 여동생도 새 김치에 보쌈을 먹자며 돼지고기를 삶겠다며 갔다. 그래서 뒷정리는 나 혼자 했다. 엄마는 김치 통을 냉장고로 옮기려는 내게 "김치는 하루 쯤 밖에서 묵힌 다음 넣어야 맛있다"며 말리신다.

김치 냉장고를 보자 어린 시절 장독대가 생각났다. 내가 어렸을 적만 해도 집집마다 엄청나게 많은 양의 김장을 했었다. 이쪽저쪽 밭에서 캐다가 마당 한 편에 쌓아둔 무와 배추는 엄청났다. 당시는 각자가 재배했던 배추로 지금과 같이 속이 노랗고 꽉 찬 상품의 배추가 아니었다. 종자 자체가 다른지 포기도 작았고 초록 일색이었다.

엄마는 커다란 고무 통에 소금물을 만들어 놓고 배추를 담갔다 꺼내서 굵은 소금을 설설 뿌려 차곡차곡 재셨다. 가마니에 담긴 소금에는 더러 짚도 섞여있었는데, 자세히 보면 소금덩이가 수정처럼 말갛게 빛나서 예뻤다. 김장하는 날은 이웃에 살던 외숙모, 당숙모도 오셨다. 어른들은 저마다 한 움큼씩 소를 집어다 숨죽은 배추에 대고 빨래처럼 주물렀다. 엄마가 막 무친 김치를 주면 입을 찢어지게 벌리고 받아먹던 생각이 난다.

해마다 김장 하는 날은 왜 그토록 추웠을까.

어떤 때는 눈이 펄펄 날리기도 했다. 어른들은 찬바람이 쌩쌩 부는데도 장독대 옆에서 작업을 하셨다. 고무장갑도 없던 그 시절은 모두 맨손으로 일을 하느라 손이 시뻘게졌다. 오래 묵힐 김치는 아래채 뒷마당에 독을 심어 놓고 김치를 넣고 위에는 거적과 짚 등을 덧 씌웠다. 바로 먹을 김치는 장독대에 뒀는데, 장독은 얼어서 곱은 손이 닿으면 쩍쩍 달라붙었다.

세월이 흘러 지금은 참 좋은 세상이다.

이제는 보일러 들어오는 따뜻한 집안에 앉아서 김장을 한다. 모든 물질은 풍부해졌고, 김장도 편리해졌다. 한데 지금 젊은이들은 이것조차 귀찮다며 김치를 사다먹는 세상이다.

엄마는 김치를 가지러 온다던 늦둥이 남동생 네가 안쓰러운 모양이다. 엄마 돌아가시고 나면 걔네 김장을 어떡하냐다. 참 걱정도 팔자시다. 올케 친정 엄마가 젊은 데 뭘 걱정하시냐고 핀잔 섞인 위안을 해드렸다. 말하고 나서 생각하니 나는 딸이 넷이다. 나는 수시로 딸들 앞에서 노래하듯 말한다. 엄마가 외할머니한테서 김치든 뭐든 가져온다고 너희도 그럴 거라곤 꿈도 꾸지 말라고. 그러면 딸들은 고생하는 엄마가 안쓰러운지 그러마고 대답한다. 그러나 누가 알겠는가. 나도 김치 통을 그득히 쌓아 두고 딸들을 불러서 바리바리 싸줄지.

막내여동생이 삶아온 돼지고기가 구수한 냄새를 풍긴다. 버무려놓은 김치 중에서 숨이 덜 죽은 여린 속을 떼 내어 참기름과 깨를 듬뿍 뿌려서 무쳤다. 고기에 싸 먹으니 보쌈 집 고기보다 더 맛있다.

김장행사에 오지 못한 올케는 미안했던지 찜질 방 티켓을 보내왔다. 오랜만에 언니와 황토방에서 뒹굴뒹굴 지지며 많은 얘기를 나눴다. 같은 서울에 살면서도 이런 시간 갖기가 쉽지 않아 아쉽다.

언니와 대화 중 남편은 인품이 대단한 분인데 부인은 이해 안 될 정도로 교양 없는 여자 얘기가 나왔다. 내가 탄식조로 말했다 "하늘은 왜 그렇게 어울리지 않게 부부를 맺어 주는 걸까?" 언니 왈, "그 남자가 아니면 그 여자를 견딜만한 사람이 없으니까 그렇게 맺어 주는 거야." 생각해보니 그도 그럴 것 같다.

부부는 그렇게 맺어지는 모양이다.

어느 한 쪽이 덜렁대면 한 쪽은 꼼꼼하고, 좀 악한 사람의 배우자는 좀 더 선하고, 게으른 자의 상대는 좀 더 부지런한 하고…… 그렇다면 배우자로 인해 힘들 때 참으면서 억울해만할 게 아니라 자신의 존재감에 대해 긍지를 가져도 좋을 것 같다. 보다 우월한 인자를 가진 윤리적 존재로서 말이다. 먼 훗날 정신적 만족을 누리며 노후를 보내는 그날까지, 순화된 내 향기가 상대를 움직일 때까지 기다려주는 것도 좋은 일이다. 마치 땅 속에서 오랜 시간을 거쳐야 잘 숙성되는 김치처럼.

우리 집 추석풍경

"나도 어디 갈 데가 있으면 좋겠다."

회사 소장님이 추석을 기해 움직이는 민족 대이동을 놓고 하는 말이다. 고향에 부모 형제 한 분도 안 계신다는 소장님의 한숨이 허전하다.

"그러게요. 근데 가야만 하는 젊은이들이 그것을 알기나 하겠습니까?"

올 추석에는 나도 순천 시어머님께 다녀올 예정이다. 결혼 후 15년간 모시고 살았지만, 지난 6년간은 명절에 찾아뵙지를 못했다. 대신 맏며느리라는 위치 때문에 명절에 단 한 차례도 찾지 못했던 친정으로 갔다. 명절에 친정을 가게 되니 맏이인 언니가 제일 좋아했다. 해마다 명절 음식 장만을 위해 친정으로 가야했던 언니 가라사대, "나도 이제 며느리도 보고 한 마당에 잘 됐다. 이제 니가 고생 좀 해라." 나는 쾌히 그러마고 했다.

명절 음식뿐만이 아니다.

언니는 일하는 엄마 곁에 살면서 스무 살이나 차이 나는 어린 동생들의 도시락을 싸고, 사춘기를 무사히 넘기도록 다독이며 살았다. 홀로된 친정 엄마를 위해 정신적, 물질적으로 온갖 뒷바라지를 했던 언니. 늘 미안함과 애틋함을 느끼고 있었기에 언니에게 조금이나마 힘이 된다는 게 뿌듯했다. 그래서 시댁에 가지 못한 지난 몇 년간 친정 식구와 함께 보냈다.

지난해에도 추석 하루 전, 점심을 먹고서 친정에 갔다.

엄마는 여느 해처럼 모든 음식 재료를 손질해서 차곡차곡 냉장고에 준비해두고 계셨다. 내가 솜씨를 발휘해서 각종 나물을 볶아내고 산적을 만들 때쯤 올케가 도착했다. 공무원인 올케는 늦게 도착한 것이 미안했는지 쭈뼛거렸다. "고생 많지? 아이를 데려오지 그랬어, 이럴 때라도 친정엄마 편히 쉬게 해드리지." 내가 반갑게 말을 걸자 편해진 듯 "오늘 당직이었어요. 죄송합니다. 이리 주세요, 제가 할게요." 활발하게 소매를 걷어붙이고 덤볐다.

딸만 둘 키우던 친정엄마가 42세에야 본 늦둥이 남동생은 세상에 둘도 없는 엄마의 보물이다. 바람피우던 친정아버지가 아들이 없어서라며 구박을 했기에 설움이 컸는데 그것을 한방에 날려버린 남동생이다.

남동생은 크는 동안도 속 썩이지 않고 잘 자라주었다.

대학 때 좋아하던 여자 친구와 군대 제대하자마자 결혼을 하더니, 채 2년도 안 돼 엄마의 소원을 풀어주듯 깎은 밤같이 잘 생긴 손자를 안겨드렸다. 그때 엄마의 기뻐함은 말로 표현이 안 될 정도였다. 그리고 매월 엄마의 통장으로 넉넉한 생활비를 넣어드리는 착한 아들이다. 내 올케는 친정 식구들과 달리 체구가 자그마하고 조용조용하며 우리에게 없는 장점들을 고루 갖추고 있다. 우리와 정 반대되는 성품의 올케를 식구들 모두 예뻐한다.

남동생은 결혼 후 처가 옆에 살고 있다.

동생네가 결혼과 동시에 분가하게 된 것은 순전히 언니 덕분(?)이다. 유일한 아들인 남동생에 대한 기대가 컸던 엄마는 처음에 분가시키자는 얘기에 화를 벌컥 내셨다. 그런 친정엄마를 언니가 설득했다.

"엄마는 성격도 급하고 부지런하신데 공부만 하다 시집 온 며느리가 성에 안 찰 것은 뻔하잖아요. 엄마와 마누라 사이가 안 좋아 봐요. 그럼 아들이 중간에서 고생한다고요, 엄마가 며느리 나무라면 며느리는 자기 남편을 긁어댈 텐데 그럼 엄마 아들 병나서 빨리 죽어요."

그 말에 우리엄마가 뜨끔하셨다. 천금 같은 내 아들 병나면 안 되지 싶었을 것이다.

동생네를 사돈 곁으로 보내자며 언니와 내가 가장 먼저 생각한 것은 조카 문제였다. 올케는 직장 생활을 계속해야할 테고, 그럼 애를 낳게 되면 일흔이 넘은 엄마가 돌보기에는 버거운 일이었다. 대신 올케의 친정 엄마는 그때 갓 쉰이 넘었다니 용돈을 좀 드리고 맡겨도 좋으리라 싶었던 것이다.

지금 친정엄마는 대신 막내여동생을 데리고 사신다.

아들 손자는 한 달에 한두 번 보는 것으로 만족하고, 대신 네 살짜리 외손녀 재롱에 흠뻑 빠져계신다. 그게 여러모로 좋았다. 아들과 꼭 같이 살아야한다는 생각은 이제 다시 생각 해 볼일이다. 하기야 요즈음에는 젊은 자식들보다 부모들이 자식과 살기 싫다고 할 정도라니 그것도 심각한 문제다.

올해부터는 올케에게 음식 준비를 맡겨도 될 것 같다.

그동안 언니와 내 보조역할만 했던 어린 올케도 시집온 지 어언 5년이 지났으니 혼자 충분히 해낼 것이다. 큰일을 책임지고 치러봄으로써 차츰 어른스러워질 것이다.

친정 엄마가 명절 음식에 각별히 신경 쓰는 것은 방문객이 많아서다. 많은 친인척이 서울에 살고 있는데 그 중 친정엄마가 가장 웃어른이시다. 인사성 밝은 외사촌들은 명절을 전후해 꼭 엄마를 찾아뵙는다. 우리 형제와 많은 손자들까지 들이닥치기 때문에 명절의 친정집은 언제나 시끌벅적하다. 엄마는 송편만큼은 추석 당일, 모두 모였을 때 만들게 하신다. 반죽 만져보고 싶어 하는 손자들에 대한 배려에서란다. 작년에도 식구들이 왁자한 가운데 한쪽에서는 빚고 한쪽에서는 쪄내며 송편을 먹었다.

시어머님은 찾아뵙지 못한 지난 몇 년간 우리의 마음을 편하게 해주셨다.
"괜찮다. 여름에도 얼굴 봤잖냐. 길도 복잡한데 오려고 애쓰지 마라."
그렇게 말씀하신다고 속마음을 모를 우리 내외는 아니다. 그럴 때마다 송구스러워하며 전화를 끊었는데 올해는 당당히 내려가서 뵐 것이다.

요즈음은 명절을 지내는 풍경이 바람직한 방향으로 변해가는 걸 느낀다. 젊은 사람들은 예전처럼 무조건 시댁에서만 뭉그적대며 명절을 보내지 않는다. 내 동서들만 해도 언제나 명절 하루 전날 시댁에 온다. 밤늦게 까지 지지고 볶으면서 동서끼리 남편흉도 보고 자식 자랑도 하고 못했던 대화들을 나눈다. 그리고 명절날은 점심을 먹자마자 곧바로 친정으로 달린다. 그게 너무도 자연스럽게 받아들여졌다. 우리 집 뿐만 아니라 주변인들도 비

숫하다. 그런데서 여성의 지위가 많이 향상되었다는 걸 느낀다.

물론 맏이인 나는 예외였다.

친정은 멀고 시댁은 명절마다 찾아오는 손님이 많아서였다. 그러나 체념하고 있어서인지 별로 힘든 줄을 몰랐다. 그저 손아래 동서들이 자기네 친정을 가는 것이 마치 내 일처럼 흐뭇했다. 나는 원래 태생이 맏이였던 모양이다. 그랬던 내가 최근 몇 년간 가지 못하자 고맙게 둘째 동서가 내 역할을 한 모양이다. 그래서 사람은 어떻게든 살아지는 것 같다. 시댁에 갈 생각을 하니 시어머님뿐만 아니라 친언니 같다며 나를 따르던 동서들이 반가워하는 모습이 어른거려 가슴이 따뜻해진다.

⟨2006년, 문예사조⟩

엄마 가는 딸에게

사랑하는 내 딸 혜주야!

난생 처음 알바를 가는 네게 엄마가 해주고 싶은 말이 있다. 세상은 너를 사랑하고 보호하는 가족과는 많이 다르다는 것을 알 것이다. 그래서 네가 참고 했으면 싶은 몇 가지를 당부한다.

너는 그곳에서 여지까지와는 달리 냉정하게 너의 가치를 평가 받을 것이며, 그에 상응한 대가를 받을 것이다. 비록 임금은 정해져 있다하나 인간적인 대우라는 면에서 말이다. 엄마가 염려되는 것은 일이 힘에 부칠까보다는 사람과의 관계 속에서 네가 상처 입을까봐 그게 걱정되는구나.

세상에는 좋은 분도 많지만 이해되지 않는 부류의 사람도 많단다.

그런 사람을 만나거든 그를 '불쌍하게' 생각해라. 그러면 네 안에서 생각지도 못했던 이해심이 솟아 날 것이다. 정말 이해할 수없는 사람을 만났을 때 이건 제법 효과적인 방법이란다. 그렇다고 사람을 지나치게 경계해서도 안 된다. 사람을 대함에 있어서는 그의 사회적 지위를 떠나 늘 겸손하고 공손하게 대해야 한다. 그리하면 너 또한 그러한 대접을 받을 것이기 때문이다. 사람이란 완벽히 좋은 사람도 없으며 온전히 나쁘기만 한 사람도 없단다.

사람이 모이는 곳이면 어느 곳이나 불평불만 자는 있게 마련이다. 너 또한 불만이 쌓일 때쯤이면 그들과 동조하기 쉬울 것이다. 그러나 뒤에서 불평불만을 토로해서는 절대로 발전이 없단다. 모든 상황을 긍정적으로 보고, 네게 없는 좋은 점을 지닌 분을 만나거든 그를 닮도록 노력해라.

어느 단체에나 최고 결정권자가 있게 마련이다. 그가 출근하면 가장 먼저 무엇을 살피며, 또 중히 여기는지 보아두어라. 사는 동안 그와 비슷한 상황에 처할 때 너에게 큰 도움이 될 것이다. '나는 시급 5000원이니까…' 하면서 딱 5000원 어치만 일하려고 해서는 안 된다. 몸을 조금 더 움직인다고 해서 한창인 네 몸이 잘못될 리는 없을 것이다, 그러니 가급적 희생해라. 희생하는 자가 주인이라는 말이 있다. 책임이 커지면 권한도 커지는 법이며, 그것이 너를 강하게 해줄 것이다. 이것은 엄마가 회사에서 수시로 경험했던 바다. 시간 난다고 친구들끼리 모여서 히히덕대지 말고, 늘 주위를 진지한 눈으로 살펴라. 지금 겪은 가치 있는 시간이 훗날 네게 큰 자산이 될 것이다. 비록 알바지만, 그것을 통해 진정 소중한 경험을 하길 바란다.

아침에 출근하면 "모두들 안녕하세요?" 경쾌하게 인사해라. 그리고 잘 웃어라. 밝고 희망찬 말을 건네고, 잘 웃어주는 사람은 누구나 좋아한단다. 사람은 타고난 성품도 중요하지만, 의식이 발달한 후엔 얼마만큼 긍정적인 사고를 가지느냐에 따라서 그가 성공적인 삶을 사느냐 실패한 삶을 사느냐가 좌우되는 것이다. 그럼 오늘도 보람찬 하루가 되길 빈다.

－너를 사랑하는 엄마가.

〈2005년, 대구일보〉

범생이 내 딸

내게는 네 명의 딸이 있는데 성격들이 판이하다.

맏이가 전날 저녁 아빠가 사 온 감자떡을 들었다 놨다 고민하고 있다. 맛이 이상할까봐 걱정이란다. 녀석은 무슨 일이든 겁부터 낸다. 그게 천성인지 아무리 이해시키고 겁을 줘도 소용이 없다. 내가 잘못 길러서일까?

아이들이 어렸을 적만 해도 집이 경제적으로 여유로웠을 때라 욕심이 많았다. 무슨 특별한 교육관이라도 있는 양, 공부 빼놓고는 뭐든지 시켰다. 맏이와 둘째는 남들 다 배우는 피아노와 미술은 물론이고 한문, 바둑, 수영 등 다방면을 가르쳤다. 특히 맏이에게는 태권도도 배우게 했다. 태권도 학원을 다니면서도 덩치 큰 둘째에게 밀리는 걸 보자면 별 효과도 없었지만 아무튼 완벽을 기하려고 애쓰며 키웠다. 그래서인지 매사에 빈틈이 없다.

대학을 다니면서도 성적장학금을 받아올 정도로 열심히 공부하고, 어른들께 예의도 바르다. 밤늦게 나다니는 경우도 없고, 어디를 가든 제 행선지를 엄마 아빠께 알린다. 한마디로 아프지 않는 이상 부모 걱정을 안 시키는 아이다. 그런데 자신이 그런 만큼 잔소리가 많다.

오늘 아침도 현관문을 탕! 닫고 나가는 셋째를 향해 신발주머니를 가져가지 않았다고 잔소리를 해댄다. 내가 학교에 두고 다닌다더라고 하자, 그럼 4층 자기네 교실까지 양말만 신고 올라가야하는데 어떡하느냐고 걱정이다. 셋째는 맏이가 나온 여고를 다니고 있다. 내가 전날저녁 셋째가 벗어던져 놓은 양말을 주워들어 보였다. 바닥이 깨끗하다. "아이고! 엄마, 저것이 그냥 신발 신고 올라가나봐. 못된 것! 꼭 저런 것들이 있거든, 나는 애들이 괜찮아, 괜찮아 아무도 안 봐! 해도 절대로 그렇게 못했는데."하면서 못마땅해 한다.

맏이는 소위 말하는 범생이다.

초등학교 때부터 숙제를 못하면 울고불고 밤을 새워서라도 하고 절대로 교칙에 어긋나는 짓은 안했던 아이다. 자신이 그러기 때문에 동생들이 학교에서 못 신게 하는 발목양말 신는 것도 이해 못하고, 앞머리 자르는 것도 못마땅해 한다. 언제나 가방 빵빵하게 책을 넣고 다니던 저와는 달리 동생들이 허깨비 같이 홀쭉한 가방을 매고 나가는 것도 이해 못한다. 저거 도대체 학교에 가서 뭐로 공부하려고 저러고 나가는지 모르겠다며 잔소리를 한다. 엄마가 할 잔소리를 대신하는 꼴이다.

나는 이 범생이가 조금 염려스럽다.

아무리 지금 세대에게는 대학 낭만이 없다고 하지만 졸업반이 다 되도록 동아리 활동하나 변변히 한 게 없다니 안쓰럽다. 장학금을 받기 위해 오로지 공부만 올인 한 모양이다. 자기 과에 남학생도 몇 없다면서 미팅 한 번도 하지 않았단다. 그러자니 고교시절과 대학을 오로지 여자 친구끼리만 어울려 다닌다. 그것이 이성에 대해 별 관심 없는 본인의 성향일 수도 있지만, 남자를 경계하라는 내 지나친 간섭 때문인 것 같아 그 점도 염려스럽다.

지나치게 반듯한 범생이는 본인에게도 타인에게도 엄격한 잣대를 갖다 댄다. 그건 스스로도 힘들뿐더러 세상과도 부딪칠 수 있다. 나는 내 딸들이 아무하고나 어울릴 수 있는 둥글둥글한 성격이었으면 좋겠고, 사막에 던져 놔도 살아올 수 있을 만큼 강했으면 좋겠다. 이제 와 생각하니 범생이는 피곤하다. 이 어지러운 세상에서 자잘한 사고를 치고, 그리고 그것을 극복하며 자란 녀석들은 예방주사를 맞은 것처럼 더 견디기 쉬울 것이다.

내가 아이들 교육에서 신경 쓰는 부분은 독서다.

이해심과 지혜의 터득을 위해서는 책을 많이 읽게 하는 게 으뜸이라 생각한다. 그리고 기회 닿는 대로 대화를 나누는 것이다. 장녀다운 의젓함은 있지만 약한 구석도 많은 맏이와는 가장 많은 대화를 한다. 따로 시간을 낼 수는 없기에 함께 쇼핑을 한다거나 교회를 오갈 때를 이용한다. 땀 흘리며 뛰어서 출발 직전의 지하철을 탈 때도, 뜨거운 태양을 피해 작은 파라솔에 머리만 디밀고 쓰고 갈 때도 우리는 즐겁게 대화한다. 그럴 때면 드라마 속 주인공도, 길가에 산책 나온 이웃집 강아지도. 담장위의 풍성한 장미도 대화 속 주인공이 된다.

"만사를 흑백논리로만 보지 말고 중간 회색지대를 인정해라. 모든 사람에게 인정받으려면 상처받기 쉬우니 적당히 미움 받을 줄도 알아야 한다. 언제나 균형 잡힌 시각을 가져갖도록 노력해라." 등등. 맏이는 내가 교육적인 말을 시작하면 긴장하면서 듣는다. 아이는 한 살 한 살 나이를 먹어

감에 따라 단단해지고 더 현명해질 것이다. 세월이 흐르면 이 엄마가 알지 못하고 느끼지 못했던 많은 것과도 친해지겠지! 나는 내 딸이 자랑스럽다.

아이구, 내 팔자야!

아침, 골목길을 내려가는데 내 마음 같잖고 5월의 햇살은 싱그러웠다.

토요일의 출근 버스는 자리가 텅텅 비어있어 허전하고 뭔가 억울한 기분이 든다. 나는 오늘도 여느 날처럼 칼 5시에 일어났다. 셋째 요 녀석! 학교를 쉬면 쉰다고 미리미리 얘기 좀 하지. 저 때문에 엄마가 새벽밥하러 일어나는 걸 뻔히 알면서. 깨우니까 휴교란다.

"엄마, 나 오늘 학교 안가! 놀 토야, 음야… 월요일도 스승의 날이라고… 쉰대."

피곤한 건 이해하지만, 아침준비 다 해놓고서 흔들어 깨우니까 그때서야 우물우물 말한다. 그것도 반은 자면서… 저만 피곤한가. 이놈아! 이 엄마도 너무너무 피곤하다.

학교에서는 고3을 어쩌자고 저리 내굴릴까.

내가 도대체 몇 시간 자고 나온 거야? 남편과 애들은 모두 쿨쿨 자는데 홀로 새벽에 일어나서 부산히 밥상 차려놓고 출근해야 하다니, 남들은 '놀토'라고 다들 쉬는데, 이놈의 회사는 주 5일 근무 0%다. 아이구, 내 팔자야!

심술쟁이 울 신랑은 금요일만 되면 살 판 났다. 엊저녁에도, 아니지…

새벽 2시니까 오늘이다. 무슨 놈의 퇴근이 새벽 2시란 말인가. 그것도 곱게 들어왔나.

"따르릉… 따르릉…"

"어… 나 관악중학교 앞이야… 어? 왜 전화했냐고? 하하~ 나 왔어! 나 왔다고!"

에구, 에구, 내가 미쳐! 그냥 들어와도 뭐 할 판에 또 지난번처럼 마중 나오라는 소리다. 구시렁대며 소리 나지 않게 현관을 나서려는데 큰 딸애가 따라 나선다.

"엄마, 밤길에 왜 혼자 나가요?"

그때까지 큰 녀석, 둘째 녀석 다 안 자고 있었단다. 아니, 저희들이 안 잔 게 아니라 아빠가 깨웠단다. 왜 자는 녀석들에게 핸드폰을 때려서 잠을 깨우냐고. 나 참! 도대체 어느 골목으로 올라온다는 것인지 알 수가 없다. 두 갈래 길 앞에서 고민 좀 하다가 짐작 가는 길로 내려갔다. 긴 골목이 꺾이는 곳까지 내려가자 저 앞 희미한 가로등 밑에서 흔들거리며 제자리걸음을 하고 있는 사람이 보인다. 많이 본 폼 새다. 핸드폰으로 전화를 걸어서 확인해 본다.

"어이! 나 여기야! 하하하~ 나왔어? 손 흔들어 봐."

자기 팔을 들어 까딱거리며 말한다. 재밌어요? 뭐 하러 그 시간까지 택시는 다녀가지고… 12시까지 안 들어오면 아예 오도 가도 못하게 해야 되는데. 술 먹는 인간들 그럼 정신을 좀 차리려나. 아니다, 그래봤자 대리운전이 있으니 소용없겠다.

내가 옆구리를 안아서 끼고, 딸네미가 뒤에서 밀고 당겨서 겨우 집으로 들어섰다. 바로 화장실로 직행하는 걸 보니 아주 맛이 간 것은 아니다. 엄청 취했을 적엔 그냥 응접실에서 뻗어버린 적도 많다. 그럼 구두 벗기고, 몸 뒹굴려가며 옷 벗기는 일이 보통 아니다. 그런 건 아이들에게 맡길 수 없기에 혼자 하다 보면 진이 다 빠진다.

오늘은 덜 취했는지 물소리도 요란하게 샤워를 한다.

그렇지 않고 발만 씻을 때는 비누칠을 하지 않고 맹물로만 씻기도 한다. 그러고도 씻었다고 우긴다. 아무리 취해도 움직일 수만 있으면 씻기는 잘 하는 편이다. 씻지도 않고 잔다는 친구들 남편에 비하면 그건 점수를 줄 만하다.

대강 씻고 나와서는 작은 눈으로 찡긋하며 추파를 던진다. 남편이라도 벌건 얼굴로 그럴 땐 징그럽다. 모른 척 누워있자 잠시 후 뭉그적대면서 다가온다. 술 냄새나니 저리 가라고 했더니 "나 씻었는데?" 한다. 씻는다고 먹은 술이 어딜 가나? 땀구멍 하나하나에서 냄새가 배어나오는구면.

저놈의 코고는 소리라니. 제발 잠 좀 잡시다! 미워서 바깥쪽으로 밀어서 눕혔는데 그것도 모르고 쿨쿨 잘도 잔다. 예뻐 보여야 날 쳐다보게 눕히지, 다른 남자들도 술 먹고 코 골 때 울 신랑처럼 옆으로 눕히면 안 고나? 그렇게 대각선으로 널부러져 자면 나는 도대체 어디서 자라는 거야. 내가 덩치나 적어? 다리를 뻗을 수 없으니 어쩔 수 없이 웅크리고서 잔다.

남들 다 끊는 담배, 그건 왜 그렇게 못 끊을까.

뭐라고 하면 스트레스 참는 것 보다 낫단다. 화장실 들어갈 때마다 피우고 1~2시간도 안 돼서 또 피우고 아침에도 일어나자마자 피우면서, 그때마다 스트레스 받고 있는 중이란 말이예욧! 도대체 말이 되는 소릴 해야지. 아이고, 아침까지 온 집안이 술 냄새로 진동을 하는데 본인만 몰라요. 본인만.

신랑은 나 홀로 조선시대 남자다. 아니 태어날 때부터 비서를 달고 나온 사람이다. 생전 손가락 하나 까딱도 안하면서 일을 입으로 다 한다. 원래가 깔끔한 성격인건 알지만 그렇게 키워진 게 더 문제다. 이양반아! 나도 힘들다고요.

오늘도 사무실 의자에서 자다가 고꾸라 떨어질 뻔 했다. 이놈의 CRT 모니터는 왜 일케 앞으로 툭 튀어나와서 키보드를 앞에다 바짝 세워 놔도 불편하고, 모니터 위에다 올려도 별반 차이도 없다. 암튼 엎어져 자기가 불편한 건 마찬가지다. 이제 밥 먹었으니 또 잠이 올 건데 어쩌지?

아이와 컴퓨터

퇴근 후 욕실에 있는데 막내가 큰소리로 묻는다.

"엄마, 지금이 9시10분인데 9시30분까지만 할게요." 무엇을? 나는 한참 동안 대답을 안 한다. 평소 녀석의 태도로 보자면 까짓 20분쯤은 그래라가 얼른 나올 법도 하지만 뜸을 좀 들이다 마지못한 듯 말한다. "그래라." 내가 바로 대답이 나가면 모르긴 해도 녀석은 속으로 좀 더 길게 잡아도 될 걸 그랬나 생각할지 몰라서다. 이건 아이와의 신경전이다.

녀석은 컴퓨터 도사다. 따로 학원을 보내지 않았는데도 인터넷도 잘하고 타자도 빠르다. 그 자그마한 손이 키보드 위에서 보이지 않을 정도로 날렵하게 움직일 때는 감탄스럽다. "너 게임 하지 마!" 하면 "네" 대답은 잘하지만 언니를 통해서 듣자면 아닌 모양이다. 아이가 앉았다 일어난 후 보면 게임방에 들어갔다 나온 흔적이 있단다. 때로는 혼내고 있는 중에도 눈이 자꾸만 모니터로 돌아가는 걸 보면 중독 증세인 듯하다.

컴퓨터 앞에 앉으려는 아이와 멀리하게 하려는 부모의 씨름은 이제 어느 집이나 흔한 풍경이 되고 말았다. 대부분의 초등생들이 방과 후 학원을 가는 이유가 성적을 올리려는 이유 외에 학원에 가지 않으면 같이 놀 친구가 없어서란다. 또 하나의 이유는 컴퓨터와 오랜 시간을 보내지 않게 하기 위함이라고 한다.

우리 집은 경제적 여력이 없어 아이를 학원에 보내지 못하고 있다. 그러니 엄마와 언니들이 돌아오기까지 아이 혼자 컴퓨터에 노출되어 있다. 컴퓨터 하는 시간을 줄이기 위해 숙제도 내줘 봤지만 별 효과가 없었다. 퇴근 후 그런 저런 것들을 확인하려 들면, 그때서야 씻기, 문제지 풀기 등 과제를 해치우느라 바쁘다. 때려보기도 했지만 효과는 없고 마음만 아파 포기했다. 그 문제로 많이 속상했는데 요즈음엔 철이 들었는지 게임을 덜 하는 것 같다.

아이들뿐만 아니라 할 일없는 주부들도 컴퓨터 게임에 빠져 지내는 경우가 많다고 한다. 사람 중에는 유난히 뭔가에 쉽게 빠져드는 나약한 사람들이 있다. 그런 사람이 중독성 강한 컴퓨터 게임에 빠지면 쉽게 벗어나기 힘들 것이다. 나는 종일 컴퓨터 앞에 앉아 있지만 게임은 하지 않는다. 어떻게 접속하는지 조차 알고 싶지 않다. 이건 고스톱이나, 술, 담배 등을 배우지 않은 것과 비슷한 이유에서다.

듣는 이에 따라서는 별나다 싶을지 모르지만, 나는 자신의 의지로 어찌하지 못하는 상황까지 끌고 가는 사람들을 이해하지 못한다. 성인 오락이나 도박 등으로 재산과 시간을 탕진하는 이들이 안타깝다. 왜 그곳이 늪인 줄 번연히 알면서도 걸어들어 간단 말인가. 한 순간의 쾌락을 위해 자신의 미래를 포기할 만큼 그게 가치 있는 것은 아니지 않는가. 자신에게 주어진 시간이 얼마나 된다고 그렇게 허비하고 산단 말인가.

어찌 생각하면 나는 나를 지나치게 경계하며 사는지 모르겠다.

그것이 무엇이 되었건 나는 그것에 쉽게 중독되지 않으리라는 것을 안다. 그러함에도 막연한 두려움 때문에 일체의 중독성 있는 일은 아예 접근 차단이다. 좋아하는 것을 끊어야한다면 괴로울 것이고, 그런 하찮은 것 때문에 고통당하고 싶지 않아서다.

　술, 담배, 게임, 쇼핑 등 중독성 있는 것 말고도 세상에는 즐기고 살 것들이 많다. 즐기면서도 중독될까 염려하지 않아도 되는 것 중 하나가 노래다. 나는 가곡합창단원으로 활동하는데 상상 이상의 기쁨을 준다. 연말이면 정기공연이 있고 수시로 우정 출연하는 작은 공연이 있다. 합창단이 아니면 나 같은 보통 아줌마가 고운 드레스를 입고 무대에 오르는 일을 꿈이나 꾸겠는가.

　등산도 좋은 취미다.

　숨이 턱에 차도록 오르고 또 올라 정상에 이르면 스스로가 기특하고 행복하다. 정상에서 굽이굽이 먼 산과 들을 내려다보며 마시는 한 잔의 커피도 향기롭기 그지없다. 산행은 남편의 고교나 대학동창 산악회를 통해 큰 돈 들이지 않고 전국의 명산을 돌고 있다. 아니면 남편과 둘만이 한적한 곳에 올라 음악을 듣다 내려와도 좋다. 등산은 큰 비용들이지 않고 건강을 챙길 수 있는 좋은 취미다.

작가 엄마와 국문학도 딸

샤르트르는 말했다.

"작가란 아직 이름 지어지지 않은 것, 혹은 감히 이름 지을 수 없는 것에 이름을 붙이는 사람이며, 자신의 감정을 정리하지 못했던 사람에게서 사랑과 미움이 솟아나게 하는 사람." 이라고. 자신의 직관으로 획득된 결과를 남들에게 피력하겠다는 생각은 모든 작가의 욕심일 것이다. 나 또한 마찬가지다. 특히 내게는 뒤를 따르는 딸아이가 있다.

직장에 새로 모셔온 회장님께서 책 읽기를 좋아한다기에 그동안 문예지 여기저기에 실렸던 몇 작품을 보여드렸다. 작품이 남다르다고 많은 칭찬을 하시더니 넌지시 물었다. "딸이 많다고 하던데… 다 대학 다니지요? 무슨 과 다녀요?" "네, 늦둥이 넷째는 아직 중2고요, 셋째는 영문과 다녀요. 그리고 둘째는 공대생이고, 올해 졸업반 올라가는 큰 애는 국문과예요."라고 답하자 "아! 네!"하더니 더 이상 말이 없다. 그럴 때면 나는 어떤 느낌을 받는다. 그가 대놓고 말 하지는 않았지만, 내 글쓰기에 대해서 '딸의 도움을 받고 있겠구나.'라는 생각을 한다는 사실을.

어떤 모임에서도 사람들이 그렇게 생각할 여지가 있는 말을 들었다. 원

46

로 수필가 선생님께서 국어교사인 딸의 결혼소식을 알리며 "그동안 내 글 쓰는 걸 교정해줬던 딸이 시집가면 이제 누가 그걸 해줄지 걱정됩니다. 송 인자씨와 김원자씨가 좀 도와주세요."라고 했을 때 사람들의 반응이 생각 났다. 하기야 나도 옛날 박완서 선생님의 장녀가 서울대 국문과 출신이라 는 소릴 듣고서는 비슷한 생각을 했었다. 하지만 그렇다면 나는 좀 억울 하다.

나는 어린 시절 굉장한 독서광이었다.

당시로는 드물게, 초등학교 들어가기 전 한글을 깨친 덕분인 것 같다(내 아이들이 살구할아버지로 알고 있는 막내 외삼촌께서 삼신할머니 신이대에 매달았던 커다란 한지에 닿소리와 홀소리를 적어서 가르쳤는데 금세 깨쳤다고 한다. 막내 외삼 촌은 동네 삼촌들 모인 자리에 서너 살 때의 나를 데려다 곧잘 노래를 시켰다. "꼬가튼 터녀가 꼬바틀 매다가 얼찌고 절찌고~" 혀도 잘 돌아가지 않는 내 노래는 삼촌들에게 엄청 인기였고 사탕이나 껌을 자주 얻어먹던 기억이 난다).

그러나 책이 흔치 않았던 시골이라 늘 읽을거리가 아쉬웠다.

초등학교 때는 우리 반뿐만 아니라 옆 교실, 이웃마을까지 책을 빌리러 다녔다. 중학교를 들어갔더니 도서관에 책이 넘쳐나서 황홀했다. 도서관 사서 언니는 수시로 풀 떨어진 책을 한 아름씩 안겨주며 읽고서 붙여오 라는 심부름을 시켰는데 그게 참 자랑스러웠다. 그리고 중 3때는 한국일 보 백일장에서 산문으로 입상해, 전교생 앞에서 수상하는 영광스러운 일 도 있었다.

그때부터 소설가가 되고 싶었지만, 직장을 다니다가 들어간 대학도 국문학과나 문예창작과는 아니었다. 결혼 후에는 넷씩이나 되는 아이들을 기르느라고 글을 써 보기는커녕 10여년 이상 책과도 담을 쌓고 살았다. 그러자니 문학은 내게 늘 갈증 상태로 남아있었다.

그러다 늦은 나이에 회사를 다니며, 칼럼니스트 이상헌 선생님의 '기쁨세상' 카페에 자주 글을 올렸는데 그것을 본 오희창 선생님의 추천으로 문예사조를 통해 수필가로 등단했다. 그때가 2005년도 12월이었고, 2006년에는 강미희 선생님을 통해 〈문학저널〉로 또다시 등단했다. 같은 문예지 출신이 아니면 동호회 가입이 어렵다고 해서였다.

나는 글 쓰는 동안 한 번도 딸의 도움을 받아 보지 않았다.

알량한 내 자존심은 지금도 수정에 수정을 거듭하면서도 작품이 인쇄물로 나오기 전에는 가족들에게도 보여주지 않는다. 내 딸은 엄마가 밖에서 그런 오해를 산다는 사실조차 모를 것이다. 오해와 달리, 나는 딸이 대학 1학년 때까지 리포트를 봐줬다. 그때까지는 작문에 더러 어색한 표현이 눈에 띄어서다. 물론 그때도 재능이 없어서가 아니라 글 쓰는데 열의를 다하지 않아서 그랬다. 글이란 여러 번 읽어보지 않는 이상 본인 눈에는 어색한 부분이 보이지 않을 수 있기 때문이다.

대학 3학년 때는 학보사 기자로도 활동했는데 그때부터 실력발휘를 했다. 타자 속도도 빨라서 기사든 과제물이든 자료수집만 하면 하루 이틀이면 써버렸다. 지금도 네이버 등 웹 사이트에서 검색해 보면 딸애의 글을 볼 수 있다.

딸도 나를 닮아 어린 시절부터 활자 중독자라 할 정도로 책을 읽었다. 그래서 아무리 좋은 책을 권해도 읽지 않는 작은애들에게서 느끼는 허전함을 큰딸을 통해 달래곤 한다. 그렇듯 독서량은 엄청난데, 아이는 나와는 달리 글쓰기는 즐기지 않았다. 필요에 의해서만 글을 썼다.

대학 다닐 때 이따금 "너는 무슨 국문과 학생이 그렇게 글을 안 쓰냐?" 물으면 "엄마는 참, 국문과가 글 쓰는 과 인줄 아세요? 맨 날 글 써내야하고 그 과정을 배우는 과는 문창과라고요. 그리고 저는 문학보다는 언어학 쪽이 더 재미있어요. 그쪽 공부나 계속 해보고 싶어요."라는 답변이 돌아왔다. 내가 건망증이 심해서 1년에 한번 정도는 이런 질문을 했던 것 같다. 그 말에 위안을 받으면서도 한편, 행여 엄마의 어줍잖은 문학 활동으로 인해 아이의 창작의욕이 소멸되고 있지나 않는지 뜨끔했다. 그럴 때면, 타인과 공유하고 싶은 감정은 아무래도 질곡의 연륜에서 나오는 것이니, 딸도 생의 어느 지점에 이르면 글이 쓰고 싶어질 것이라고 스스로 위안했다. 나도 아이만한 때에는 세상에 더 이상의 새로운 이야기 거리는 존재하지 않는다고 생각했었으니까. 더구나 지금의 글과 언어는 30년 전에 비하면 비약적인 발전을 하지 않았는가.

아무리 전달 매체가 발달했다 해도 각자 고유의 독특한 정서는 언제나 새로운 메시지가 될 수 있는 것이다. 아이도 세상에 대고 하고 싶은 얘기가 생기고 그걸 글로 표현할 때 새로운 세계를 만나리라. 지금의 왕성한 독서는 훗날 글쓰기의 좋은 자양분이 될 것이다. 글맛을 아는 자는 언젠가는 작가가 되고 만다고 했다.

〈2008년, 문학서초〉

*나는 2015년 한국문인협회 기관지 「월간문학」을 통해 원하던 소설가가 되었다.

제2부

———

문

화

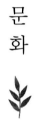

송지나 작가 드라마에 대하여

송지나, 나는 그녀의 작품만이 아니라 한 인간으로서도 그녀를 존경하고 흠모한다. 내가 송 작가의 홈피 〈드라마다〉를 알게 된 건 2003년이었다. 드라마다에는 송 작가의 주옥같은 글과 후배들을 위한 드라마 작법, 그리고 방영된 모든 대본이 공개되고 있다. 지금은 방송국 홈피에서도 대본을 공개하지 않고 있기에 그 공간이 더욱 귀하게 여겨진다.

그해 겨울, 신촌의 만미촌에서 연말 정모가 있었다.

40여 명의 멤버 중에는 남성도 꽤 많았지만 주로 20대 후반부터 30대 중반의 여성들이었다. 나처럼 순수 팬도 있었고 드라마작가 지망생도 있었다. 2차 호프집에서는 연장자 대우인지 내게 송 작가의 옆자리가 주어졌다.

그녀의 인간적 면모를 본 것은 그때부터였다.

테이블 맞은편에는 그녀의 방송아카데미 제자 우창수씨(라디오 극본 작가)가 있었다. 휠체어에 앉은 그는 뇌성마비장애인이었다. 온몸이 비틀어지며 하는 말은 알아듣기 힘들었고, 뭔가를 먹을 때는 음식과 침을 질질 흘렸다. 송 작가는 손에 침이 묻는 것도 아랑곳하지 않고 창수씨를 수시로 닦아주고 먹여줬다. 물론 곁에는 그를 돌보는 이가 합석해 있었지만, 그녀는 가족처럼 그를 챙겼다.

당시의 나는 창수씨의 모습이 측은하면서도 무서워서 쳐다보는 것조차 힘들었다. 그랬기에 거침없는 송 작가를 거의 경외의 눈으로 바라보고 있었다. 그 후 몇 차례 만남이 거듭될수록 진정 멋진 사람이라는 걸 알았다. 그녀는 정의롭고 공의로운 세상을 위해 드라마와 자신의 홈피를 통해 바른 말을 하는 몇 안 되는 유명인 중 한 사람이다.

송 작가는 늘 탤런트 김미경과 함께였다.

김미경은 송 작가 동생 친구로 '한씨 연대기' 등을 통해 연극무대에서 극찬을 받다 아이 출산과 함께 쉬고 있었단다. 송 작가의 추천으로 '카이스트' 촬영 때 어린 친구들의 연기지도 선생님으로 초빙되었다가 학사주점 여사장 역을 맡게 되었단다. 카이스트 방송 당시 혜성과 같이 나타난 특등 연기자라고 모두들 입을 모았다. 중성적 매력을 지닌 그녀의 자연스러웠던 연기는 훗날까지 회자되고 있다. 《상속자》의 청각장애인 엄마, 《힐러》의 해커 등 개성이 강한 캐릭터도 많았지만, 흔해 빠진 캐릭터도 그녀가 맡으면 독특하게 살아난다. 한 마디로 차원이 다른 연기로, 믿고 보는 몇 안 되는 탤런트 중 한 명이다. 최근에는 tvN 《또 오혜영》의 현실적인 엄마 연기로 역대 최고의 인기를 얻고 있다.

평소 총명하고 배려심 깊은 아가씨를 보면 며느리 삼고 싶다던 송 작가께서 몇 해 전 며느리를 봤다. 나는 한새의 결혼식 초대를 받고는 몹시 기뺐다. 유명인의 결혼식을 간다는 것도 좋았고, 고교 때부터 커가는 과정을 지켜보고 있었기에 자라서 혼인하는 모습을 본다는 게 아주 흐뭇했다. 예쁜 신부는 신중한 분위기의 한새와는 달리 쾌활해 보였다. 그렇게 상반되는 성격이 최상의 커플이다. PD출신의 송 작가 남편은 중년의 훈남이었다.

결혼식 하이라이트는 드라마 《왓츠업》에 출연했던 탤런트들의 축가순서였다. 하객들은 한 편의 뮤지컬을 보듯 젊은이들의 경쾌한 화음을 즐겼다. 주례는 뜻밖에도 젊은 날 우리를 열광시켰던 가수 양희은씨였다. 송 작가는 양희은씨를 이렇게 말했다.

"내 인생의 유일한 언니라고 할까. 힘들고 지칠 때, 누구에게도 할 수 없는 얘기가 있을 때 찾아가는 사람. 개같이 야단을 맞아도 무조건 괜찮은 사람. 언제나 받기만 하면서도 별로 미안해지지 않는 사람, 누군가 '인간의 조건'에 대해서 논문을 쓰고 싶은 사람은 양희은을 연구하면 된다. 인간이 동물과 구별되고 로봇과 구별되는 모든 점을 가지고 있다. 소위 인간이라고 불리는 종족 중에는 동물과 다를 바 없고, 로봇과 다를 바 없는 종류가 훨씬 더 많다. 그 점에서 굉장히 희귀한 인간종이다."

나는 한때 양희은씨 홈피 〈느티나무〉에 꽤 열심히 글을 올렸던 열혈 팬이었다. 그녀를 좋아했기에 'MBC 양희은 송승환의 여성시대'를 애청했고, 여성시대 홈피에 올렸던 글 두 작품은 방송을 타기도 했다. 그랬다가 드라마다를 드나들면서 뜸해지고 말았다. 양희은씨를 좋아하는 마음은 변치 않았지만 어떻게 그렇게 되고 말았다.

느티나무에서는 희은온냐라고 칭했는데, 막상 식장 앞에서 만나게 되자 "선생님, 저 송인자입니다."라는 인사말이 튀어나왔다. 그녀는 "송인자씨? 여긴 어떻게 오셨어요?" 하는 것이었다. 감격스럽게도 마치 그동안 나를 기억하고 있었던 것처럼 말이다. "선생님 뵈러요." 했으면 좋았으련만, 둔하고도 쓸데없이 솔직하기만 한 내 입에서는 "그동안 송지나 선생님과는 연락하며 지냈어요."가 나오고 말았다. 나는 내 어줍잖은 변명에 스스로가 민망해져서 황급히 자리를 뜨고 말았다.

이화여대 신문방송학과를 나온 송 작가가 드라마 작가가 된 과정은 특별하다. 육사출신 장교이었던 아버지가 남의 보증을 섰다 잘못되고, 제대 후 벌인 사업도 힘들어지자 대학시절 학생과외 아르바이트를 했단다. 한데 5공 시절 대학생 과외 금지 조치가 내려지자 고교시절 라디오극본 당선의 인연으로 '별이 빛나는 밤에' 구성작가 일을 하게 되었다.

대학졸업 후 모은 돈으로 유럽여행을 다녀왔는데, 당시로는 흔치 않은 배낭여행 이야기를 들려달라는 부탁을 받고 KBS '11시에 만납시다'에 출연했다가 담당 PD의 눈에 띄어 이 프로의 구성작가가 되었다. 초기에는 '추적60분'을 시작으로 '인간시대' '그것이 알고 싶다' 등의 다큐 프로를 했었다. '추적60분'의 진기웅 PD와 결혼하고 임신을 하면서 현장 뛰는 일을 할 수 없게 되자 드라마로 방향전환을 했단다. 첫 드라마는 지금은 작고한 조경환씨가 선생님으로 나왔던 《호랑이 선생님》이다.

송 작가는 '앤드류 사리스'가 작가로서 평가한다는 세 가지 기준, 즉 현저한 개성, 방법론으로서 스타일에 입각한 탁월한 기술, 심오한 내적 의미를 담보하는 대표적인 작가다. "송지나 시대극은 운명적인 비장한 아픔과 남성적 카리스마와 리더십이 극의 전반을 지배한다."며 칭송하던 정덕현 대중문화평론가는 《남자이야기》가 막장드라마에 막혀 시청률이 오르지 않자 "진정 막장 아니면 안 통하는 시대인가" 하며 안타까움을 토했다. 배국남 대중문화기자는 "송지나는 대한민국에서 가장 긍정적 수식어가 많은 작가"라고 그녀를 평했다.

송 작가의 작품을 보자면 사랑, 이별, 결혼 등의 멜로드라마는 없고, 대신 우리시대의 민감한 현실을 소재로 한 선 굵은 드라마가 많다. 초기에는 많은 시청자가 작가가 여성이라는 사실에 놀랐다고 했다. 그녀는 남자 하나 차지하기 위해 여자 둘이 피 튀기게 싸우는 그런 건 매력 없기 때문에 안 쓴단다. 세상에는 이성 말고도 달리 싸울게 많기 때문이라고 한다.

그녀의 작품 속 인물들은 악역이든 선한 역이든 혹은 조연이든, 모든 등장인물이 매력적이다. 대사는 삶의 철학을 담고 있고, 상황은 개연성이 충분하기에 쉽게 공감된다. 송 작가는 도대체 나이를 가늠하기 힘들만큼 젊은 감성을 지니고 있다. 성격도 낙천적이며 늘 새로움을 추구한다.

"소설은 원하는 사람만이 보는 것이지만 드라마는 시청자가 원하거나 원하지 않거나 본다고 상정해야 한다. 드라마로 인해 사람의 삶의 양태가 달라질 수도 있다고 믿기 때문에 드라마 작가는 그만한 책임감을 안고 출발해야 한다."는 말속에서 그녀의 드라마 관을 읽을 수 있다.

학창시절, 민중을 참 사랑했던 것 같다고 고백하는 그녀는 《여명의 눈동자》로 일제시대를 얘기했고, 《모래시계》로 80년대 현대사를 썼으며, 《남자이야기》로 2000년대의 대한민국을 그렸다. 그리고 얼마 전 《힐러》로 모래시계 자녀 세대를 얘기했다.

　　그녀가 원작이 있는 작품을 각색한 것은 김홍신 작가의《인간시장》과 김성동 작가의《여명의 눈동자》다. 그녀의 각색은 남달랐다. '인간시장' 원작에서는 주인공의 이름만 빌려왔을 뿐, 성격도 직업도 일련의 사건들도 전혀 새롭게 만들었단다. 원작을 따지자면 오히려 신문과 잡지의 기사, 그리고 추적60분 할 때 모아뒀던 사건 자료들이란다. 그런데 드라마가 히트하자 신문이나 잡지들이 원작자 김홍신 작가와 인터뷰를 하더란다. 그랬기에 또다시 김종학 감독으로부터 '여명의 눈동자' 각색을 부탁 받았을 때 싫었단다. 마음의 평정을 잃을까 두려웠고, 개인적으로 우리 역사의 암울한 시기를 되새기고 싶지 않았단다.

　　'여명의 눈동자' 원작에서는 자료 조사를 해주던 후배가 군대 가기 전, 주인공들 행로를 도표로 그려주었는데 중간 중간 그 도표만을 참고했단다. 워낙 대본이 늦어지고 촬영 팀이 조바심을 내자 한두 군데 원작을 참조했는데, 대치가 상해에서 보석상을 터는 대목과, 하림이 경성에서 부민관을 폭파하는 대목이 그것이란다.

《인간시장》 MBC (1988. 05. 16〜1988. 06. 07)
　　인간시장은 드라마에서 시대와 사회의 모순을 다루었다는 것만으로도 큰 의의를 가졌던 작품이다. 주인공 장총찬(박상원)은 불의가 판치는 세상에 뛰어들어 빼어난 싸움실력으로 통쾌하게 악당들을 물리치는 홍길동 같은 인물이다. 우리 보통 사람들은 늘 영웅에 목말라 있다. 특히 시대가 암

울할수록 말이다. 무용을 전공했다는 박상원은 유연한 몸놀림으로 매력적인 활극을 펼친다. 여기자 다혜(박순천)도 불의를 보면 참지 못하는 당찬 여성으로, 당시로서는 파격적인 역할이었다.

2016년 4월 15일, '김창렬의 올드스쿨'에 출연한 박상원이 가장 애착이 가는 드라마를 묻자 '인간시장, 여명의 눈동자, 모래시계'를 꼽았다. 박상원은 이후에도 《대망》,《태왕사신기》,《신의》 등 송 작가의 많은 작품에 출연하는 단골 배우다.

인간시장이 방송을 탔던 1988년은 유독 굵직한 사건이 많았다.

건국 이래 최대 국가적 이벤트인 88서울올림픽이 열렸었고, 세계 종합 4위라는 놀라운 성적을 거두었다. 4는 우리나라 사람들이 피하는 숫자였는데, 2002년 한일월드컵도 4강까지 올랐으니 이제는 행운의 숫자가 된 것인가.

그해에 국정감사가 제정되었고, 청문회가 시작되자 당시 노무현 국회의원(제16대 대통령님)을 통해 전 국민이 카타르시스를 느끼기도 했다. 청문회를 통해 독재와 비리가 낱낱이 밝혀진 전두환 전 대통령은 국민들의 분노를 피해 백담사로 들어가 버렸다. 또 교도소 이송도중 집단 탈주했던 지강헌이 인질극을 벌여 서울이 공포의 도가니가 되기도 했는데 그는 '유전무죄 무전유죄'라는 유명한 말을 남겼다.

《여명의 눈동자》 MBC (1991. 10. 07~1992. 02. 06)

일제치하와 해방, 그리고 한국전쟁으로 이어지는 격동의 현대사와 이데

올로기의 대립이 세 사람을 통해 그려진다. 윤여옥(채시라), 최대치(최재성), 장하림(박상원)은 파란만장한 역사의 소용돌이에 휘말린다.

최대치와 윤여옥을 통해서는 당시 일본에 강제 징집된 학도병과 말로만 듣던 종군 위안부의 처참한 실상을 보여준다. 의과대 출신 하림은 731부대의 생체실험에 강제 동원되어 죄책감에 빠진다. 해방된 조국, 그러나 미군정 하에서 여전히 활개 치는 친일파들, 용산 철도 파업, 이중간첩 문제도 다뤄진다. 이 드라마로 묻혀있던 제주도 4·3사건의 실체와 토벌대 진압의 부당성을 알렸다는 점도 주목받았다.

여명의 눈동자는 당시로는 획기적인 해외 현지 로케이션 제작이었다. 송 작가의 탄탄한 대본이 김종학이라는 장인을 만나 드라마의 예술성을 한 단계 끌어올린 것이다. 여명의 눈동자와 모래시계 등 주옥같은 테마음악을 만들었던 최경식은 인기 작곡가 윤일상의 외삼촌이다.

• 대치 : 버마에서 탈출을 하고 굶어죽기 직전에 한 사람을 만났어. 공산당이었어. 그때 미군에게 구출됐다면 내가 지금 네 자리에 있을지도 모르지

• 대치 : 자네가 안 됐군. 앞으로도 많이 살아야 할 텐데… 제대로 산다는 게 아주 힘들 텐데.

(하림의 마음속 독백)

그해 겨울, 지리산 이름 모를 골짜기에 내가 사랑했던 여인과 내가 결코 미워할 수 없었던 친구를 묻었다. 그들은 가고 나는 남았다. 남은 자에겐 남겨진 이유가 있을 것이다. 그것은 아마도 희망이라 이름 지을 수 있지 않을까. 희망을 포기하지 않은 사람만이 이 무정한 세월을 이겨나갈 수

있음으로…

《모래시계》SBS (1995. 01. 09~1995. 02. 16)

밤마다 거리조차 한산해졌다는 모래시계는 '귀가시계'라는 이름으로 지금도 드라마史의 기록으로 남아있다. 숨 막히는 5공 독재시절이 배경이다. 태수(최민수), 우석(박상원), 혜린(고현정)이라는 3명의 젊은이를 통해 그 시대의 삶을 들여다봤던 이 드라마는 당시 최고 시청률 75.3%라는 놀라운 기록을 보였다. SBS는 이 드라마 하나로 소규모 지역방송국이라는 이미지를 탈피했고, 그 결과 전국 규모의 다른 두 공중파방송에도 전혀 뒤지지 않는 인지도를 구축했다.

나는 모래시계를 수차례 봤는데 1, 2회 시작부터 눈물을 쏟게 된다.

주인공 태수는 아버지의 사상문제로 사관학교에 가지 못하게 되자 조폭의 일원이 된 후 정치판에 뛰어들고, 모범생 우석은 사법고시에 합격하여 검사가 된다. 운동권이었던 혜린은 카지노 사업을 하던 아버지가 죽자 사업을 물려받는다. 이후 친구였던 태수와 우석은 범죄자와 검사의 관계로 만나게 된다. 태수가 사형당하기 전 자신을 만나러 온 우석에게 "나 떨고 있냐?"라고 물었던 유명한 대사는 훗날 어느 작가의 "나 너 좋아하냐?"를 낳았다고 생각한다.

당시의 신문보도에 따르면 드라마 방영시간에는 장사도 잘 안 되었고 귀가시간도 당겨졌으며, 녹화용 비디오테이프도 잘 나갔다고 한다. 모래시계의 체험적이고도 속도감 있는 스토리는 대학시절을 고뇌하며 보냈던 송작가의 역량이라고들 말한다.

사람들은 모래시계를 통해 삼청교육대의 이면을 알게 되었고, 광주민주화 항쟁에 대해서도 범국민적 공감대가 형성되었다. "그 다음이 문제야." 이 말은 시청자들에게도 도피할 수 없는 삶의 준엄함을 일깨워주는 명대사다. 세상 살다보면 때로 불의를 보고도 외면하거나 그에 가담하게 될 때도 있다. 그러나 그 다음에 어떻게 하는가에 따라 우리의 삶은 그 빛깔을 달리한다.

모래시계에 등장했던 '정동진역'은 이후 유명관광지가 되었으며, 말없는 보디가드 역 재희(이정재)는 큰 인기를 얻었다.

• 우석 : 왜 안 됩니까? 왜 반대를 하면 안 되죠? 반대를 용납하지 못하는 건 독재라고 배웠는데요. 아닙니까?

• 혜린 : 추억마저 없다면, 우리 그동안 살아온 게 너무 불쌍하잖아요.

• 재희 : 늘 받기만 했다고 생각하십니까? 나는… 나야말로 행운이라고 생각했습니다. 한 사람을 알고 평생 그 사람을 바라볼 수 있었습니다. 세상에 그럴 수 있는 사람 그렇게 많지 않습니다. 아가씨가 있어서 난 그렇게 할 수 있었습니다. 이해하시겠습니까? 감사를 드려야 할 사람은 바로 접니다.

• 우석 : 사랑하냐고 묻는 겁니까? 사랑은 노력하는 거라고 생각해요. 저는 노력할 준비가 되어 있구요. 평생 노력할 겁니다. 이런 말로… 안 되겠습니까?

• 태수 : 나 떨고 있냐? 그게 겁나. 내가 겁날까봐.

《달팽이》 SBS (1997. 10. 08~1997. 12. 11)

'달팽이'의 원래 제목은 '사랑에 관한 4가지 고찰'이었단다.

한 가지 사건에 대한 네 가지 시선을 각자의 입장에서 차례로 보여주고 있다. 여러 시선을 통해야만 한 가지 진실이 제 모습을 갖추게 된다는 세상살이의 해법이 드라마를 통해 드러나는 것이다. 드라마 '달팽이'는 마치 퍼즐게임을 푸는 것과 같다.

11살 때 교통사고를 당해 성장이 멎어버린 동철(이정재)의 해맑은 사랑, 인생의 즐거움도 쓰라림도 잊은 30대 도시 남 병도(이경영)의 사랑, 가정에 매몰돼 버린 주부 윤주(이미숙)의 사랑, 목표를 위해 모든 것을 던지는 신세대 여성 선주(전도연)의 앙큼한 사랑이 해부된다.

1회에 나온 장면을 5회에서 또 보게 되지만 그 시선은 전혀 다르다. 선주가 병도와 만나는 장면이 윤주의 눈에는 '바람피우는 현장'이지만, 선주에게는 '시간낭비'에 불과하고, 병도에게는 '작은 설레임의 시작'이다. 이 모든 장면들의 진실은 극의 마지막을 향해 갈수록 선명하게 나타난다. 모래시계로 인기를 얻는 이정재는 달팽이에서 남주인공을 맡았다.

• 동철 나레이션 : 나는 이따금 사람들 속으로 숨는다. 그러면 사람들은 나를 알아보지 못한다. 이 세상엔 나처럼 숨고 싶은 사람들이 많은 거 같다. 아무도 보지 않을 때 사람들은 다 쓸쓸한 얼굴을 하고 있다.

《카이스트》 SBS (1999. 01. 24~2000. 10. 08)

한국과학기술원(KAIST) 대학생들의 학업, 꿈, 희망, 우정 등을 담은 드라마로 전 연령대에 걸쳐 큰 호응을 얻었던 작품이다. 총 81부작까지 끌었는데 송 작가가 1~67회까지를 썼고, 뒷부분 68~81회는 보조 작가들이 썼다.

송 작가는 중고등학생들에게는 삶의 모델을 제시해줘야 하고, 전문직 분들도 만족시켜야 했기에 굉장히 어려운 드라마였다고 한다. 그녀는 카이스트를 쓰기 위해 1년을 준비했고 2개월 동안 KAIST 기숙사에서 살면서 과학도들과 함께 호흡했다.

문학과 역사와 사회의 인문분야에는 해박한 그녀지만 전쟁터의 총탄처럼 날아다니는 전문용어들을 듣고 있노라면 자신이 도대체 어느 세상에 있는지 모를 지경이었다고 한다. 그녀가 만난 과학자는 '더 할 수 없이 소박하고 천진한 사람들'이었다며 이렇게 말한다. "드라마 작가는 기껏 사람들에게 생각할 무엇을 던져주는 존재이지만 과학자는 세상을 바꿀 수 있는 사람들이 아니겠어요?"

이 드라마에는 이민우, 김정현, 이은주, 채림, 이휘향, 안정훈 등 당시의 유명인도 많았지만 강성연, 정성화, 추자현, 지성, 이나영, 연정훈 등이 인지도를 굳힌 드라마이기도 하다. 가슴 아프게 이은주는 영화 '주홍글씨' 이후 다시는 볼 수 없는 저세상 사람이 되었다.

• 이 교수 : 맞는 게 아니면 틀리고, 이게 아니면 저거고. 그런 식으로만 세상을 보면 많은 걸 놓치게 돼. 민재 앞에는 지금 열두 개도 넘는 길이 있어. 그 중에 어떤 게 정답인지는 아무도 몰라. 자기가 택한 답을 정답으로 만드는 건 그 자신이야.

• 경진 : 분석 좀 하지 마, 그런 거 하지 말고 별이나 보라구. 5분만 입 다물고 별을 보면 내가 상을 줄게. 5그램의 평화, 10그램의 자유, 그리고

20그램의 행복.

• 자현 : 저에겐 오빠가 셋이 있습니다. 어렸을 때 오빠들이 물었습니다. 너 여자 할래? 사람 할래? 그래서 전 당연히 사람 하겠다고 대답했습니다. 그 다음부터 전 죽도록 맞으면서 컸습니다. 하지만 지금도 전 그때 대답을 잘했다고 생각합니다. 전 여자니 남자니 골치가 아파서 잘 모르겠습니다. 전 사람입니다. 그러니까 사람한테 질문을 해주시면 정말 감사하겠습니다.

• 지원 : 아마데우스라는 영화 안 봤어? 거기 살리에르 나오잖아. 아무리 해도 모차르트를 이길 수 없는 사람. 살리에르가 살 수 있는 방법은 한 가지야. 모차르트와 경쟁을 안 하는 거지. 모차르트 같은 인간은 없다고 생각하는 거야. 이 세상에는 살리에르가 99퍼센트니까 모차르트 때문에 너무 맘 쓰지 마.

당시 보조 작가로 활동했던 박경수, 한지훈, 김윤정 작가는 이제 기초가 탄탄한 중견작가로 각광받고 있다. 박경수는 2013년 《추적자》로 일약 인기작가가 되었으며, 이후 《황금의 제국》, 《펀치》를 써서 승승장구하고 있다. 한지훈은 《태극기 휘날리며》 등 영화 시나리오로 먼저 유명해졌고, 이후 드라마 《개와 늑대의 시간》, 《닥터진》등 많은 작품을 썼다. 김윤정은 《남자가 사랑할 때》, 《해피엔딩》을 썼다.

《러브스토리》 SBS(1999.12.01~2000.1.27)
옴니버스식 드라마로 강렬한 메시지를 담고 있다.

그동안 국내 드라마의 '사랑 다루기'는 남녀의 결혼 아니면 현실과 동떨어진 캐릭터 설정을 통한 '신데렐라 스토리'에만 치중해온 경향이 있다. 이 때문에 방송사들이 '사랑의 허상'을 만들고 있다는 지적을 들어왔다. 송 작가는 언제나 기존 드라마가 다루지 않았던 소재나 형식에 도전해왔다. 러브스토리도 지극히 일상적이고 현실적인 사랑을 다룬다. 그녀는 말했다.

"시시각각 변하는 시청자의 취향을 따라가다 보면 작가가 균형을 잃어버린다. 그럴 바엔 차라리 내가 보고 싶고 내게 재미있는 얘기를 쓰자는 생각이다. 물론 시청률을 올리는 방법이 없는 것은 아니다. 가령 부잣집과 가난한 집의 극명한 대비에다 불륜을 적당히 녹이는 식이다. 드라마 설정에서 신분 차이가 있으면 드라마를 끌고 가기가 한결 쉬워지기 때문이다. 양쪽의 상황과 주변 인물을 보여주다 보면 원고 분량을 메우기가 쉬워진다. 러브스토리에선 이런 부분을 제외했다."

러브스토리는 매주 2회분짜리 총 8부작이다. 각 에피소드의 공간과 인물설정은 일상에서 쉽게 접할 수 있는 사람들이다. 주차장 정산소나 유실물 센터의 여직원, 지하철 기관사와 요리사 등이다. '해바라기'에선 사랑의 감정 중 소유욕과 집착을 확대시켰으며, '메시지'에선 핸드폰이나 호출기를 통해 '의사소통' 문제를 도마 위에 올렸다.

['러브 스토리' 여덟 이야기]

①해바라기 : 스토커를 통한 왜곡된 사랑의 소유욕과 집착. 사랑은 '이래야 하는 것'이란 규정을 미리 해두고 시작하는 사람들의 이야기(출연: 이병헌, 이승연, 김선아, 정유석).

②메시지 : 사랑은 없다, 그래도 사랑은 있다. 사랑을 믿지 않던 사람이 어느 날 사랑에 빠지기까지의 우여곡절을 핸드폰, 호출기 등 통신 수단을 소재로 그린다(출연: 송승헌, 최지우, 차승원, 이범수, 이나영).

③유실물 : 놓쳐버린 사랑은 결코 돌아오지 않는다. 과거에 대한 집착으로 가까이 다가온 사랑을 몰라본다는 이야기(출연: 송윤아, 허준호, 유지태, 한고은).

④오픈 엔디드 : 이 시리즈 중 유일하게 슬픈 사랑 이야기. 불치병으로 죽어가는 여인이 6살 연하의 남자를 만난다. 너무나 사랑한 나머지 두 사람은 마지막까지 사랑한단 고백을 하지 못하는데….(출연: 이미연, 이민우, 김형자)

⑤로즈 : 쫓는 자와 쫓기는 자의 사랑. 수배자의 딸과 형사가 사랑에 빠진다 (출연: 이경영, 김태연, 김정현, 정동환).

⑥미스 힙합&미스터 록 : 힙합과 록이 조화를 이룬다. 세대만 아니라 이데올로기와 사고방식이 서로 다른 두 사람의 사랑이야기(출연: 소지섭, 배두나, 신성우).

⑦불면증, 매뉴얼 그리고 오렌지 주스 : 사랑엔 정답이 없다. 정해진 매뉴얼대로 움직이는 여자와 러브스토리 만화를 수 백편 그렸던 만화가의 로맨틱 코미디(출연: 김현주, 권오중, 김효진).

⑧기억의 주인 : 상대방의 기억까지 끌어안을 때 사랑은 완성된다. 심장이식을 받은 여자가 죽은 여자의 기억을 공유한다(출연: 전도연, 김석훈, 김태우, 박상아, 송선미).

《대망》 SBS (2002. 10. 02~2003. 01. 05)

　내가 송 작가의 홈피를 찾게 된 결정적 작품이다. 대망은 무수한 명대사가 있어 많은 비평가들이 '철학드라마'라고 말한다.

　박휘찬(박상원)은 개성의 명문 상인이다. 극은 이 집안 두 형제 재영(장혁)과 시영(한재석)의 갈등을 기본 축으로, 근대적 자본의 형성과정과 신분사회의 모순을 뛰어넘는 다양한 인간군상을 그렸다. 주인공 재영은 여느 사극의 주인공처럼 영웅적이고 비범하지 않다. 권력을 향한 야심이나 집착도 없고, 인간에 대한 따스한 애정이 살아 있는 휴머니스트다. 형 시영은 악역이지만 요즈음 흔히 등장하는 사이코패스들처럼 눈을 희번득거리거나 악을 쓰지 않는다. 오히려 차분하고 냉소적인 표정으로 냉혈한인 주인공의 내면을 표현했다. 물론 역할에 대해 작가와 감독의 세심한 지도가 있었을 것이다. 세자 역으로 나왔던 잘 생긴 조현재는 이후 오수연 작가의 러브레터의 주인공으로 발탁되었다.

　• 휘찬 : 잘 들어라. 사람은 하나를 받으면 감사하나 곧 두개를 바라게 된다. 두개를 바라는데 하나밖에 못 주면 다음 날 그는 너를 인색하다고 비난할 것이야. 종국에는 너의 목숨까지 바라게 된다. 그래서 목숨을 내주고 나면 한달 정도는 기억하겠지. 그 다음에는 점차 그것이 당연하다고 여기게 되는 거야. 왜냐. 그렇게 해야 마음이 덜 불편할 테니까. 그게 사람이다.

　• 휘찬 : 세상을 살아가다 보면 너도 이해하게 될 것이야. 세상에는 버려야 할 것과 취해야 할 것이 있어. 버려야 할 때에 버릴 것을 버리지 못하면 넌 네가 원하는 것도 얻지 못하게 될 게야. 이번에 너는 버리는 연습을 했다고 생각해라. 나도 많은 것을 버려왔다. 때로는 자존심을 버리고 때로

는 소중한 사람도 버려왔어. 그렇게 해서 무엇을 얻냐고? 힘을 얻게 되지. 힘을 얻게 되면 그만큼 버리지 않아도 되는 것들이 많아지고.

• 선재 : 선동했다고 생각하냐? 선동은 너처럼 머리만 굴리는 놈들이 하는 거지. 저 아이는 믿었지. 믿음도 없이 남들에게 보이려고만 땅을 팠다면 누가 그를 따랐겠느냐. 사람들이 아무리 무식해도 그런 것은 속여지지 않는 법이야.

• 동희 : 최고의 권모술수는 솔직한 거야. 솔직한 것 이상의 술수는 없어.

《로즈마리》 KBS2 (2003. 10. 29~2003. 12. 25)

사랑스런 두 아이가 있는 평범한 여자가 시한부 선고를 받고 주변을 정리하면서 느끼는 가족애와 행복에 대해 다시 한 번 생각하게 하는 드라마다. 철없는 남편은 아내의 사랑을 너무나 늦게 깨닫는다. 어찌 보면 너무나 빤한 설정인데도 송 작가는 드라마를 통해 평안하고 아름다운 죽음을 표현하고 있다. 삶이 몇 개월 남지 않은 여자와 그녀를 곁에서 지켜보면서 지나간 시간을 반성하는 남편, 그녀를 대신해서 어린아이들의 엄마가 되어야하는 철없는 젊은 여자, 사랑을 한 번도 표현 못하다가 마지막에야 사랑을 느끼고 안타까워하는 남자. 이들 인물들을 통해 진정한 삶의 의미가 무엇인지를 생각하게 하는 드라마이다.

이 작품은 내 글(로즈마리를 통해서 본 드라마작가의 덕)을 쓰는 데 배경이 된 작품이다.

• 최영도 : 사랑할 시간이 많이 남은 줄 알았다. 그래서 사랑에 게을렀다. 상처만 두려워했다. 다시 시작할 수도 없는 단 한번 뿐인 세상에서…

• 딸 나레이션 : 아빠는 밤새도록 엄마를 안고 계셨답니다. 엄마가 너무 가벼워서 그냥 꽃 한 송이를 안고 있는 것 같았다고 아빠는 말씀하셨습니다.

《태왕사신기》MBC (2007. 09. 11~2007. 12. 05)

한반도 역사에서 유일하게 광활한 대륙을 정복했던 광개토대왕의 활약상을 그린 드라마로 3년 6개월의 제작기간과 막대한 투자비를 들였다. 당시 최고 한류스타였던 배용준과 박상원, 최민수, 문소리 등 대배우도 많았지만 박성웅, 오광록은 이 드라마가 출세작이 되었으며, 이지아와 이필립은 배우 데뷔작이다.

이 작품은 시놉시스가 나오자마자 분쟁에 휘말렸다.

만화가 김진씨가 자신의 '바람의 나라' 사신의 의인화를 도용했다는 것이었다. 이건 법정 재판까지 갔다. 표절로 지적된 부분은 만화의 핵심 줄거리인 4방위를 호위하는 신수가 인간의 모습으로 왕을 도와 이상향을 향해간다는 것이었다. 김진은 태왕사신기 제작진과 송 작가를 상대로 저작권 분쟁조정 신청을 냈지만, 표절이 성립될 수 없다는 판결이 나왔고, 정작 드라마가 시작되자 전혀 다른 스토리로 더 이상의 논란은 없었다. 송 작가는 어느 한 부분도 닮지 않게 쓰려고 무척 신경 썼단다.

주변인에게 듣기로 오해의 여지는 있었다. 그 몇 해 전 '바람의 나라' 저자 김진이 작품을 들고 김종학 감독을 찾아갔더란다. 작품을 검토한 김 감독은 대답이 없었단다. 그리고 얼마 후 김종학 감독이 송 작가를 불러 작품을 의논했고 기사화 됐다. 지금은 고인이 된 김 감독께서 어떤 생각을 갖고 있었는지 알 수 없지만 아이디어를 보자 믿을 수 있는 송 작가에게 쓰게 하고 싶었던 건 아닐까. 어찌되었든 그동안 단 한 명의 안티도 없던 송 작가는 '바람의 나라' 어린 팬들로부터 엄청 욕을 먹었고, 인터넷에도 '표절'이라는 제목의 기사로 한동안 맘고생을 했다.

게다가 김 감독께서 태왕사신기 2편을 계획했던 것인지 마지막 회는 납득하기 힘든 상황으로 끝났다. 송 작가도 아쉬움이 남았던지 자신의 홈피를 통해 "엔딩에 관해 몇 가지 버전이 있는데 그 중 마이너스1 버전이라고 생각하시면 됩니다."라고, 김 감독을 변호하는 듯한 글과 함께 드라마와는 전혀 다른 마지막 회 대본을 공개했다. 고대와 현대가 이어지는 완벽한 마무리였다.

〈태왕이 어린 아들과 무술 대련을 해주고 옆에는 늙은 신하가 웃고 있는 평화로운 모습이 그려지고, 태왕은 서른아홉 젊은 나이에 세상을 뜨고, 아들 장수태왕이 땅을 더 넓혔으나 당나라 군에 의해 고구려의 모든 역사 기록이 소실되었다는 자막이 나온다.

이어서 현대의 인천공항 청사가 나오고, 배낭을 멘 현대인인 현고와 어린 수지니가 단체 관광객들 속에 끼어 설명을 듣는데, 중국 집안시에 가서 광개토대왕비를 볼 거지만 만져볼 수도 없고 사진 촬영도 안 된다는 소릴 듣자 수지니, "그런 게 어딨어. 우리 껀데." 그 주위를 무심히 지나는 사람들, 저만치 여행가방을 끌며 걷는 뒷모습 머리가 짧은 처로, 저만치에 택시를 잡고 있는 말끔한 신사 호개, 오가는 많은 사람들…〉

 • 수지니 : 범을 잡겠다고 도끼 하나 들고 덤비는 건 용기가 아니래요. 그건 그냥 무식해서 겁이 없는 거래요. 겁을 내는 건, 지혜가 있기 때문이

구요. 지혜가 있는 자는 도끼가 아니라 덫을 놓아 범을 잡는 데요. 겁이 나지만 하는 것, 그러기 위해 지혜를 다하는 것, 그게 용기래요.

• 담덕 : 기하야, 언제나 내 옆에 있어라. 언제라도 돌아보면 보이는 데 있어줘.

《남자이야기》 KBS2 (2009. 04. 06~2009. 06. 09)

송 작가는 '남자이야기'가 여명의 눈동자, 모래시계에 이은 '송 작가의 아아 대한민국 3부작'의 마지막편이라고 했다.

주인공 김신(박용하)의 백수 인생에 대전환이 생긴 것은 한 순간이다. 착실하게 만두공장을 해오던 형이 '쓰레기만두'의 오명을 쓰고 사채업자들에게 쫓기다 자살한다. 그는 형의 사채 빚을 갚기 위해 신체 포기각서를 쓰고 결국 교도소에 수감되는데, 그 곳에서 형의 죽음을 둘러싼 거대한 음모와 실체를 접하고 변화한다. 악역 채도우(김강우)는 냉혹한 천재다. 외모, 재력, 학벌까지 모두 갖췄다. 그는 지금은 흔한 캐릭터가 된 사이코패스다. 이 드라마로 인해 사이코패스란 단어가 유행했을 정도다. 어디 하나 부족할 것 없는 인생을 살아온 그에게 결핍된 것은 바로 '감정'이다. 그의 내면에는 단지 잔혹한 악마성이 있을 뿐이다. 그는 대한민국 경제의 중심인 기업계와 정치계를 쥐락펴락하며 자신이 이기는 것만을 목표로 다른 사람들을 짓밟는다. 이 두 남자의 사랑을 받는 서경아(박시연)는 평범했던 삶이 돈과 거대세력의 횡포로 인해 한 순간에 무너지는 서민의 아픔을 대변하는 캐릭터지만 그녀도 흔한 상투적 결말을 따르지 않는다.

1회에서는 '쓰레기만두 파동'과 영화 '부러진 화살'로 민낯이 드러난 '석

궁사건'을 혼합해서 다루고 있다. 10회에서는 언론에선 좀처럼 볼 수 없었던 철거민과 재개발에 관한 내용을 보여줬다. '용산 참사 100일', 도시 재개발 이면에 드리워진 철거민의 애환, 공권력의 무능과 비리 등을 종합적으로 그리고 함축적으로 보여줬다. '갈 곳이 없어 모인 철거민들'을 '빨갱이'로 생각하는 대사 속에는 우리 사회의 철거민에 대한 인식수준이 어떤지가 잘 드러나 있다. '투쟁=빨갱이'라는 등식은 21세기 한국 사회에서 아직도 통용되고 있는 문법이다.

경찰과 용역직원은 물론 고위공무원과 건설회사 간 돈을 매개로 한 비리 구조 앞에서 철거민들의 생존권은 고려대상이 될 수 없다. 〈남자이야기〉는 이 부분을 짚었다. 너무도 씁쓸한 건 철거민들이 폭력을 당할 때 김신이 분신을 시도하는 장면을 기자들이 취재해 갔지만 대기업이 언론 보도를 막음으로써 '없던 일'이 돼 버린다. 남자이야기는 뉴스나 시사고발 프로그램이 하지 못한 일을 했다고 해서 '언론을 부끄럽게 만든 〈남자이야기〉'라는 타이틀이 붙었던 드라마다.

《왓츠업》 MBN (2011. 12. 03~2012. 02. 05)

연기자를 꿈꾸는 뮤지컬학과 학생들의 도전과 실패, 사랑과 우정을 그린 MBN 주말 특별기획 드라마이다. 스토리와 노래가 적절히 섞인 새로운 형식으로 눈길을 끌었다. 뮤지컬학과를 소재로 한 작품답게 노래뿐만 아니라 춤추는 장면 등으로 영상이 화려하다. 이 드라마는 송 작가의 동생 송지원과 장미자 공동 연출이다. 송지원은 이 외에도 '하얀거탑', '더킹 투 하츠' 등을 공동 연출했다.

왓츠업은 원래 SBS에서 방영키로 했다가 무산되고 종편인 MBN에서 방송되었다. SBS가 9시대 월화드라마를 폐지해버린 바람에 그렇게 되었지만, 당시 주인공인 그룹 빅뱅 멤버 대성이 교통 사망사고를 낸 이후 복귀가 너무 빠르다고 네티즌들이 거세게 항의하던 것도 계기가 되었다는 후문이다. 작품의 완성도에도 불구하고 당시만 해도 종편 시청률이 낮았기에 제대로 평가받지 못해 안타까웠던 작품이다. 지금 드라마와 뮤지컬 무대에서 종횡무진하고 있는 조정석의 데뷔작이며, 최근 '태양의 후예' 윤명주 중위로 인기스타가 된 김지원이 사랑스러운 캐릭터로 인지도를 굳힌 드라마다.

· 그 사람이 겁이 많은 가부다. 원래 겁이 많은 사람들이 도와줘, 고마워, 미안해. 이런 말을 못하는 거야. 거절당하면 어떻게 하나, 상대가 웃기다고 하면 어떻게 하나. 이런 저런 게 다 무섭거든.

《신의》 SBS (2012. 08. 13~2012. 10. 30)

원래는 신의(神醫)라는 제목이었으나 신의(信義)로 한자를 변경함으로써 작가의 의도를 드러냈다. 이 드라마가 종영된 이듬해인 2013년 7월 23일에 연출자인 김종학 감독은 출연료 미지급 문제와 배임 혐의로 검찰의 조사를 받아오다가 자살해 김 감독의 유작이 되고 말았다. 많은 이들이 김 감독은 진정한 예술가였지 사업가는 아니었던 것 같다며 그의 죽음을 안타까워했다.

신의는 송 작가 이전에 무려 세 명의 작가를 거쳤던 작품으로 김 감독의 설득으로 송 작가가 작품을 새롭게 완성시켰다. 그녀는 드라마에서 못다한 얘기를 소설로 쓰고 있다. 타임 슬립 로맨스의 새 장을 열었다는 신의는 고려시대 무사 최영과 현대 여의사 유은수의 시공을 초월한 사랑과 진정한 왕을 만들어 내는 과정을 그린 장편소설이다. 판타지와 역사의 경계에서 피어난 사랑이야기로 스피드한 문체, 기발한 착상, 무규칙한 형식 등 결코 드라마에서는 볼 수 없었던 송 작가만의 문학세계를 만날 수 있다. 전 4권 예정으로 현재 2권까지 출판되어 인기를 얻고 있다.

드라마 신의로 송 작가의 홈피 '드라마다'는 회원 수가 폭발적으로 늘었다. 개인적 견해로 태왕사신기로 인해 송 작가에게 안티 팬을 양산시켰던 김종학 감독께서 신의로 조금이나마 회복시켜주고 가신게 아닌가 싶다.

《힐러》 KBS2 (2014. 12. 08~2015. 02. 10)

가장 최신 작품이다. 정치나 사회 정의 따위는 상관없이 살아가던 젊은 이들이 부모세대가 물려준 세상과 맞짱 뜨면서 자신과 세상을 치유해가는 통쾌하고 유쾌한 로맨스다. '모래시계 세대의 자녀들의 이야기'로 민주주의를 위해 해적방송을 했던 386세대 자녀들이 진정한 언론인으로 거듭난다.

1980년 언론통폐합에 반대하여 해적방송을 하던 5명의 대학생들이 있었다. 그들 중 두 명은 요절했고, 기영재(오광록)는 옥살이를 치루고, 나와 힐러의 스승이 된다. 또 한명 김문식(박상원)은 자본과 권력을 아우르는 거대언론사의 사주가 되었다. 홍일점 최명희(도지원)는 장애를 입은 채 부잣집 마나님이 되어 칩거 중이다. 이들 중 해적방송의 정신을 잇는 사람은 어린 나이에 형을 따라다니며 어렴풋이 저항의 공기를 맛보았던 김문식의 동생 김문호(유지태)뿐이다.

그들의 아이들은 돈이면 무슨 일이든 하는 시대를 살고 있다.

서정후(지창욱)는 힐러라는 닉네임의 심부름꾼으로 조민자(김미경)라는 해커와 함께 굵직굵직한 사람들의 비밀스런 일들을 처리해준다. 채영신(박민영)은 양아버지와 함께 살며 온라인매체 기자로 검색어에 맞춰 똑같은 기사를 수십 개씩 쏟아내며 제목으로 낚시질하기에 바쁘다. 김문호(유지태)는 그 시대와 이 시대를 잇는 유일한 연결고리다. 그는 유명기자임에도 불구하고 무력하다. 김문호는 죄책감에 이 시대의 젊은이들에게 언론의 가치를 가르쳐야하는 책임감을 갖고 어린 시절 형에 의해 버려진 최명희의 딸 채영신을 찾아내 유명기자로 훈련시킨다.

작가는 진정한 언론인으로 사회를 치유할 주체는 변절한 386세대도 아니고, 과도기적인 김문호 세대도 아닌, 채영신과 '힐러'로 대표되는 젊은 세대라고 말한다. 이들을 김문호처럼 문제의식을 공유하면서도 아직 기득권에 포섭되지 않은 세대가 견인해준다면, 사회를 '힐링'할 수 있는 새로운 주체로 탄생하리라 믿는다.

장자연 사건을 다루는 장면에서는 "나 믿어 봐요. 다 지나가요."라는 말로 지금도 어느 구석에서 숨죽이고 있을 또 다른 장자연에게 위로의 말을 남긴다. 해적방송요원들이 경찰의 추적을 피해 달릴 때 흘러나왔던 '나 어떡해' '세상모르고 살았노라' 등은 진한 향수를 불러 일으켰다.

• 민자 : 그 눈을 봐야했어요.
• 민자 : 사람들이 진실이니 정의니 떠들 때는 그 행간을 의심해봐야지. 원래 그런 건 굳이 떠들 필요가 없는 단어들이거든. 사심이 없다면 말이지, 사심이 뭐야?

• 영신 : 진실을 밝혀주고 싶습니다. 사건을 다루는 건 경찰이지만 진실을 다루는 건 기자라고 배웠습니다. 맞죠?

이 이외에도 1988년의 《퇴역전선》, 《우리 읍네》 1989년의 《선생님 우리 선생님》, 《세노야》 1990년의 《사람과 사람》 1992년의《오월의 이중주》가 있고 영화로는 《억수탕》과 《러브》가 있다.

*위의 글에는 송 작가의 글, 방송국의 드라마 소개, 대중문화평론가들의 글이 인용되었음을 밝힌다.

천사의 발톱

예술의전당에서 딸과 함께 국내 창작 뮤지컬 〈천사의 발톱〉을 봤다.

'천사'와 '발톱'이라는 반어법 속에, 인간의 야수성을 다룬 이 작품은 3년간의 제작과정을 통해 탄생했단다. 주인공이 유명한 탤런트 유준상이라기에 신나서 따라갔다. 한데 날짜를 잘못 짚었던지 더블 캐스터인 김도현 주연의 공연을 보게 되었다. 처음 떨떠름했던 기분은 공연을 보는 동안 눈 녹듯 사라져버렸다. 그가 천사에서 악마로 변할 때는 정말 기막혔다. 바로 눈앞에서 옷을 갈아입었는데도, 그는 전혀 다른 사람으로 보였다. 나중에 알고 봤더니 그는 한국 연극계의 거목 김동훈씨 아들이란다. 역시 피는 못 속이는 것 같다. 70년대의 김동훈씨는 살아있는 햄릿이 아니던가.

종이 울리고 실내등이 서서히 꺼지자, 무대 앞부분에서 흙먼지 같은 게 피어올랐다. 부연 연기는 날개를 접고서 무대 장막 위를 날고 있는 천사와 세 개의 빗살무늬 조명에 어룽어룽 무늬를 만들면서 환상적인 분위기를 연출해냈다.

1막, 무대가 열리면… 사내가 좀 모자란 듯 히죽이고 서있고, 그 곁 늙은 아버지의 내레이션이 시작된다.

"천사는 발톱이 없다. 그러나 가끔 발톱을 가지고 태어나는 돌연변이 천사가 있다. 그들은 엄청난 고통을 감수하면서 20년에 한 번씩 발톱을 뽑아야 한다. 만약 뽑지 않으면 발톱의 야수성에 자신도 모르게 악마로 변하고 만다."

내용은 항구도시를 배경으로 잔인하고 위험한 삶을 살고 있는 동생 이두와 바보같이 착한 쌍둥이 형 일두의 이야기로 시작된다. 이두는 밀수조직에서 몰래 금고를 빼돌리다가 말리는 형 일두를 우발적으로 찔러죽이게 된다. 죄책감에 괴로워하는 이두 앞에 버려진 아기 태풍이 나타난다. 그는 엄청난 욕망과 야수성을 감추고 그때부터 죽은 형 일두로 살아간다. 자신의 청춘은 뒤로 한 채 오직 태풍만을 바라보며, 바보 취급 당하는 것이 과거 자신의 모습에 대한 반성이라 생각하고 숨죽이며 살아간다.

어느덧 20년이란 세월이 흐르고, 고등학교를 졸업하는 태풍을 보며 이두는 아무런 희망 없이 늙어버린 자신을 발견하고 서러워한다. 회한에 젖은 이두 앞에 혜성처럼 나타난 소녀 희진, 그는 그녀를 통해 새롭게 삶의 기쁨을 알게 되고 그녀를 사랑하게 된다. 그러던 중 과거 그가 몸담았던 조폭들에게 끈질긴 추격을 당하게 되어 괴로워한다. 거기에다 가출소녀 희진과 태풍이 사랑을 나누는 장면을 목격하게 되면서 이미 사라진 줄 알았던 자신 속의 질투와 잔인함은 원래의 그를 불러내고야 만다.

2막의 시작은 아주 음산했다.

캄캄한 무대에 강렬한 사운드의 음악이 흐르고, 무대 한 가운데 당당하게 팔다리를 벌리고 무시무시한 자세로 서있는 주인공, 검은 실루엣으로

만 보이는 그의 가랑이 앞에는 분노의 강줄기처럼 새빨간 불빛이 뻗어 나오고, 양 팔 밑으로도 붉은 빛이 강하게 뻗어 나온다. 그것은 악마의 날개가 돋는 것이리라.

중간중간 악마의 발톱이 나오려는 순간의 무대는 광포해진 인간의 내면을 충분히 표현하고도 남았다. 부연 주황빛 조명과 무대 뒤 바다로 면해 열려있는 컴컴한 세상, 거세게 펄럭이는 커튼과 불꽃이 타오르고 있는 용광로, 바닥에서부터 휘몰아쳐서 펄럭이며 올라가는 종이 등 삶의 잔해들이 너절했다.

철공소 천정에 매달려 있는 두 천사의 날개가 몸을 지탱하기에는 턱없이 부족할 만큼 작고 초라한 것은 인간 내면의 선이란 게 그처럼 불완전하고 보잘 것 없다는 것을 의미하는 건 아닐까. 우리는 진정 천사의 후손인가. 악마의 후손인가.

극 전체를 통해 가장 아름다웠던 장면은 소년 태풍의 꿈을 나타내는 장면인데, 무대 뒤로 활짝 열려있는 창을 통해 보이는 '요트가 있는 풍경'이었다. 돛에 노란 불이 들어와 있는 그 장면은 오래도록 보고 싶었다. 그러나 우울하고 언짢은 장면도 더러 있었다. 여학생 희진이 중년남성(이두)과 소년(태풍) 사이를 왔다 갔다 하고, 또 이두의 환상 속에서 미니스커트를 입은 희진이 다리를 벌리는 모습 등은 그 상징하는 바가 연상되어 편치 않았다. 노골적인 성애 표현이 없으면 예술이 아닌 것인가.

천사의 발톱은 스토리텔링이 신선했다.

또 출연자들의 연기도 일품이었다. 주인공 이두 역의 김도현은 파워풀한 목소리와 풍부한 표정, 역동적인 몸놀림으로 선과 악을 넘나드는 어려운 역할을 잘 소화했다. 여주인공 희진 역을 맡은 배우도 깜찍했고, 다른 출연진도 노래와 연기력이 좋았다. 특히 전혀 성격이 다른 마담과 서대 아줌마라는 1인 2역을 해낸 구원영씨는 최고였다. 마담 역에서 어린 소년(태풍)을 유혹할 때는 날씬한 몸매와 매혹적인 몸놀림으로 더럽게 끈적하게 굴더니, 어린 태풍을 침대로 끌어들일 때는 젊음을 탐해서가 아니라 그저 삶이 심드렁해서 그러는 것이라는 것을 충분히 표현해낼 줄 알았다.

마담의 진정한 사랑은 폭력배 두목을 향해 있었다. 그러나 두목은 그것을 알지 못하고 평생을 질투에 휩싸여 있었던 것이다. 그는 그녀가 어쩌지 못해서 자신에게 매어있을 뿐이며 실은 자신을 증오한다고 생각한다. 진실한 대화 없는 습관 같은 사랑은 그처럼 쌍방모두를 불행하게 하는 것이다. 그녀가 술에 탄 비아그라를 몰래 먹이며 "그럼 언젠가는 죽겠지"라며 시니컬한 독백을 날리지만 그조차도 실은 그의 자존심을 배려한 행동으로 생각되었다. 그녀는 그를 증오하면서도 사랑했던 것이다. 그랬던 그녀가 …… 또 다른 역, 서대 아줌마를 연기할 때는 걸걸한 목소리로, 외사랑에 몸살하며 눈치 없이 수다를 떨고, 가랑이를 벌리고 벌러덩 넘어지는 등 극중에서 유일하게 웃음을 자아냈다. 연기자 구원영은 이중역할을 120% 해냈다.

그녀의 연기에 탄복한 나는 프로그램을 뒤져서 이름을 확인했다.

그 감동은 극이 끝난 후 열린 사인회에서 주책스럽게 드러나고 말았다. 주인공들을 양 옆에 세워둔 상태에서 "아휴, 어쩜 그렇게 목소리도 곱고, 연기도 잘하세요." 하며 구원영씨 손을 잡고 막 흔들어댔으니 말이다. 주위에서 같이 열연했던 주인공들이 힐끔거리던데, 그들에게는 별말도 못하고 어정쩡하게 물러나고 말았다.

당시 그들에게 칭찬의 말을 못했던 것은 그것이 앞서의 내 칭찬을 의례적인 인사로 만들어 버릴 것 같아서였다. 당연히 그 행동은 금방 후회를 몰고 왔다. 나는 왜 이리 나이 값을 못 하는지 모르겠다. "연기 참 잘 하셨어요. 정말 대단해요."하면서 모두에게 박수를 쳤어도 괜찮았을 텐데, 이 자리를 빌어서 그들 모두에게 박수를 보낸다. 〈천사의 발톱〉은 조명과 연기, 음악, 연출 등 모든 면에서 완성도 높은 작품이었다.

〈2014년, 문학서초〉

'내 마음의 노래' 합창단 일기 (Music essay)

200X년 X월 X일 (연습실 : 과천 시민회관)

훈훈한 미풍을 타고 골목 어딘가에서 라일락의 진한 향이 간간이 풍기는 5월이다. 신이 주신 판도라 상자 안에는 온갖 죄악과 재앙, 그리고 바닥에 남아있던 희망과 함께 음악도 있었더란 말이다.

오늘은 내게서 멋진 고음이 나와 행복했던 날이다. 얼마 전 혜리 언니가 어느 날 갑자기 목소리가 트여서 본인도 놀랐다고 고백하던데, 나도 비슷한 고백을 해야 할 것 같다. 합창단 가입한 지 1년이 지난 지금, 주변의 칭찬도 있고 스스로도 아주 많이 좋아졌다는 걸 느끼고 있다.

처음 입단해서는 조금만 고음이 올라가도 턱! 걸리는 생소리를 냈었다. 고도의 음감을 지닌 '윤교생' 지휘자님이 이걸 단박에 아셨다. 처음부터 교정을 해주려 애쓰셨는데 잘 안됐다. 그러자 한심해하는 표정을 짓기도 했다. 그 갑갑한 수준을 이 정도로 끌어올린 건 100% 지휘자님 덕분이다. 어느 순간부터 표정과 입 모양을 달리 하니까 고운 음이 나온다는 것을 알아버렸다. 뭐. 지금도 엄청 부족한 상태이지만.

그래서 오늘은 '윤교생' 지휘자님께 감사함을 전하고 싶다.

대부분의 지휘자들은 예민한 음감만큼 성격도 날카로워서 화를 자주 낸다는데, 우리 지휘자님은 거의 화를 내지 않는다. 게다가 피아노를 아주 잘 친다. 모든 지휘자가 피아노를 잘 치는 것은 아니란다. 선생님의 피아노 치는 모습은 언제나 가슴을 설레게 한다. 음악 하는 분들은 연주하는 순간만큼은 나와 같은 인간이 아니다. 그가 만들어 내는 선율이 마력을 담아서, 우리의 영혼을 빼앗아 가기 때문이다. 우리의 무심한 가슴에 따뜻한 입김을 불어넣고 영혼을 미지의 세계로 인도한다.

우리 합창단은 윤 선생님을 통해서 정확한 음을 내는 법을 훈련하고, 튀어나온 부분 없이 둥글고 곱게, 또는 세게 여리게, 출렁이듯이, 그리고 음을 끝까지 잡고 있다가 살며시 놓아주는 그런 합창의 기교들을 배운다. 어제 같은 경우, 곡의 서정성은 마지막 끝부분이 주는 여운이라는 것을 알게 해주셨다. 우리의 능력이 부족해 원하는 수준의 음을 만들어내지 못함이 죄송할 따름이다.

연습이 끝나고 베이스파트의 신입단원이 오디션을 봤다.

그는 미리 준비해둔 게 있었던 듯 호명하자마자 악보를 들고 나갔다. 합창단을 하려면 그 정도의 용기는 있어야하지 않을까 싶어 부러웠다. 기본적으로 굵고 멋진 음색을 지닌 분으로 조금만 다듬는다면, 멋진 바리토너 한명이 탄생할 것 같다.

200X년 X월 X일(연습실 : 과천 시민회관)

오늘 아침 출근 버스 안에서다.

자리에 앉자마자 그 어딘가로 부터 강렬한 발 고린내가 풍겼다. 두리

번… 두리번… 쿵… 쿵… 범인은 바로 건너편 의자 옆에 서있는 남자에게 서였다. 180센티도 넘어 보이는 덩치 큰 남자는 운동화와 반바지 차림에 테니스라켓을 등 뒤로 돌려 매고 있는 게, 이제 막 아침 운동을 마치고 올라탄 모양이다. 암만 땀을 흘렸다고 해도 저렇게 냄새가 날리는 없는데, 모르긴 해도 그는 세탁해둔 양말이 없어서 전날 땀 흘렸던 양말을 다시 주워 신은 모양이다.

다리엔 자신이 수컷임을 상징하는 검은 털이 숭숭 나있고, 씨름 선수 정도는 아니라도, 힘깨나 씀을 증명하는 듯 종아리 부분이 유난히 불뚝하다. 나는 유리창도 열수 없는 어중간한 자리에 앉아 무지 열 받았다. 그리고 맘속으로 공공의 예를 무시한 그를 미워하고 있었다. 억지로 숨을 참아가며 간간이 쉬고 있는데 몇 정거장 가서 그가 내렸다.

그리고 잠시 후 신기하게도 그 시큼한 냄새가 사라졌음을 느꼈다.

분명 한동안은 공기 중에 남아있어 나를 괴롭히리라 싶어 체념하고 있었는데… 웬일? 원인은 그 사람과 똑같은 위치에 서 있는 또 다른 신사 덕분이었다. 오홋! 그 양복 입은 신사에게서 은은한 향이 나오는 것이었다. 그 순간 그가 참으로 멋지고 고마웠다. 그는 아침에 살짝 뿌리고 나선 향수 하나로 버스 안의 분위기를 업 시켜준 것이다.

후기나 얌전히 쓰지 이 얘기를 왜 하냐고?

음악의 역할이 바로 이런 게 아닐까? 하는 생각에서다. 우리는 힘의 균형을 상실한 일상에서 끝없이 절망하고, 뭔가 억울한 대접을 받아서 분노하고, 또는 지리한 일상에서 탈출하고 싶어 한다. 그럴 때 음악은 지친 영혼을 달래주고 내일은 희망의 날이 되리라 하는 기대의 심리를 갖게 해주는 보약이다. 책이 잘 썼건 못 썼건 그 나름의 지혜를 담고 있듯이, 음악도 각각의 곡이 그만의 독특함과 아름다움을 지니고 있는 것이다.

어제 소프라노에서 만족스러운 화음이 나온다고 지휘자님이 칭찬을 많이 했다. 그것은 목소리 고운 정연이가 출석해서겠지만, 내게서도 예쁜 목소리가 나와서 나름 행복했다. 〈이른 봄날의 고향/이오장 시/정덕기 곡〉을 연습하는 동안 작곡가 정덕기 교수님께서 연습실을 방문하셨다. 작곡가 앞에서 부르니 모두 좀 더 신경을 쓴다. 지난 번 녹음 할 때만해도 뭔가 부자연스러웠는데 어제는 합창단이 고운 화음을 만들자 교수님께서 흡족해 하셨다.

〈사랑합니다/정일근 시/이지상 곡〉를 부를 때면 야생화를 듬뿍 안고 푸른 동산에 서 있는 소녀에게서처럼 정염이 섞이지 않은 맑은 사랑이 느껴진다. 지휘자님이 마지막 부분은 레이저 광선을 부채꼴 모양으로 쏘듯 부르라고 주문하셨다. 우리는 디테일한 설명에 빛의 파편이 퍼져나가는 멋진 광경을 충분히 상상할 수 있었다.

연습이 끝나고 밖으로 나오자 바람이 시원했다. 주변이 탁 트인 과천시민회관의 밤은 나무를 비추는 가로등 불빛이 환상적이다. 자잘한 근심걱정은 매어둔 채, 우리는 가로등 밑을 걸으며 다시 한 번 멜로디를 흥얼거리며 행복해 했다.

200X년 X월 X일 (연습실 : 과천 시청)
정문 들어설 때 출입증을 발급 받아야한다고 안내했던 전경이 내가 자기가 가르쳐준 건물로 들어가지 않자 다가오려다 어딘가로 전화하는 걸 보고서는 되돌아갔다. 뭔가 착각하고 온 아줌마가 상황 파악 중이라고 제대로 이해한 모양이다.

　나도 분명 연습 장소가 '과천시청'이라는 걸 들었다. 한데 '시청 가는 길이 지난번처럼 빙빙 돌지 않는 다른 길이 있겠지, 지하철역에서 곧바로 그쪽 방향으로 빠져 나가야지' 생각했던 게 문제였다. 지하철에서 역사로 올라가며 휘 둘러보니 과천종합청사가 눈에 들어왔다. '시청'과 '종합청사', 순간 나는 그 둘을 구별 못했다. 아니, 어느 순간 시청이 종합청사로 입력되어버린 것이다. 완전 사오정이다.

　지상으로 올라서니 가로등 불빛 아래 좌우에 잔디밭 같은 게 보였다. 빽빽이 건물이 들어선 서울이 싫은 나는 그 텅 빈 공간이 썩 맘에 들었다. '살기 좋은 도시 1위가 과천이랬지.' 낯선 곳의 밤공기를 마시며 또각또각 기분 좋게 걷다가 지나가던 행인에게 물었다.

　"과천종합청사가 어디예요?"(이런 제길)

　"저기 보이는 저겁니다"

　"네, 감사합니다."

　그런데 가까이 가서보니… 이상하네? 지난번에는 건물이 이렇게 생기지 않았던 것 같은데?(갸웃) 그곳은 큼직한 건물들이 많았고 출입문도 넓었고 좌우엔 전경들이 서 있어 위압적인 분위기였다. 총 들고 서 있는 전경에게 쭈뼛거리며 다가갔다.

　"무슨 일로 오셨습니까?"

　"대강당에 합창연습 하러요."

　기어들어가는 소리로 조그맣게 대답했다. 뜨아한 표정을 짓던 전경이 말했다.

"예? 아… 저쪽 민원안내실로 가보시지요."

"네…"

미심쩍었지만 말 잘 듣는 초등학생처럼 얌전히 그쪽으로 갔다. 그리고 또다시 똑같은 질문과 답변을 했다.

총무와의 통화로 종합청사가 아닌 시청임을 확인하고 그쪽으로 가며 혼자 계속 낄낄거렸다. 사람 바보 되는 건 한 순간이다. 도착했을 땐 대부분의 단원들이 와 있었다. 김밥 먹으면서 실수담을 얘기하자 모두들 재미있어한다. 어찌되었건 나로 인해 사람들이 즐거워하니 흐뭇했다.

지휘자 선생님, 〈마을〉을 한 번 부르고 나더니, "이 노래가 늘어진 것 같다고 생각하시는 분?" 나는 손을 들어야했다. 그렇게 느꼈으니까. 하지만 튀지 않으려고 가만있었다. 뭔가 확실치 않을 땐 그저 가만있는 게 장땡이다. "왜 이렇게 느리지? 하는 거 다 보입니다. 근데 이거 느린 거 아닙니다. 그냥 그 자체를 즐기세요."

소프라노 파트의 첫 부분. "모밀 꽃 우~거진 오~솔길에…" 할 때는 소리를 동그랗게 내라고 하셨다. 특히 '모'자에 힘이 들어가지 않게 하란다. "산~ 너머로 흰 구름이 나고 죽는 것을" 테너 파트만 부르는 이 대목에서는 그들이 고음을 내느라고 기를 쓴다. 지휘자님이 그 소절을 반복시키며 힘들어 죽겠다는 흉내를 내고, 우리는 지휘자님의 표정이 재미있어서 와하하~ 웃었다. 그러자 베이스 파트는 자기네가 해보겠노라고 나선다. 묵직한 저음으로 부르니 또 다른 맛이 났다. 나중에는 테너와 베이스가 함께 불러보기도 했다. 그러나 지휘자님이 고개를 흔드는 것으로 보아 베이스로 채택되기는 어려울 듯하다.

〈강 건너 봄이 오듯/송길자 시/임긍수 곡〉 처음에는 원음대로 불렀다. 그런데 소프라노가 고음에서 소리가 곱지 않자, 반주자에게 조 바꿈을 하라고 지시했다. 악보 수정 없이 곧바로 조바꿈해 연주하는 반주자님이 대단해 보였다. 원곡대로 부르면 화려하고 아름답지만 계속 고음이라서 힘들고, 조바꿈을 하면 부르기는 쉬운데 덜 아름답다. 우쩨야쓰까이~

〈우리들의 푸른 마음/이오장 시/박이제 곡〉 웬일인지 소프라노가 지적받지 않았다. 이상하다 싶었는데 소프라노는 워낙 문제점이 많아 오늘은 아예 신경을 쓰지 않겠단다. 그러고 보니 허구헌날 소프라노만 지적 받는다. 급기야는 다음 주 중 한날을 잡아서 소프라노만 집중 훈련시키겠단다. 꼭 초등학교 때 공부 못하는 놈들 나머지 공부하는 것 같다. "타오르는~ 태양은" 이 부분은 연결해서 불러야 하는 데 고음인데다 세게 불러야 하기 때문에 호흡이 달려 중간에 도둑 숨을 쉬었다.

2절 마지막 부분 "푸른~ 마~음" 할 때, 지난번엔 강하고 세게 부르라고 했던 게 기억나서 소리 좀 내려다가 그만뒀다. 다른 사람들이 세게 안 부르는 데 혼자만 세게 했다가 망신 당할까봐서다. 지휘자님이 그 부분에 특별히 신경 쓰지 않고 그냥 지나간다. 거기는 잘되니까 다음에 다듬기로 한 모양이다. 2절을 부를 땐 너나 할 것 없이 가사가 엉망이다. 악보 없이 연주한다니 가사 암기는 필수적이다.

〈황홀한 기다림/권선옥 시/황덕식 곡〉 이것도 우리 소프라노가 문제다. 알토는 지적 받아봤자 "나의 뜨~락에만 내리는" 이 부분뿐이다. 어제 소프라노는 처음 도입 부분인 "우~~"만 실컷 연습했다. 지휘자님이 언제나 지적하는 부분은 이거다. "모든 곡이 쩍 바라지게 부르면 안 된다." 소리를 모아서 둥글게, 띄워서, 라라라….

200X년 X월 X일 (연습실 : 과천 시민회관)

윤교생 지휘자님의 닉네임은 '슈토팽'이란다. 슈베르트, 베토벤, 쇼팽의 이름을 딴 거 아닌가? 평소 유머러스하지만 때론 고독해 보이는 울 지휘자님에게서 나는 그 대가들과 같은 예술가의 혼을 느낀다.

나는 교향악단의 연주회를 가면 내내 지휘자의 손끝만 바라본다. 나만 그러는 게 아니라 대다수의 청중들이 그러한 것 같다. 흔히 음악을 공간예술이라고 말한다. 그 장소와 그 순간이 지나면 사라지고 만다는 뜻이다. 지금은 과학의 발전으로 이 말이 지닌 뜻이 별 의미 없게 되었지만 말이다. 아무튼 공간을 지배하는 지휘자의 손끝은 예술이다.

그들의 손짓에 따라 봉긋봉긋 꽃들이 피어나고 저 넓은 들판으로부터 서늘한 바람이 불어오기도 한다. 지휘자가 허공을 향해 힘차게 내 뻗은 팔을 낙차 큰 폭포수처럼 내리 꽂으며 휘저으면 장엄하고 웅장한 화음이 공간을 휘돌고 나온다.

예전 오스트리아 빈의 여행객 중 95%는 카라얀이 지휘하는 모습을 보기 위한 팬들이라고 들었다. 지금은 고인이 된 멋진 '헤르베르트 폰 카라얀', 처녀 적 어느 해 인가는 성음사의 달력에 온통 카라얀의 모습만 담은 게 나왔다. 그 달력 낱장을 잘라서 방에다 주루룩 붙여 두었다. 대부분 눈을 감고 지휘하는 모습이었는데, LP판 틀어놓고 눈감고 감상하다가 눈을 떠서 쳐다보면 내가 바로 공연 현장에 있는 듯 행복했다. 울 지휘자님 열정적으로 지휘하는 모습을 보고 있자면 때로 그 생각이 난다.

〈우리들의 푸른 마음〉에서 남성 파트의 배음 "우~~"는 정말 감미롭다. 호흡을 억제해가며 내는 그 음은 화음이 아주 잘된다. 오늘 소프라노 연습시킬 때, 지휘자님께서 계속 "위로! 위로!" 하며 낚시질 하듯 손을 끌어올리자 그 손짓에 따라 고개가, 그리고 몸이 자꾸 따라 올라가는 것 같았다.

"따라 올라오지 마세요."

그 말에 겨우 잡아 묶어둔 웃음보따리가 투둑 ~ 터져버렸다. 또 코를 벌렁해서 콧잔등에 공간을 만들라고도 하셨다. 그 모습도 상상만으로도 어찌나 웃기던지 노래를 부르지 못할 만큼 웃음이 났다. 사춘기 소녀도 아니고, 내참! 그래도 지휘자님 혼내지 않으셔서 고마웠다.

〈2009년, 문학서초〉

영화 '태양은 외로워'를 기억하세요?

바쁘지도 않고, 별다른 자극도 없는 무료한 토요일 오후다.

딱히 서글플 일도 없으며, 억지 관용을 꾸며댈 필요도 없다. 창밖으로 보이는 풍경은 비라도 뿌릴 듯 어둑하다. 그저 허허롭다.

70년대 후반이었다.

어느 주말 저녁, 명화극장에서 미켈란젤로 안토니오 감독의 '태양은 외로워'를 봤다. 나는 영화를 본 그 자세로 새벽녘까지 웅크리고 앉아있었다. 내 주변에서 세상이 점점 멀어지는 걸 느끼면서… 그 이전까지 나는 어린 애였다. 그토록 순수하게 고독을 느껴본 적이 없었으니까.

오늘 문득 그 영화, '태양은 외로워'가 생각난다. 배경으로 단조로운 기타 음이 깔려있던 이 영화는 묵직하고 우울한 시처럼 내 가슴에 남아 있다.

남자친구와 헤어진 여주인공 빅토리아(모니카비티)는 주식 중계인 피에르(알랭드롱)를 만나 연애관계에 빠진다. 그들이 만난 곳은 주식 중계인들의 고함이 날아다니는 아수라장 증권거래소다. 피에르는 그저 신속한 계산에 익숙한 증권 맨으로, 삶에 대한 뚜렷한 목표의식도 없고 닥치는 대로 연애

하고 멋 부리며 산다. 번역가 빅토리아는 그와의 사랑이 행복하지 못하다. 삶의 모양이 너무 다르기 때문에 그들은 서로를 이해할 수 없다.

알랭드롱은 그를 세계적 배우로 만든 '태양은 가득히'보다 이 '태양은 외로워'에서 더 명연기를 펼쳤다. 가장 기억에 남는 장면은 알랭드롱이 넥타이도 풀어헤친 채 서류가 수북이 쌓여있는 책상 위에 구두 신은 발을 올려놓고 손을 깍지 낀 채 앞을 응시하고 있는 장면이다. 돌아가는 선풍기에 서류가 몇 장 날리기도 하지만 그것은 전혀 그의 주의를 끌지 못한다. 화면 속의 그는 후덥지근하고 답답해 보였으며 모든 에너지가 소진되어버린 듯한 모습이다. 마치 바다 한가운데 외로이 떠있는 표류자 같았다.

또 한 장면. 여주인공 모니카비티가 나무와 높고 뾰족한 건물 탑을 올려다보는 장면이다. 그것은 카메라가 여주인공의 시선을 따라 올라가며 느리게 보여준다. 그리고 그 시선을 허공에 오래 버려둔다. 그것은 허무였다. 그녀는 무표정한 얼굴로 희망의 무모함과 철저한 외로움을 말한다. 한 컷의 그림이 그토록 많은 것을 보여줄 수 있다는 게 믿겨지지 않을 만큼 명장면이었다. 그들의 정사 장면은 기억나는 게 거의 없다.

영화의 마지막, 빅토리아와 피에르는 만나기로 한 장소에 둘 다 나타나지 않는다. 원래의 제목이라는 '일식'처럼, 일식이 시작된 후 거리는 어둑해지고, 빌딩과 버스, 환자와 간호원, 전쟁 위협에 대한 신문 기사 등 도시의 일상이 화면을 채운다. 삶의 권태와 고독이 스미면서… 주인공들이 나타나지 않아도 시간은 태연히 흘러간다.

예전의 프랑스 영화는 생각할 수 있는 여백이 많아 좋았다. 그들이 낮고 빠르게 읊조리는 소리는 알아듣지 못해도, 굳이 자막을 읽지 않아도 감정

전달이 잘 되었던 것 같다. 영화의 주제음악이 귓가에 맴돈다. 오늘은 이런 영화가 보고 싶은 날이다. 커다란 플라타너스의 마른 잎이 나풀거리며 내려앉는 가을 오후다.

영화 '남아있는 나날'

사무실 내 책상 옆 전화선을 덮은 청 테이프가 더러워지고 찢겨져서 보기 흉해졌다. 그게 얼마 전부터 그 모양새를 하고 있지만, 나나 직원들 모두 묵묵히 밟고 다닌다. 지난해 사무실을 개조하며 전화선을 새로 깔았는데, 그때 선 하나가 잘못되었으나 어쩌지 못해 나중에 그냥 바닥을 가로질러 설치하게 되었다. 원래는 그 위에 쫄대를 덮어놨는데 납작하게 찌그러지기에 아예 뜯어내고 청 테이프를 붙여놨는데, 그게 또 그 모양이 된 것이다.

그것을 회사의 주인인 강 이사가 점심을 먹다가 쳐다봤다.

좀 화가 나는 모양이다. 쪼그려 앉더니 직접 테이프를 뜯어내고 끈적이는 주변을 화장지로 꼼꼼히 닦고서 새 테이프를 찾는다. "제가 하겠습니다." 하고 나설 타이밍을 놓친 나는 방 책임자로서 좀 민망해 했다. 테이프를 갖다 드리며 문득 강 이사와 비슷한 내 시어머니를 떠올렸다.

우리가 시골 살 때, 남편의 사업체와 상관없이 시어머님은 종업원을 여럿 두고 목욕탕과 여관을 운영하셨다. 그러자니 집에는 늘 밥 먹는 남의 식구가 와글댔었다. 건물 안에는 목욕탕과 여관뿐만 아니라 다방과 식당도 있었는데 수시 때때로 문제가 생겼다. 어디 배관이 막혔다거나 아님 터졌다거나, 방 난방이 안 된다거나, 화장실 물이 안내려간다거나, 문이 고장이라거나, 보일러실에 이상이 있다거나 등등 건물 전체에서 끊임없이 문제가 발생했다. 그때 시어머님이 늘 하셨던 말씀이 "주인이 보는 문제점을 종업원은 보지 못한다."였다. 젊었을 땐 그 말씀을 건성으로 들었다. 그런데 이제 내가 월급 받는 입장이 되고 보니 그 말씀이 이해된다. 그런데 지금 내 앞의 상황을 보자면 예전의 그들도 보지 못한 게 아니라 못 본 체 했는지 모르겠다.

그것들과 연계해서 불현듯 집사가 주인공이었던 영화 '남아있는 나날'이 떠오른다. 액세서리를 전혀 걸치지 않은 여자는 아주 당당해 보이거나, 아니면 초라해 보이는 양극적인 현상을 보인다. 어찌 보면 '집사'라는 직업이 그러한 것 같다.

이 영화에는 명배우 안소니 홉킨스와 내가 광적으로 좋아하는 엠마 톰슨이 나온다. 안소니 홉킨스는 '양들의 침묵'에서는 인육을 먹는 렉터 박사로 '가을의 전설'에서는 세 아들의 굴곡진 삶을 지켜보는 아버지로, 그리고 '하워즈 엔드'에서는 한 여인을 애끓게 하는 중후한 신사로 나온다. 그는 천의 얼굴을 가진 명배우다. 그가 출연했다는 50여 편의 영화 중 국내에 소개된 것이 반 이상은 된다고 하니 우리나라에도 그의 팬이 많은 모양이다. 그가 이 영화에서는 영국 귀족 가문의 충직한 집사로 나온다.

엠마 톰슨은 '센스 센서빌리티' '하워즈 엔드' 등에서는 수줍고 지성적인 노처녀 로, '러브 엑츄얼리'에서는 읽어버린 사랑을 속으로 삭이는 중년 여성을, 그리고 '남아있는 나날'에서는 자존감 강한 하녀로 나온다. 그녀는 하나같이 지적이고 품위 있는 역할을 해내는 배우다. 아니 그녀가 맡으면 아무리 하찮은 역이라도 격이 높아진다. 나는 캐서린 햅번 이후 이만한 배우를 본 적이 없다. 차분한 눈빛과 커다란 입을 벌리고서 소리 나지 않게 웃는 그녀를 보자면 영국 귀족의 품위가 느껴진다. 그러니 굳이 국적을 말할 필요가 없겠다. 그녀의 얼굴이 국적이니….

'남아있는 나날'은 대단한 수작으로 기억된다.

내가 여태껏 본 영화 중 적어도 다섯 손가락 안에 꼽고 싶은 작품이다. 그림의 원근법처럼 열쇠 구멍을 통해 보이는 복도가 인상적이었는데, 그 장면은 영화 전편에 계속 등장하며 생각을 몰입시킨다. 배경음도 느린 곡으로 긴 여운을 줬다. 영화뿐 아니라 모든 예술 행위에서 전체 분위기를 좌우 하는 것은 역시 음악이다.

회상형식의 이 영화는 자신이 늙어가고 있음을 인지하지 못하고 한 가지 일에만 집착하다가 인생을 후회하는 어느 옹고집장이의 이야기이다. 주인공은 영국의 어느 고성을 지키는 옛 귀족가문의 집사장이다. 그는 오랫동안의 절제된 생활이 몸에 배어있고 자부심이 가득하다. 세계대전을 겪을 때는 나치에 동조하는 주인을 충성을 다해 모신다. 그리고 그 기억을 미화하기도 하며 위대한 집사가 되는데 인생을 건다.

그가 어느 날 새로 들어온 착하고 아름다운 가정부에게 맘이 흔들린다. 그러나 그는 내색하지 못하고 머뭇거리다가 그녀를 떠나보내고 만다. 그리고 세월이 흘러 은퇴할 무렵이 되자, 그때에야 비로소 황량한 고독을 느끼며, 이 여인을 찾아 여행을 떠난다. 그러나 여인은 이미 결혼한 몸으로 할머니가 되어 있다. 그는 자신의 애틋한 감정을 전달하지 못하고 헤어진다. 그리고 비로소 자신이 인생을 헛 산 것을 깨닫는다. 뭔가 한 가지 일에 몰두하다가 인생에서 참으로 고귀한 것을 놓쳐버리는 사람은 이 집사장 뿐만이 아니다. 지금 내게서도 그 모습을 본다.

이 전형적인 영국 풍 영화의 원작은 '가즈오 이시구로'라는 일본 작가의 작품이다. 하기야 6세 때 영국으로 이민을 갔다고 하니, 그의 혈통이 일본인이라는 게 뭐 그리 대수겠는가. 나는 영화를 먼저 보고 몇 년 뒤에야 책을 보게 되었는데, 읽는 내내 영화의 장면들이 생생하게 그려졌다. 특별한 클라이맥스가 없는 이야기의 전개가 다소 지루한 면도 있지만, 고급스럽고 음울한 분위기에서 풍기는 고전적인 색채가 매력적이다.

책의 마무리에는 이런 위안의 글이 들어있다.

〈어느 누구라도 회고를 빙자해 자기 인생에서 소위 전환점이란 걸 조금만 눈여겨 찾으려만 한다면, 그것들이 도처에 널려 있음을 알게 될 것이다. (중략) 하루 중 가장 아름다운 때는 황혼이다. 자기 삶의 행로를 스스로 좌우하지 못했다고 회한에 빠져봤자 무슨 소용이 있겠는가? 단지 우리들은 참되고 가치 있는 무언가를 위해 작은 몫이나마 동참하면 그로써 충분한 것이다. 지나치게 과거를 뒤돌아볼 것이 아니라 좀 더 진취적인 태도를 가짐으로써 남아있는 나날을 즐겁게 지내야 할 것이다.〉

〈2008년, 관악문학〉

영화 '아무도 모른다'

며칠 전, 진즉부터 찜해 둔 영화를 보러 갔다.

그런데 보고자 하는 영화가 흥행성이 없는 건지 압구정동까지 가야만 했다. 인터넷으로 조회해 보니 지방은 말할 것도 없고 서울에서도 네 군데서만 상영하고 있었다. 지난해만 해도 영화 한편 보기가 쉽지 않았는데 올해부터는 상황이 나아졌다. 대학생이 2명이나 생기고 보니 급하면 막내를 부탁하고 내빼도 된다.

서울로 이사 온 지 몇 년이 지났건만 그토록 좋아하던 영화를 1년에 1, 2편이나 보고 살았다. 낮에는 회사업무 때문에 당연하지만 밤조차도 내 시간이 아니어서였다. 내가 지나친 구석이 있는지 몰라도 그동안은 초등생인 늦둥이 혼자 집에 두고 밤에 나갈 수가 없었다. 저야 괜찮다고 하지만, 어미의 양심으로 그리할 수 없었다.

막내를 데리고 마음 편히 극장엘 가려면 앞으로도 몇 년은 더 기다려야 할 것 같다. 어쩌다 녀석을 데리고 가면 꼭 후회하게 된다. 심심해하는 녀석의 행태를 보고 있자면 처음에는 슬슬 짜증이 나다가 급기야는 영화에 집중할 수 없을 정도가 돼버린다. 발로 앞 사람의 의자를 툭툭 차고, 팝콘

등 과자를 부스럭거리고, 음료수를 쏟고, 화장실 간다고 들락거리기도 한다.

녀석, 차라리 잠이나 자면 좀 좋은가. 하기야 만화영화가 아닌 담에야 초등 2학년생에게 2시간 이상을 가만히 앉아 있으라고 요구하는 것 자체가 무리다. 또 내가 선택한 영화들이 좀 재미가 없는가.

둘째가 집에 도착해 있는 걸 확인한 터라 간만에 여유를 즐기고 싶어서 7시 퇴근과 동시에 극장으로 향했다. 8시 30분 상영 표를 끊어놓고 시간이 남아서 이리저리 동네구경을 했다. 나는 압구정동이 한창 떠오를 때 시골에 살고 있어서 그 동네를 잘 모른다. 몇 년 전 서울에 오자마자 당시 유명했던 '압구정 로데오 거리'를 구경하려고 아이들을 데리고 갔었지만, 누군가를 붙잡고 "매스컴에서 요란하게 다루던 그 로데오거리가 어데요?" 하고 물어볼 수가 없어서 역 주변만 맴돌다 되돌아갔었다. 길치란 기억의 문제가 아니라 성격의 문제라고 했던 어느 공대생의 글이 생각나는 일이다.

극장 곁에는 작고 아담한 '신사 까치 공원'이 있었다.

절기상으로 봄의 초입이어서 좀 추웠지만 혼자만의 시간이라는 뿌듯함에 추위쯤은 크게 문제되지 않았다. 가로등 빛에 유난히 희고 화사하게 빛나는 벚꽃이 아름다워서 나무 벤치에 앉아서 한참 구경을 했다. 백목련과 자목련도 곱게 피어있었다.

주변에 유치원이 있는지 아이들이 잡아당기며 오를 수 있는 여러 형태의 미끄럼틀과 그네 그리고 간단한 운동기구들이 많이 설치되어 있었다. 아이들 손바닥을 찍어서 붙인 낮은 담 벽도 보였다. 극장 주변은 시끌벅적하고 자질구레한 상가들이 없어서 좋았다. 음식점은 물론이고, 사진관이며,

병원등도 유럽풍의 생경하고 예쁜 건물들이라 대번에 부자동네라는 느낌이 들었다. 극장 안이 썰렁했다. 아무리 평일이라지만 관객은 20명 정도밖에 되지 않았다. 그런 극장에 들어설 때면 머지않아 그곳이 없어지기라도 할 것 같아 마음이 편치 못하다.

'아무도 모른다' 이 영화는 '고레에다 히로카즈' 감독의 작품이다.

그는 '원더플 라이프'로 비교적 우리에게 친숙한 감독이다. 영화의 내용은 14년 전에 일본을 떠들썩하게 했다는 실화란다. 신문에는 이런 글이 실렸다.

"어느 날 12살 소년에게 네 명의 동생들을 맡기고 엄마가 사라져버린다. 아이들은 아빠가 모두 다르고, 학교에도 다닌 적이 없다. 이들은 스스로 살아가기 위해 세상에서 가장 슬픈 모험이 시작된다."

나는 손수건 하나로는 부족할 정도로 눈물이 흐르면 어떡하나 걱정하며 갔다. 그러나 그건 기우였다. 내용은 불쌍하다 못해 처참한데도 영화를 보는 내내 한 방울의 눈물도 나오지 않았다. 영화 속 주인공들도 울지 않았다. 그게 감독의 의도인지 나뿐만 아니고 주변사람들도 그랬다.

내용 중 조금 이해가 안 됐던 점은 엄마가 사라졌는데도 아이들이 아무도 울고 불며 엄마를 찾지 않는다는 점이다. 그건 우리와의 정서적 차이인지 아니면 특수 상황에 길들여져서인지 모르지만 이해되지 않았다. 그렇게 느끼게 된 데에는 엄마 역 배우의 목소리도 한 몫을 했다. 그녀의 신경 거슬릴 만큼 앳된 음성은 앞으로도 절대로 어른이 될 일은 없을 성 싶었다.

창을 통해 비쳐드는 화사한 햇살. 아이들은 엄마가 없는 지저분한 공간 속에서도 전혀 다투지 않고 슬퍼하지도 않는다. 카메라는 지리 할 정도로 그들의 단조로운 일상을 담아낸다. 먹고, 자고, 화단에 물주고, 세탁기 돌리고, 속없이 오락실을 가기도 한다. 그러다 돈이 떨어지자 각종 독촉 고지서가 날아오고, 드디어 전기와 수도도 끊긴다. 그릇 나부랭이 몇 개가 뒹구는 텅 빈 냉장고 속은 그 어떤 대사보다도 마음을 쓸쓸하게 했다. 그런데도 그 좁은 공간에서 뒹구는 아이들에게서는 아침이면 여지없이 비쳐드는 따사로운 햇빛처럼 절망이 보이지 않았다. 그들의 해맑은 미소에는 너무나 순수한 그 무엇이 있었다.

체념에 익숙한 우리 어른들 생각에는 그 구질구질한 현실에서 도피할 것 같았으나, 장남 아키라는 참담한 현실 속에서도 동생들을 보살피기 위해 최선을 다한다. 물건을 훔치기도 하고, 쏟아지는 비를 맞으며 공원에서 물을 길어 나르기도 한다. 그러면서도 주변에서 동생들을 보호소에 보내보라는 권유에는 그럼 우린 모두 흩어지니까 안돼요. 하며 단호히 거절한다. 영화는 딱 부러지는 결말 없이 그렇게 진행형으로 끝난다.

영화가 끝나고 가장 기억에 남는 것은 아키라 역으로 나온 '야기라 유야'라는 배우의 눈매와 표정이다. 야기라 유야는 2004년 칸영화제를 떠들썩하게 했던 '올드 보이'의 주인공 최민식을 한방 먹인 녀석이다. 녀석이 바로 이 영화로 칸의 남우주연상을 꿰찼기 때문이다. 그것도 역대 최연소 남우주연상을 말이다.

이 영화는 '사람은 어떻게든 살아진다.'는 것을 보여줬다. 한편 우리도 한번쯤 주변을 돌아보라고 권유하는 것 같았다.

홍인자의 책 읽어주기

햇살이 따사로워 이동식 책상을 창가에 갖다 두고 커피와 함께 싯다르타를 뒤적이고 있다. 나는 싯다르타를 20대 후반에 봤는데… 당시 흐르는 강물에 생의 흐름이 합일을 이루는 장면에서는 숨을 쉴 수 없었다. 싯다르타는 데미안과 함께 헤세의 작품 중 가장 좋아하는 작품이다. 읽고 또 읽어도 감동을 받는다. 반면 노벨문학상 수상작인 '유리알 유희'는 워낙 방대한 양에 깨알 같은 글씨라 몇 번을 시도했으나 아직도 못다 읽었다.

어쩌다 서점에 들르면 수많은 책들이 나름대로의 향기를 내뿜고 있어 선택이 어렵다. 책을 구입할 때는 여러 매체에서 베스트셀러라고 떠드는 작품보다는 시간이 좀 걸려도 스스로 찬찬히 훑어보고 골라야 실망하지 않는다.

나는 내 나이치고는 좀 이른 2002년부터 인터넷 세계를 접했다.

당시 근무했던 회사가 여름이면 좀 한가했던 덕분이다. 그즈음 '기쁨세상' '이미지 메이킹' 등 몇 카페를 알게 되어 서핑을 엄청 즐겼다. 얼마 후에는 몇 가지 기능을 습득해 교회 여전도회, 성가대, 산악회 등 여러 단체의 카페를 만들어 주었다.

카페 초년시절 나는 상당히 오지랖이 넓었다.

당시만 해도 글을 올리는 사람이 많지 않았기에 내 소소한 일상의 기록은 큰 사랑을 받았다. 나는 내 글만이 아니라 '송인자의 책 읽어주기'라는 타이틀로 감동받은 책 문구들을 발췌해 올리는 일도 꽤 오랫동안 지속했다. 그때 읽어주던 작품, 소로우의 『월든』, 시오노나나미의 『로마인이야기』, 칸트의 『인생론』, 헤세의 『싯다르타』에서 몇 가지를 간추려본다.

『월든』헨리 데이빗 소로우

미국의 사상가 겸 문학자. 하버드대 졸업. 그는 자연과 사회문제에 대해 항상 민감하게 반응했다. 멕시코 전쟁에 반대해 인두세(人頭稅) 납부를 거절한 죄로 투옥 당했으며, 그때 경험을 기초로 쓴 『시민의 반항』은 후에 간디의 운동에 커다란 영향을 주었다 한다.

동, 서양의 문학작품을 통틀어 자연 묘사에 있어 『월든』을 따를만한 작품은 없다고 생각한다. 소로우는 월든에서 노동과 여가에 대해 독창적인 견해를 서술하고 있으며 단순하고 자족적인 삶을 영위한 자신의 실험적 생활을 보여준다. 생생히 묘사된 월든 호숫가의 정경은 현대인에게 크나큰 위안을 주며 자연과 환경의 소중함을 깨닫게 해준다. 물질에 얽매인 생활에 대한 통찰은 가히 통쾌함을 준다. 그의 물 흐르듯 자연스러운 문장에는 재치와 풍자가 넘치며 지극히 이기적이고 무지한 인간을 풍자하고 깨우치려는 도덕적 의도도 숨어있다 하겠다.

• 왜 우리들은 이렇게 쫓기듯이 인생을 낭비해 가면서 살아야 하는가? 우리는 배가 고프기 전에 굶어 죽을 각오를 하고 있다. 사람들은 제때의

한 바늘이 나중에 아홉 바늘의 수고를 막아준다고 하면서 오늘 천 바늘을 꿰매고 있다.

• 인간에게 필수불가결한 육체노동을 평생 계획적으로 기피해가며 여가를 얻고, 말년에 은퇴 생활로 접어든다면 그가 얻은 여가는 불명예스럽고 가치 없는 것이며 이 여가를 유익한 것으로 만들 수 있는 유일한 경험을 스스로 박탈한 것이 된다.

• 한 계급의 호화로운 생활은 다른 계급의 궁핍한 생활로 균형이 맞추어진다.

• 사람이 한가하면 악마도 일거리를 찾아 준다.

• 오래오래 살아서 차비라도 벌어 놓은 사람은 언젠가는 기차를 타게 되겠지만, 그때는 활동력과 여행 의욕을 잃고 난 다음일 것이다. 이처럼 쓸모없는 노년기에 미심쩍은 자유를 누리기 위하여 인생의 황금시절을 돈 버는 일로 보내는 사람들을 보면, 고국에 돌아와 시인 생활을 하기 위하여 먼저 인도로 건너가서 돈을 벌려고 했던 어떤 영국 사람이 생각난다. 그는 당장 다락방에 올라가 시를 쓰기 시작했어야 했다.

• 내가 만약 불이 난 것처럼 지금 교회의 종을 몇 번 치기라도 하면 콩코드 주변의 자기 농장에서 일하는 모든 남자들은, 오늘 아침까지만 해도 그처럼 여러 가지 일로 바쁘다고 변명하던 이 남자들은 물론 아이들과 여자들까지도 만사를 제쳐두고 종소리를 듣고 달려올 것이다. 그러나 진실을 말하자면, 불을 끄려는 것보다는 불구경을 하려는 목적이 더 크다고 할 수 있다. 어차피 타버릴 것이라면, 또 불을 낸 것은 우리가 아니니까 하면서 말이다. 그렇지 않다면 불 끄는 것을 구경하고 그 작업에 한 몫 끼려는 것

인데, 왜냐하면 불 끄는 것도 꽤 재미있는 일이기 때문이다.

• 점심을 먹고 한 30분 낮잠을 자던 사람이 깨자마자 고개를 쳐들고 "무슨 뉴스 없소?"하고 물어본다. 마치 그를 뺀 모든 사람들이 보초라도 서고 있는 것 같다.

• 올빼미 우는 소리를 가까이서 들으면 자연의 소리 가운데 가장 우울한 소리가 아닌가 하는 생각이 든다. 마치 자연의 여신이 죽어가는 인간의 신음 소리를 올빼미 소리로 형상화 시켜서 자신의 합창단 가운데 영구히 집어넣은 것 같다. 그것은 모든 희망을 버린 한 가련한 인간의 혼이 지옥의 어두운 골짜기를 들어서면서 짐승처럼 울부짖는 소리인데 거기에 인간의 흐느낌이 가미된 소리인 것이다. 이 새들은 우리 모두가 지니고 있는 을씨년스러운 황혼과 해답을 구하지 못한 사념들을 상징한다.

• 호수에 수초는 별로 없어도 개구리들은 있었던 것이다. 이 개구리들 이야말로 그 옛날 술깨나 마시던 주객들과 잔치꾼들의 억센 혼들로서 그들은 아직도 전혀 뉘우치는 기색 없이 이 저승의 호수에서 돌림노래 한 가락을 멋들어지게 부르려는 것이다. 이 개구리들은 그 옛날 잔치 상에서의 유쾌한 격식을 지키려고 했지만 쉰 목소리에는 엄숙한 맛이 나 오히려 이들의 들뜬 기분을 풍자하는 꼴이 되었고, 술은 그 맛을 잃어 단지 배만 채워주는 액체가 되어 버렸다. 제일 연장자격인 개구리가 북쪽 물가에서 냅킨 대신 부초 위에 축 늘어진 턱을 괸 채 한때는 경멸했던 물을 한 모금 쭉들이 키고 나서 "개구울 개구울 개구울" 크게 울면서 잔을 돌린다. 그러자 곧 어느 먼 물가로부터 똑같은 암호 소리가 수면을 타고 들려오는 데, 이것은 나이에서나 허리 굵기에서나 두 번째 가는 개구리가 자기 몫만큼의

물을 따라 마셨다는 신호이다.

• 아, 아침공기! 만약 사람들이 하루의 원천인 새벽에 이 아침공기를 마시려 들지 않는다면 그것을 병에 담아 가게에서 팔기라도 해야 할 것이다. 아침시간에 대한 예매권을 잃어버린 세상의 모든 사람들을 위해서 말이다. 그러나 아침공기는 아무리 차가운 지하실에 넣어둔다 해도 정오까지 견디지 못하고 그전에 벌써 병마개를 밀어 젖히고 새벽의 여신을 따라 서쪽으로 날아가 버릴 것이다. 이것을 잊어서는 안 된다.

• 나의 일과는 풀들을 뽑아버리고 콩대 주위에 새 흙을 덮어 격려하며, 이 황색의 흙이 자신의 여름 생각을 쑥이나 개밀이나 피 같은 잡초가 아니라 콩잎으로 나타내도록 설득하고 그리하여 대지가 풀! 하고 외치는 대신 콩! 하고 외치도록 만드는 일이었다.

『로마인 이야기』 시오노나나미

일본 출신의 역사평설가이자 소설가. 가쿠슈인 대학교에서 철학을 전공한 그녀는 유럽에 많은 관심을 가지고 1964년 이탈리아로 건너가 1968년까지 독학으로 르네상스와 로마 역사를 공부했으며, 이탈리아와 유럽 전역, 북아프리카와 소아시아의 광범위한 지역을 여행했다. 그 후 이탈리아의 역사와 관련된 『르네상스의 여인들』『바다의 도시 이야기』등 다수의 작품을 저술했다. 1992년부터 2006년까지는 무려 15권에 이르는 『로마인 이야기』를 통해 고대 로마의 역사를 그렸다. 그녀 작품들은 고대 로마의 인프라에 대해 터치하고 지나간 것이 돋보인다.

• 개혁이란 이렇게 무서운 것이다. 실패하면 그 민족에 치명적이 되는

것은 당연하지만, 성공해도 그 민족의 성격을 결정하고 그에 따라 그 민족이 앞으로 나아갈 방향까지 결정지어 버리기 때문이다.

• 이념의 방해를 받지 않으면 그만큼 현실을 직시하기가 쉬워진다.

• 온종일 통 속에 누워있으면서도 인간의 존엄성을 유지할 수 있었던 철학자 디오게네스 같은 인물은 어디까지나 극소수에 불과하다. 많은 보통 사람들은 일을 함으로써 자신의 존엄성을 유지해간다. 따라서 인간이 인간답게 살아가기 위해 필요한 자존심은 복지로는 절대로 회복할 수 없다. 그것을 회복할 수 있는 방법은 일자리를 되찾아주는 것뿐이다.

• 전쟁이란 오래 계속될수록 당초에는 품지 않았던 증오심까지 고개를 쳐들게 되는 법이다. 전선에서 싸우는 사람은 나중에는 무엇 때문에 싸우는지도 모르게 된다. 오직 증오심만이 그들을 몰아세운다. 내전이 처참한 것은 목적이 보이지 않게 되기 때문이다.

『인생론』 임마누엘 칸트

서양 근대철학을 종합한 철학자. 독일 쾨니히스베르크 대학교수. 금욕적이고 규칙적인 생활로 80세까지 장수했다. 평생 고향 쾨니히스베르크를 떠나지 않았으며 『순수이성비판』『실천이성비판』『판단력비판』을 출간하며 비판철학의 정점에 이르렀다. 그의 사상이 발표된 뒤에는 어느 누구도 이전과 똑같은 의미의 철학을 할 수 없게 되었다. 그의 사상은 철학사에서 하나의 전환점을 이루고 있는 것이다.

• 인간의 노예가 되어서는 안 된다. 당신의 권리를 부주의로 남에게 짓밟히지 말아야 한다. 받지 않아도 되는 자선을 받지 말라. 남의 집 식객이

나 아첨을 하는 자가 되지 말라. 그러므로 절약하라. 그리하여 가난에 빠지지 않도록 하라. 육체의 고통 때문에 소리치는 것만으로도 당신의 가치가 떨어진다.

• 우아한 숙녀라는 말과, 활발한 여자라는 말은 전혀 다른 찬사다. 전자는 사교계에 나가거나 남에게 자랑하는 데는 적합하나 가정에는 쓸모 없는 여러 가지 골치 아픈 존재다. 활발한 여자는 남자를 행복하게 한다.

• 편안한 것을 바라는 성벽은 사람에 있어서 인생의 온갖 해롭고 추악한 것보다도 더 나쁘다. 그러므로 아이들이 어릴 때부터 일하는 것을 배운다는 것 자체가 대단히 중요하다. 아이들에게 상을 주는 것은 좋지 않은 일이다. 그것에 의하여 아이들은 이기적으로 되고 또 노예적인 성벽과 보수를 위해 행동하는 버릇이 생긴다.

• 아이의 성격을 확립하는 비결은 성실이다. 성실은 성격의 근본 특질이며 또한 가장 본질적인 것이다. 거짓말하는 사람은 전혀 성격을 갖고 있지 않으며, 그 사람이 어떠한 선을 갖고 있다면 그것은 단지 기질에 속해 있을 따름이다.

• 훌륭한 성격을 가지려면 먼저 열광하는 버릇을 없애지 않으면 안 된다. 사람은 자신의 습관에 대하여 그것이 열광에까지 이르지 않도록, 그리고 무엇이 거절되었을 때 좌절하지 않는 습관을 길러야 할 것이다.

『싯다르타』헤르만 헤세
독일계 스위스인. 시인, 소설가, 화가. 명문 기숙신학교에 입학했으나 도망쳐 나와 시계부품 견습공으로, 서점 점원으로 일하며 글을 썼다. 세계 제1차 대전 당시 지식인들이 전쟁을 지지하고 다른 민족에 대한 미움을 부추기는 극우성을 보이는 것에 실망하여 반전운동을 펼치다가 매국노라는 비난을 받기도 했다.

그는 청춘의 고뇌와 휴머니즘을 표현한 대표적인 작가이다. 성장에 대한 통렬한 성찰과 인간의 내면에 공존하는 양면성을 다룬 작품을 선보였으며, 동양의 철학 사상에도 깊은 관심을 보였다. 『수레바퀴아래서』『데미안』, 『싯다르타』『황야의 이리』등 많은 수작을 집필했으며, 1946년『유리알 유희』로 노벨 문학상을 수상하였다.

인도 카스트 제도의 1계급인 성직자의 아들 싯다르타는 깨달음을 얻기 위해 주위의 만류를 뿌리치고 친구인 고빈다와 함께 출가한다. 그들은 사문들 속에서 긴 시간 단식과 온갖 고행을 거듭하나 다시금 피할 수 없는 윤회의 고통을 맛 본다. 젊은 두 고행자는 수많은 순례자들을 뒤따라가 세존(불타)을 만난다. 친구 고빈다는 평화롭고 조용한 미소, 무엇하나 꾸미지 않고, 구하지도 않는 범접할 수 없는 세존의 모습에 감동하여 제자가 되어 뒤따른다. 그러나 싯다르타는 세계의 극복과 해탈에 관한 세존의 가르침에서도 틈서리를 발견하고 또다시 순례의 길을 떠난다.

• 싯다르타는 오랜 세월 세속과 쾌락의 생활을 보냈다. 그는 저택과 하인들을 소유하였으며 별장도 갖게 되었고 많은 사람들과 친교를 맺었다. 이제 청년시절에 그를 사로잡았던 절제와 사색의 희열, 명상의 시간, 영원한 자아에 대한 신비로운 자각 같은 것은 이미 희미해졌다. 그 대신 거래하는 법, 타인에게 권력을 부리는 법, 여자를 다루는 법과 생선과 육류와 양념의 감미로운 향료를 익혔으며 인간을 게으르게 하고 정신을 흐리

게 하는 술을 마셨다.

- 그도 서서히 어린아이 같은 사람들의 그 유치함과 근심을 지니기 시작
한 것이다. 그의 얼굴에서 차츰 부자들의 얼굴에서 볼 수 있는 불만과 초
조함, 그리고 인정머리 없는 표정들이 가끔 나타났다. −중략− 그는 변해
가는 자신의 얼굴을 볼 때마다 수치와 혐오감을 느껴, 다시 새로운 노름판
으로, 욕정과 술의 마취 속으로 도피하였으며, 이런 무의미한 악순환으로
그는 지치고 늙고 병들어 갔다. 어느 날 그는 꿈속에서 경고의 소리를 들
었다. 그는 자신을 둘러싸고 있던 모든 것에게 작별을 고하였다. 그는 장
원과 고을을 떠나 다시는 돌아가지 않았다.

- 싯다르타는 아들이 행복과 평화를 갖고 그를 찾아온 것이 아니라 근
심 걱정과 고통을 갖고 왔음을 알게 되었다. 그래도 그는 아들을 사랑하였
다. 그에게는 아들이 없는 행복과 평화의 나날보다는, 그래도 사랑의 고뇌
와 근심 걱정이 끝나지 않는 나날이 더 좋았던 것이다. 바스데바는 말하였
다. "그 아이를 고을 그 아이의 집으로 데려다 주시오. 물은 물끼리, 젊음
은 젊음끼리 어울리는 법이오. 당신의 아들은 이런 곳에서는 자랄 수가 없
소. 앞으로 수없이 방황하고 부정한 일을 행할 것이며 많은 죄를 짓게 될
것이오. 당신은 아들을 윤회의 수레바퀴로부터 보호할 수 있다고 믿으시
는 건가요? 스스로 생을 살고, 스스로 생을 더럽히고, 죄악을 짊어지고 스
스로 쓴 약을 마시고 자신의 길을 찾는데 어떤 아버지, 어떤 스승이 그를
감싸줄 수 있단 말이오?"

- 고빈다가 커다란 사랑과 예감에 이끌려 몸을 굽히고 그의 이마에 살
짝 입술을 대는 순간 놀라운 일이 일어났다. 친구 싯다르타의 얼굴은 보이

지 않고 그 대신 수많은 다른 얼굴들이 나타난 것이다. 물결처럼 흐르는 수백 수천의 얼굴들, 희미하게 꺼져가는 눈으로 죽어가는 물고기의 얼굴도 보였다. 갓 태어난 아기의 얼굴도 보였고, 살인자가 단도로 사람을 찌르는 모습도 보였다. -중략- 그 형태만이 바뀌어 새롭게 태어나고 끊임없이 새로운 얼굴을 갖게 되었지만 그 사이에 시간이란 존재하지 않았다. 고빈다는 싯다르타의 그 미소가 고다마(세존)의 미소와 똑같은 것임을 알게 되었다. 그가 수백 번이나 무한한 외경의 마음으로 쳐다보았던 지혜로운 부처님의 미소였다. 고빈다는 깊숙이 머리를 숙였다. 영문도 모를 눈물이 그의 늙은 얼굴 위로 흘러 내렸다. 마음속에서 깊은 사랑의 감정과 티없이 겸허한 존경심이 싹터서 마치 불꽃처럼 타올랐다. 정좌하고 있는 그 사람 앞에 그는 땅에 닿도록 몸을 굽혔다. 그 사람의 미소는 그로 하여금 그가 일생동안 사랑 했던 것, 일생동안 값지고 성스럽게 여겨왔던 모든 것을 상기시켜 주었다.

제3부

———

일
상

노년의 향기

나이가 들면 어떤 신념을 갖는다는 것조차 좀 더 완고해졌다는 다른 표현이 아닐까 싶다. 나이 든 분 중에는 온 세상이라도 품을 듯 따뜻한 분도 계시지만, 아주 사소한 일에도 속 좁게 벌벌벌 화를 내는 이가 있다. 언제 어디서건 자신의 주장을 굽히지 않고 목에 핏대를 세우며 악착을 떠는 노인의 모습은 차마 쳐다보기조차 민망하다. 아이가 심통 부리는 것이야 귀여울 때도 있지만 노인이 주름진 얼굴을 일그러뜨리며 성질내는 모습은 참으로 보기 흉하다. 아무리 '사람이 나이 들면 다시 애 된다.'는 말이 있지만 이는 부끄러워해야 할 일이 아니겠는가. 나도 이제 나이가 드니 그런 추한 모습을 보이게 될까 싶어 스스로를 경계하게 된다.

서비스 업체인 우리 회사, 조금 전 기사 중 한 명이 내게 심한 잔소리를 했다. 그는 내 앞을 오가며 종일 허탕치고 돌아다녔다며 종알거렸다. 평소 보일러 고장 접수를 받을 때면 간단한 설명으로 내 선에서 끝내는 경우가 많다. 그런데 오늘은 컨디션이 좋지 않아 이것저것 캐묻지 않고 걸려오는 족족 넘겼더니 고장 아닌 게 많았나 보다. 그럴 때 기사의 기분을 백분 이해한다. 그가 하는 말이 틀리지 않다는 것도 안다. 그러함에도 기분이 언짧았다. 굳이 언짢은 이유를 따져보자면 내용보다는 말투 때문이다. 꼬장꼬장 따지려드는 것이 마치 제 손아래 동생 버르장머리라도 고치겠다는 투다. 기분이 나빴지만 참았다. 화를 내면 또 뒷수습이 문제여서다.

　나는 평소 쉽게 화를 내는 사람은 아니다.
　내게는 화난 감정을 지속적으로 끌고 나갈 만큼의 에너지가 없는 것 같다. 그러니 잠시 미운 감정에 사로잡혔다가도 금방 사그라져버리고 만다. 그리고 나이가 드니 이제는 세상에 이해되지 않는 사람도 별로 없다. 젊어서는 이해할 수 없었던 독한 사람을 봐도 '얼마나 상처가 많았으면 저렇게 됐을까?' 싶어 측은한 맘이 든다. 물론 때로는 참지 못하고 화를 내기도 하지만 그러고 나면 '내가 왜 그랬을까?'하고 후회하게 된다. 그래서 참는 것이다.
　나이가 드니 이제는 가슴 설레는 일은 없고 매사가 심드렁하고 쓸쓸할 뿐이다. 사람이 나이 들면서 변하는 건 외모만이 아니다. 목소리도 탁하게 변한다. 굵은 톤이 안정감을 줄 때도 있지만 긍정적인 면보다는 부정적인 측면이 강하다. 젊은 애들의 음성은 하이 톤이라 싱그럽다. 그 높은 음역이 듣기 좋다는 것은 과학적으로도 증명되었단다. 그래서 체계적인 교육 시스템을 갖춘 대기업에서는 종업원들에게 "어서 오세요.", "안녕하십니까?" 등 고객을 응대할 때 '솔'음을 내게 한단다.
　지금 이 순간도 옆자리 젊은 여직원의 경쾌한 웃음소리에 질투가 나려한다. 그러나 나는 잔잔한 미소를 띠어 그녀에게 긍정을 표한다. 표정만 본 그녀는 내 마음은 알아채지 못할 것이다. 내 질투의 원인은 주로 열등의식 때문인 것 같다. 목소리뿐만 아니라 늘어만 가는 허리둘레와 처진 눈꺼풀

등 생물학적 변화도 그렇고, 하루가 다르게 변해가는 세상에 대처하는 능력 면에서도 그렇다. 내게도 찬란했던 시절이 있었다. 하지만 지금은 모든 게 달라졌다. 달리는 기억력으로 노래 가사 하나 외우기도 힘들다. 뭔가를 암기해야 한다는 것은 그 자체로써 두려움이다. 그래서 아무도 내게 기억하지 못했음을 꾸짖지 않는데도 홀로 의기소침해지고 만다. 오늘도 왠지 공허하고 쓸쓸해서 허세를 부려 내 허무를 다독여 본다. 이것은 늙음의 속성인가. 내 혈관을 흐르는 좁은 마음, A형의 특성인가.

우리 현대인들은 너무나 바쁘게 살고 있다.

그러다가 서서히 노년이 되면서 어느 순간부터 갑자기 할 일이 줄어드니 공허하고, 경제적으로도 곤고해지니 무시당하는 것 같고, 몸도 이곳저곳이 아프니 슬프고 자신감이 떨어지는 것이다. 그러나 나이를 먹는 게 나쁜 면만 있는 것은 아니다. 노인에게는 앞을 내다볼 줄 아는 선견지명과 통찰력이 있다. 또 나름대로의 주관이 서 있기에 쉽게 부화뇌동하지도 않는다.

누구도 리허설을 거치지 못한 인생사로다. 체득되지 못한 우리의 삶은 허점투성이요, 막연한 두려움의 연속일 수밖에 없다. "스승님께서는 오늘도 본인의 실수를 줄이려 노력하고 계십니다."라고 전했다던 공자님 제자 말씀처럼 나도 몸을 낮추고 자신을 돌아보는 시간을 가지련다. 깊은 자기 성찰로 보다 합리적이며 사려 깊은 멋진 인간이 되어야겠다.

늘상 내다보는 창밖의 풍경이 새로워 보이는 것은, 계절이 다르고, 날씨가 다르고, 내 마음 상태가 달라서 일 것이다. 화가 나서 주절대면서도 오늘도 세상을 품을 만큼 큰 그릇이 되자고 다짐해본다.

향수

새벽이면 찬 기운이 느껴지는걸 보면 길고 지루했던 여름도 끝나가는 모양이다. 창밖을 내다보니 도로를 꽉 매운 차들 위로 늦가을의 여린 햇살이 가득하다. 햇살은 같은 장소를 비추어도 계절마다 다른 빛깔을 낸다. 가을 햇살에는 이름 붙일 수 없는 서러움과 아쉬움 같은 게 들어있다. 그리고 한 노래가 떠오른다. 납북 작가 정지용님의 시에 김희갑 님이 곡을 붙인 노래 '향수'다.

"그곳이 차마 꿈엔들 잊힐리야"

나는 시골에서 나고 자랐다.

내 기억의 가장 끝자락인 그곳, 전남 순천시 대대동. 지금은 시로 편입된 그곳의 옛 명칭은 '전남 승주군 도사면 대대리'이다. 오늘따라 그곳에 대한 기억이 새롭다.

나는 다섯 살까지 그곳에서 살았다. 우리 집은 길이 꺾이는 도로 귀퉁이였고 앞은 순천만의 지류인 용두천이 유유히 흘렀다. 가장 선명한 기억은 한여름 가문 논에 물 대는 할머니를 따라다닌 일이다. 할머니가 물을 퍼 올리던 기구는 그 지방에서만 볼 수 있는 길쭉한 나무홈통 널이었는데,

디딜방아처럼 한쪽을 밟으면 반대쪽에서 패인 홈을 따라 주루룩 물이 흘렀다. 작은 웅덩이의 물은 참 느리게 고였고 언제나 벌건 황토 물이었다.

지금도 선연한 기억은 그때의 강렬했던 뙤약볕이다.

한여름의 햇살은 너무도 따가워 들판 가득한 푸른 벼 숲으로 숨고 싶었다. 그러나 어린 생각에도 그랬다가는 코와 귀로 물이 들어갈 것만 같아 무서워서 참았다. 여름 내내 이글거렸던 태양은 자주 그런 유혹을 느끼게 했다.

찻길 너머의 용두강은 늘 갈대가 무성했다.

폭이 넓은 그 강은 머지않은 곳에서 바다와 연결되었는데 유량이 많아 언제나 둑 바로 밑까지 물이 그득히 차 있었다. 내 기억속의 강은 지금과 같은 가을 풍경이다. 그건 무성했던 갈대밭 때문일 것이다. 둑을 따라 넓게 퍼져있던 갈대는 강을 침범해 들어와 강폭을 반으로 줄여놓을 만큼 풍성했다.

엄마는 강둑의 버들강아지가 보드라운 회색 털로 움이 틀 때면 봄이 온 거라고 했다. 한여름 캄캄한 그믐날 밤이면 이웃 아낙들과 함께 내려가 시원하게 등목을 했고, 가을걷이 후에는 지는 해를 등지고 귀가하며 강물에 농기구와 팔다리를 시원하게 씻고 들어갔단다.

강은 엄마의 슬픔도 기억하고 있다.

갯내를 실은 한겨울의 세찬 바람은 이제나 저제나 남편을 기다리는 엄마의 가슴 한가운데를 후리고 지나가더란다. 어느 해 새로운 전근지에서 작은엄마가 나보다 한 살 위의 오빠를 낳았다는 청천벽력 같은 소식에 엄마의 가슴은 무너졌단다. 그러던 중 오가다 생긴 나를 임신하고서는 기대와 불안 속에 사셨단다. 엄마는 삼복더위에 나를 낳으셨다. 해산 일주일 후에야 나를 보러 오신 아빠는 "또 딸이야?"(그때 엄마는 나보다 네 살 위인 언니를 두고 있었다)하며 나를 한번 안아보지도 않고 되돌아 가셨단다.

결혼 초부터 남편의 바람기로 속 끓이던 엄마는 통곡하며 강물로 뛰어들었단다. 6월의 폭염 속이었지만 물에 들어간 순간 온 몸이 오그라들고 숨이 멎는 것 같더란다. 그러자 속상한 것은 잊어버리고 오직 살아야겠다는 일념으로 벌벌 기어 나오셨단다. 엄마는 그 일로 오한과 산후병으로 죽을 만큼 고생했다고 훗날 잔잔히 말씀하셨다.

몇 년 전 화창한 가을날, 나는 엄마, 언니와 함께 그곳을 찾았다.

고향은 많이 변해있었다. 순천만은 이제 전국적인 관광명소가 되어있었다. 잘 닦인 도로와 주차장, 생태 체험장 그리고 갈대밭 사이로 나있는 나무계단 등 옛 모습은 거의 없었다. 그래도 마을에는 아직 엄마를 기억하는 꼬부랑 할머니와 할아버지가 계셨다. 우리는 가장 가깝다는 친지 댁을 찾았다. 그 댁은 설명으로는 감 잡을 수도 없을 만큼 먼 사이였다. 한데도 엄마와 아주머니는 마치 친 자매라도 만난 듯 얼싸안고 좋아라하셨다. 가까운 사촌도 오랜만에 만나면 대면대면한 우리 세대와는 다른 모습이었다.

그 댁에서 순천만의 명물인 짱뚱어 요리를 대접받았다.

짱뚱어 탕은 국물 맛이 어찌나 시원하던지 그렇게 맛있는 매운탕은 난생 처음이었다. 소금구이도 맛있었다. 생선은 싱싱함이 생명인지라 펄펄 뛰고 있던 짱뚱어는 살은 단단하고 쫄깃했으며 생선 특유의 구수한 향이 그득했다.

식사를 마친 우리는 옛날을 추억하며 바다로 갔다.

바다를 가자면 너른 들판을 지나야한다. 들판에는 채 수확하지 못한 잘 익은 벼가 풍성했고 가을햇살이 따가웠다. 미처 파라솔을 준비하지 못한 우리는 목 주변에 뜨거운 햇살을 느끼며 일렬로 서서 좁은 논둑길을 따라 걸었다.

이윽고 바다가 나타났다.

갯벌 위에는 짱뚱어가 펄 묻은 몸으로 펄쩍펄쩍 뛰어 오르고, 엄청난 양의 게가 갯벌 가득 기어 다녔다. 철새가 떼 지어 날아오르고, S자형의 수로를 따라 피어있던 자색의 칠면초 군락 등은 보기 드문 진풍경이었다.

무수한 갈대를 만져보고 더러 꺾어들기도 했다.

바람이 불자 갈대가 무리지어 허리를 휘며 사그락거렸다. 먼 곳에서부터 파도처럼 누르스름한 갈대의 물결이 몰려왔다 스쳐지나가는 광경은 장관이었다. 바람 속에는 갯내음과 갈대의 향이 섞여 있었다. 해가 서쪽으로 기웃해져도 우리는 각자의 추억에 잠겨 서로 간 말이 없었다. 더 오랜 시간 머물고 싶었지만 집에서 기다릴 아이들 생각에 서둘러 그곳을 떠나 왔다.

돌아오는 길에는 엄마의 기억을 따라 우리의 옛 집터도 둘러봤다.

건물은 없어졌지만 주변 풍경이 크게 변하지 않아 찾을 수 있었다. 생각보다 협소한 집터에는 풀이 무성했다. 한 해 한 해 새로 돋아난 잡풀이 싱싱하게 계절을 이겨내고는 시들어 거름이 되고 또다시 돋고 한 모양이다. 우리는 그곳을 배경으로 기념사진을 찍었다.

오늘 모처럼 높고 청명한 하늘을 보자 왠지 그곳의 바람이 맞고 싶다. 나는 학업중인 아이들과 직장 생활에 매여 거의 여행을 못하고 산다. 아주 잠깐씩 서울을 떠나 본적은 있지만 일 때문이어서 여유를 가지고 석양을 바라보는 정도의 사치도 누리지 못했다. 그래서 벼르고 있다. 딸의 수능만 끝나면 꼭 여행다운 여행을 떠나보리라고. 그때 동행은 남편이나 언니가 되어도 좋고 딸이 되어도 좋겠다. 아님 혼자면 어떠리. 추억을 따라 이 가을을 떠나 보리라!

12시에 출발 했는디… 아직 까정 천안이래유

불자시던 시어머님이 교회를 나가면서부터 시댁의 차례나 성묘가 약식이 되었다. 추석은 보름 전쯤 남자형제끼리 모여 시아버님 산소에 벌초를 한다. 그리고 당일에는 간단한 음식을 차려놓고 제각각 신념에 따라 절을 하거나 기도를 올린다. 그렇게 자유로워지자 몇 년 전부터 어머님을 모시고 전국에 흩어져있는 형제 네를 돌며 명절을 보내기로 했다.

올해는 둘째 시동생 네서 추석을 보내기로 했다.

시댁에서 제일 남성미가 넘치는 둘째 시동생은 해군 고급장교 출신이다. 사관학교 시절에는 중대장을 지냈고 날고 기었다는데, 관운이 없었든지 복무 중 부하들의 사고사가 몇 건 있어서 진급을 못했단다. 그래도 버티고 있다가 연금 받을 정도가 되자 전역해 계룡시에 정착해 살고 있다.

남편은 빤한 교통 체증 하에 운전하기 싫다며 대중교통을 이용하자고 했다. 서초동 남부터미널에는 1시간 간격으로 계룡시를 오가는 버스가 있다. 고속도로는 여느 해처럼 복잡했지만 몇 번 자다 깼더니 평소보다 조금 늦은 2시간 후쯤 계룡시로 접어들고 있었다. 햇살 가득한 한적한 도로 양측에는 가로수가 잘 정비되어 있었다. 도로 가까이 있는 야트막한 산을 지날 때는 어릴 적 뛰놀던 고향 생각이 났다.

추석당일, 오후 늦게 시내에 나가 외식을 하기로 하고 차 다섯 대가 줄지어 출발했다. 시동생은 계룡시 이곳저곳을 빙 돌아주었다. 계절은 자연의 순리에 따라 서늘한 바람을 되작이고 있었다. 우리는 맑은 공기를 한껏 들이 키고 싶어 차장을 활짝 열고서 달렸다. 가로수 잎들이 연초록으로 반짝였고, 파란 하늘에는 흩어진 구름사이로 능선을 넘어가는 여린 햇살이 다정했다.

계룡시를 둘러싸고 있는 계룡산은 공주시, 논산시, 대전광역시에 걸쳐 있는 산으로 풍수지리에서도 명산으로 소문 나있어서 지금도 무속신앙인들이 많이 모여 든단다. 살포시 어두움이 내려앉은 거리에 어디선가 은은히 교회 종소리가 들려왔다. 뎅그렁~ 뎅그렁~ 뎅그렁~, 교회 종소리는 지금 서울에서는 들어볼 수 없는 소리라 감동스러웠다. 그곳에서 멀지 않는 곳에 골프장이 있다는 것도 안다. 군인아파트 살 때는 집에서 자동차로 5분 거리라고 동서가 자랑했었다. 스포츠를 좋아하는 동서는 단지 내에서 모든 스포츠를 즐긴다고 했다. 육, 해, 공군이 함께 모여 사는 군인아파트 상가 안에는 수영장과 헬스클럽 등 스포츠시설과 다양한 상점도 있다고 했다. 아이들의 초, 중, 고교도 집에서 2~5분 거리로 걸어 다닌다 해서 부러워했었다.

가족들과 1박 2일의 즐거운 만남을 끝내고 연휴 마지막 날 귀경길에 올랐다. 신도안 버스 정거장은 군인아파트 단지 안에 있다. 어지간히도 손님이 없어 늘 좌석이 다 차지 않는다. 평소 적자 운영을 한다고 들었는데 그래서인지 참으로 한심하게 운영되고 있었다. 버스 정거장이라고 해봐야 달랑 컨테이너 박스 하나가 전부다. 그곳에 상주하는 사람도 없고, 출발 30분전 쯤 사람이 들어가서 그때부터 표를 팔기 시작한다. 두어 시간 간격으로 배차가 되는데, 표를 사서 아무 자리나 앉으면 됐다. 그런 운영 상태였으니 당연히 분란도 있었다.

지난해 여름, 먼저 승차해서 가방을 두고 내렸던 아가씨들과 뒤늦게 올라서 그 자리에 앉은 아저씨 사이에 실랑이가 벌어졌었다. "이것 봐! 아가씨, 그럼 신문지를 갖다 두고도 내 짐 놔뒀으니까 내 자리라고 우기면 되겠네! 이런 개 같은 경우가 어디 있어?" 아저씨는 같은 말을 반복하며 어거지를 썼고 아가씨들은 "왜 우리 보고 그래요? 그런 문제는 버스회사에 물어 봐야죠."라며 억울해했다. 우리는 출발하고 나서도 한참 동안을 밀려난 아저씨의 잔소리를 들어야했다. 술을 한 잔 걸친 아저씨는 "세금은 다 받아 처먹고, 이따구로 운영…" 하며 개인회사를 국가와 혼동해서 나무라고 있었다.

올해부터는 새로 좌석제를 도입했단다.

우리는 일찍 서두른 관계로 운전석 반대편 맨 앞자리를 차지할 수 있었다. 출발 시간이 다가오자 후줄그레한 차림의 기사가 오르더니 돌아다니며 표를 걷었다. 그는 차를 출발시키자마자 어딘가로 전화를 걸었다. 으윽… 우리는 그때부터 장장 서너 시간을 기사양반의 통화 소리에 시달려야 했다. 스피커 볼륨조차 높여 논 상태로 그는 끝없이 떠들었다.

"어? 말도 마. 함석현씨는 12시에 출발 했는디… 아직 까정 천안이랴." 그놈의 '함석현'씨가 누구인지, 그 이름을 한 시간 안에 스무 번도 더 들은 것 같다. 같은 소리를 네댓 명에게 똑같이 되풀이 하고 있었다. 한 시간이면 가도 얼마를 더 갔을 터인데 그동안 천안에만 머물러 있단 말인가. 또 '대식'이가 누구인지 계속 대식이, 대식이 한다.

"어? 난 한 시간만 운전하면 다리에 쥐가 나. 글고 지금 졸려 죽갔어. 가다가 자든지 해야지 뭐." 그러고는 하품에 또 하품을 한다. 아마도 쉬는 동안 잠을 자두지 않고 어울려 놀았던 모양이다. "아이고~ 지금 엄청 막혀… 새벽 2시나 돼야 들어 가겠어, 가 봐야 알지, 내가 다른 길을 알아야지. 고속도로 빼끼 모른디… 아줌마! 빛 들어오니께, 거기 커튼 좀 쳐요!" 내게 악을 꽥 쓴다.

창밖은 캄캄하지만 간간이 서있는 가로등 빛이 비춰드는 게 성질 나나 보다. 커튼을 내렸다. 창밖을 볼 수도 없으니 내 시선은 어쩔 수 없이 연신 하품을 해대는 운전수에게 고정되었다. 운전대는 한 손으로 걸치듯이 잡고 다른 한 손으로는 얼굴을 쓰다듬었다 머리를 만졌다 가만있지를 못한다. 출발과 동시에 한숨 자려고 했던 생각은 포기했다. 뭐라고 한마디 할수도 없고 참고 있자니 속이 부글거렸다.

기사는 왁왁대는 스피커를 통해 마치 마법사의 호리병처럼 승객들의 기를 빼앗는 것 같았다. 통화를 한 30분쯤 하고나면 그때부터는 교통방송을 틀었다. 지방 방송인 모양인데 끝없이 트로트가 흘러나왔다. 통화를 하다가… 방송을 틀었다가 했다. 그것도 볼륨을 줄이면 얼마나 좋을까. 안 하무인으로 차안이 울릴 정도로 크게 틀어댔다. 지방방송국과 연결된 어떤 나이든 연예인은 명절날 무슨 그리도 구슬픈 노래를 불러 재끼는지….

'나 원 참. 졸려서 그럴 것이다. 오죽 졸리면 그렇겠나.' 다른 승객들도 같은 생각인 듯 이따금 혀를 차고 구시렁대면서도 누구하나 대놓고 뭐라 하는 사람은 없었다. 우리 모두의 생명이 그 한사람에게 달렸으니 울화가 치밀어도 참아야지 어쩌겠는가.

깜박 졸다가 뭔가 출렁하는 느낌에 눈을 떠보니 차는 갓길을 냅다 달리고 있었다. 갓길은 불법 아닌가? 그러다가 또다시 차선을 바꾸는 데, 눈치 봐가면서 대각선으로 삐죽삐죽 들어가는 것도 아니었다. 덩치 큰 버스라고 대놓고 기역자로 꺾고 있었다. 참으로 가관이었다. 그것조차도 잠을 쫓기 위해 그러는 것이라고 생각해줬다. 더욱 웃기는 것은 그렇게 차선을 무시하며 마구 내달리는 게 목적지에 조금이라도 빨리 도착하기 위해서가 아니라 그놈의 '대식'이라는 친구를 따라 잡으려고 그런다는 것을 알았을 땐 기가 찼다.

버스전용 차선이 왜 그렇게 밀리는지 이해되지 않았는데 갓길로 달릴 때 보니 웬 놈의 승합차가 그리도 많은지… 대한민국의 승합차란 승합차는 총 출동한 듯싶었다. 버스 반, 승합차 반이었다. 가다 서다 4시간 정도 지나서 입장 휴게소에 도착했다. 휴게소도 인산인해였다. 간식 하나 사려해도 한참 줄을 서야 해서 포기했다. 그래도 화장실은 줄서기가 자리 잡혀서 덜 혼잡했다.

거기서 출발할 때는 바로 앞에 같은 회사 차인 '충남여객'이 달리고 있었다. 그리고 더 이상의 통화도 추월도 없었다. 아마도 그게 '대식'이 차인 모양이다. 대식이를 찾아서 다행이다. 우리도 서울 톨게이트가 코앞이라는 생각에 여유가 생겼다. 스피커에서 나오는 음악도 좋아졌다. 트로트도 춘자가 부른 것은 들을 만 했고, 팝송도 나오고, 젊은 애들이 좋아하는 가요도 나오니 살만 했다.

그는 잠시의 침묵도 견디지 못할 만큼 나약한 사람인 모양이다. 자신의 불안한 마음을 말로 표현해야만 덜어지는 모양이니, 그처럼 여린 성격은 많은 목숨을 좌우하는 버스를 몰아서는 안 되겠다. 11시20분경 서울 톨게이트에 도착했고 시내는 거의 막히지 않아 12시안에 집에 도착할 수 있었다. 좁아도 내 집이 최고야! 만쉐이!

* 〈육군, 2009년 12월호.〉이 글은 (해군)만 빼고 육군지에 실었던 글이다.

발왕산의 오동

지난 주말 세미나 참석차 발왕산 용평스키장을 다녀왔다.

목적은 세미나 참석이었지만, 모처럼 언니와 떠나는 여행이기에 몹시 들떴다. 나이 들수록 자매는 세상에 둘도 없는 친구라는 생각이 든다. 토요일 강의가 없는 큰 딸애에게 집안일을 당부해 놓고선 설레는 마음에 밥은 먹는 둥 마는 둥 몇 숟갈 뜨고 약속장소로 출발했다.

날씨도 내 편이었다. 골목을 내려갈 때는 신이 나서 곁을 지나가는 도둑고양이조차 예뻐 보였다. 출발지에서는 참석 인원이 초과되어 버스 2대로는 부족해 승용차가 몇 대 따라가야 한다고 법석이고 있었다. 그런 분위기였기에 미리 와서 내 자리를 잡아놓고 다른 사람들의 눈치를 보고 있던 언니에게 한 소리 들어야했지만 그래도 좋았다.

서울 시내를 빠져나가는 동안은 언니와 노닥대느라고 정신없었고, 고속도로로 진입하자 그때서야 차창 밖을 내다봤다. 멀리 보이는 산들이 계절을 잊지 않고 물들어 있었다. 서울에서 3시간을 달려 목적지인 용평에 도착했다. 예약된 식당에서 푸짐한 산나물과, 돌솥 밥, 두부와 버섯을 듬뿍 넣은 시원한 황태 국에 중식을 들었다. 세미나 장소인 스키장은 시내에서도 한참을 더 들어가야 했다.

첫날은 두 시간 정도의 강의를 들었다. 세미나는 안보에 관한 것이었지만 생각보다 재미있었다. 그리고 그곳 4층 콘도에서 하루를 묵었다. 피곤했던 첫날은 대충 씻고 잠자리에 들었다.

다음날 아침에는 일찍 일어났다.

바람이 살랑대는 발코니로 나서자 찬란한 햇살과 맑은 공기로 절로 콧노래가 나왔다. 언니와 나란히 서서 깊은 호흡으로 숲의 향기를 들이마시던 우리는 아예 삼림욕을 하자고 했다. 밥 먹기 전 산책을 하자면서 6시 30분쯤 방을 나섰다.

4층에서 2층까지 엘리베이터로 내려오자 앞이 탁 트인 넓은 복도가 나타났다. 기분이 좋아져서 앞으로 죽 걸어 나갔다가 1층으로 가기위해 다시 한 번 엘리베이터를 탔다. 거기서는 사실 엘리베이터를 타지 않아도 되었다. 그런데 일이 그렇게 되려고 그랬는지 좌측에 버젓이 '손님용'이라고 써진 것을 두고 우측에 '종업원 전용'이라고 써진 엘리베이터를 탔다. 이유는 오직 하나, 그쪽 엘리베이터의 문이 열려있었다.

우리는 1층을 누르고 기다렸다. 그런데 잠시 후 문이 열린 곳은 컴컴한 지하실로 보일러실인지 기계 돌아가는 소리가 웅웅댔다. 둘 다 기겁을 했다.

"이게 뭐야?"

놀라서 아예 내릴 생각도 않고 우리가 처음 탔던 곳으로 돌아가려고 2층을 눌렀다. 그런데 이번에는 반대쪽 문이 열리며(양쪽에 문이 달려있었다) 또 컴컴한 창고가 나타났다.

"아니, 이거 왜 이래?"하면서 이번에는 처음 묵었던 곳으로 돌아가자며 4층을 눌렀다. 그런데 이번에도 또 창고가 나타났다. 그때서야 우리는 겁이 더럭 나서 일단 계단으로 나가기로 했다. 그런데 계단 비상구도 층마다 잠겨있었다. 계단에 갇힌 것이다. 위를 올려다봐도 밑을 내려다봐도 소용돌이 구멍처럼 높고도 깊어보였다. 덜덜 떨렸지만, 내가 그런 내색을 하면 언니에게도 전염될까봐 불안한 마음을 입 밖에 낼 수도 없었다. 그저 "이거 왜이래… 왜이래…"만 연발하며 둘이서 오르내렸다.

"아, 핸드폰!"

그 순간, 나는 참으로 기특하게도 핸드폰을 생각해냈다. 내 말에 언니도 안심하며 내 주머니에서 나오는 핸대폰을 기다리고 있었다. 언니는 핸드폰을 방에 두고 나왔다고 했다. 그런데 우리 앞에 얼굴을 내민 핸드폰은 캄캄한 얼굴을 하고 있는 것이었다.

"언니, 어떡해! 약이 떨어졌나봐"

"뭐?"

도깨비에 홀린 것같이 막막한 가운데서도 우리는 키득키득 웃음이 나왔다. 언니와 둘이었으니 망정이지 혼자였으면 얼마나 암담했을 것인가. 지금 생각해도 끔찍하다. 계속 오르내리다. 얼결에 6층을 누른 모양이다. 문이 열리고 환한 세상이 눈앞에 펼쳐졌다. 복도가 있어서 밖으로 뛰쳐나갔더니 옆 칸은 주방이었고 사람들이 보였다. 어찌나 반갑던지! 사람이 그렇게 반갑기는 난생 처음이다.

"7층을 누르고 올라가십시오, 거기가 2층입니다"

종업원의 설명이 거기는 건물 앞쪽으로, 본관과는 달리 지하로 많이 내려간 곳이란다. 본관의 2층이 그곳의 7층이란다. 나중에 들으니 우리뿐만 아니라. 다른 여자 분들도 전날 저녁 그 소동을 벌였단다. 그 분들은 우리 보다는 현명했나보다. 인터폰을 눌러서 도움을 요청했단다.

언니와 나는 왜 인터폰 생각을 못했을까? 둘 다 사는 집도 단독이고 사무실 등 일상에서도 엘리베이터를 이용할 일이 별로 없어 그랬던 것 같다. 엘리베이터 안 층수 표지판에 그 표기를 해놓았더라면 그런 황당한 일을 당하는 사람은 없을 텐데… 관리실에 얘기한다는 게 그만 깜박 잊고 왔다. 전화로라도 꼭 건의해야겠다.

오후에는 곤돌라를 타고 발왕산 정상에 올랐다.

가져간 워크맨으로 멋진 바이올린 곡을 들으며 서늘한 바람 속에서 멀고 가까운 능선들을 바라보노라니 무한히 행복했다. 내려오며 둘러본 주변의 콘도들은 지붕들이 어찌나 예쁜지 유럽의 휴양지에라도 와있는 듯했다. 부드러운 곡선을 이루는 녹색의 골프장도 눈이 시원했고 각양각색의 꽃들은 군락을 이루고 있어서 마치 꽃 잔디처럼 보였다. 스키장은 제철이 아니라 휴장이었다. 휴게실 내부는 굉장히 넓었고 서비스도 만족스러웠다. 성수기에는 종업원이 500명이라는 설명에 놀랐다. 그 많은 인원의 월급을 챙겨줄 만큼 수입이 될까 궁금하기도 했다.

산을 내려와서 좀 이른 출발을 위해 집합 장소로 가는 중이었다.

객기를 부리고 싶을 만큼 기분이 좋았던 나는 아이들을 위해서 만들어 놓은 형형색색의 마사토를 깔아 놓은 길 위를 걸어봤다. 난 뭐 하러 그 길 위로 걸었을까? 괜스레 색다르게 만들어 놓은 곳을 걸어보려다 벌 받았다.

내가 그곳에 한 발을 딛고 또 한발을 내디디려는 찰나 동글동글한 마사토가 죽 밀리면서 100근을 상회하는 내 몸뚱이는 잠시 0.0603초 동안 공중 부양을 했다가 그 무게에 상응한 중력의 작용을 받고(잠시 팔을 버둥거려 중력에 반하는 동작을 하긴 했지만) 그대로 철퍼덕 엉덩방아를 찧고 말았다. 아 야… 아야… 아이고… 아이고…

맨땅을 걸으며 나를 말리던 언니는 내가 허리를 다친 줄 알고 엄청 놀랬다. 그러나 내 허리는 탈이 없었고 팔꿈치만 까졌다. 구르는 돌멩이가 마찰력을 감소시켰는지 크게 다치지는 않았다. 그래도 많이 아팠다. 벗어서 들고 있던 흰 모자도 빨간 돌가루를 뒤집어써서 엉망이 되었다. 아파서 얼굴 찡그려가며 화장실에서 모자를 빨아야했지만 그래도 즐거웠다. 뭔가 뒤죽박죽되는 날은 무얼 해도 마찬가지다. 그런 날은 그냥 얌전한 강아지처럼 남들 하는 대로 따라 하는 게 제일 수다.

〈2007년, 문예사조〉

현관이 없어요

오전 내내 부장이 사무실을 들락거리며 직원들을 병원으로 내몰고 있다. 하필 절기상 가장 바쁜 때인 지금 건강검진을 해야 한단다. 일 없을 때 미리미리 좀 챙기지 뭘 하고 있다가 이제야 난리일까.

부장은 우리가 검진을 받지 않으면 회사에 벌금이 나온다며 유쾌하게 닦달했다. 오늘은 업무에 무리가 있더라도 모두 다녀오라며 사장님까지 나섰다. 그런데 공짜 검사를 해주겠다는 데도 다들 피하는 눈치다.

남자들은 참 모를 존재다. '남자'라고 표현함은 내 남편까지 포함해서다. 남편도 지난 번 1차 검진에서 간은 2차 재검이 필요하니 1주일 이상 금주 후 오라고 했다는 데, 그 며칠을 참지 못하고 계속 마셔대며 몇 달째 안가고 있다.

거의 매일 술을 마신다는 임 과장은 가자마자 바로 입원시킬 거라며 마지막까지 책상에서 꾸물대고 있다. 다른 직원들도 별반 다를 바 없었다. 부장의 계속되는 재촉에 겨우 엉거주춤 둘씩 셋씩 밀려 나갔다.

이렇게 말하는 나도 비슷하다.

몇 년 전부터 무료검진이라며 국민건강보험공단으로부터 암 검진 통지서가 몇 차례 날아왔지만 한 번도 가지 않았다. 건강에 특별히 이상 징후를 느끼는 것도 없고 바쁘게 살다 보니 그렇게 됐다. 올해도 얼마 전 유방암과 위암이 공짜라며 통지서가 왔지만 아직 못가고 있었다.

먼 곳은 가기 싫고, 회사 앞 병원은 불친절하다는 소리가 있어 미루고 있었더니 이번에는 동원령까지 내려졌다. "귀하는 아직까지 검진을 받지 않았기에… 사당1동 사무소 앞, 20일 9시 30분까지 집결"이라는 통지서가 날아왔다. 단체로 몰려가서 검진을 한다는 게 영 내키지 않아 어제 공단담당자에게 전화해서 물었더니 개인적으로 해도 된단다. 그래서 오늘 사무실 기사들과 내가 함께 검사를 받게 된 것이다.

나는 검진을 위해 엊저녁 10시 이후부터 아무것도 먹지 않았다. 아침에도 반찬 만들면서 깜박하고 이것저것 맛보게 될까봐 전신 거울이며 냉장고에 '금식'이라고 커다랗게 휘갈겨 써놓고 조심했다. 그런데 회사 직원들은 사전 금식도 안했다는데 제대로 된 결과가 나올지 모르겠다.

9시 30분경, 회사 앞에 있는 양지병원으로 갔다.

검진장소는 9층이었다. 꽤 이른 시간인데도 부지런한 어른들이 많았다. 요즈음은 어디를 가든 노인이 지천인데 병원은 더 했다. 여기저기 아픈 구석은 많고, 할일은 없으니 이렇게 몰려와 계시나 보다.

번호표를 뽑고 검진 표를 작성해 낸 후 키와 몸무게를 쟀다. 다음으로 심전도, 소변검사, 혈액체취… 여기에서 제동이 걸렸다. 나는 원래 혈관이 잘 나오지 않는다. 아니, 아예 없다(괴물이다). 그러함에도 기특하게 처녀시절에는 세 번이나 헌혈을 했었다. 네 번째는 바늘로 4~5 군데를 찔러대기에 질려서 포기하고 말았다. 그토록 혈관이 부실했으니 진정한 인(仁)의 정신이 아니었으면 못했을 것이다. 70년대는 채혈환경이 지금처럼 좋지도 못했다. 바늘은 꼭 뜨개 바늘처럼 검고 굵었으며, 헌혈을 해도 요새처럼 영화티켓이나 담요를 주는 일도 없었다. 우유와 초코파이 하나를 줬을 뿐이다. 그래도 그때가 지금보다 헌혈자가 많았던 것 같다.

당시 나는 단 한 번도 헌혈증을 챙겨가지 않았다.

매번 "이거 꼭 좋은 곳에 써주세요"하며 차에서 헌혈증을 되돌려주고 내렸다. 당시에도 자신의 증서를 챙겨가는 분이 많았지만, 그건 진정한 헌혈이 아니라고 생각했다. 그런데 10여 년 전쯤 뉴스에서 적십자사 직원이 헌혈증을 모아 팔아먹었다는 비리를 접하자 내 피도 도난당했을지 모른다는 생각에 허탈하고 불쾌했다. 그에게 피치 못할 사정이 있었는지 모르지만 그건 기증자의 순수한 마음을 도적질한 행위다.

내게서 채혈을 하자면 바늘 찌르는 건 기본이 세 번이다.

오늘도 자꾸만 헛 찔러대면서 병리사가 미안한 모양이다. 내가 서둘러서 위안을 했다. "저 혈관 되게 안 나와요. 혈관 찾자면 고생하실 거예요." 그 말에 위안을 받는지 웃었다. 이번에도 역시나 세 번 만에 뽑긴 했다. 그것도 팔이 아닌 손등에서, 그조차도 검사에 필요한 최소량을 채우지 못해 가슴 엑스레이를 찍고서 더 뽑아 보냈다. 남들 뽑을 때 보면 한 번에 많은 양이 잘도 나오던데 나는 왜 그럴까. 특별히 아픈 데도 없고 체격도 건장한데 왜 피가 펑펑 나오지 않는지 모르겠다.

다음에는 산부인과에서 여자들이 가장 싫어하는 자세로 의례적인 검사를 받았다. 그리고 따로 값을 치른 수면 내시경을 하러 내과로 갔다. 몇 개의 침대가 놓여있고 두 분이 각자의 침대 위에서 코를 드르렁~드르렁~ 골며 자고 있었다. 예전 위내시경을 했던 남편이 줄 달린 카메라를 삼키면서 눈이 튀어나올 정도로 목이 아팠다고 해서 걱정이 많았는데 그 모습을 보자 안심이 되었다.

간호사의 지시에 따라 약을 마셨다.

약은 졸 상태의 액체로 처음에는 하얀 약을 마시게 하고 곧이어 노란 약물을 주며 그건 삼키지 말고 입에 머금고 있으라고 했다. 조금 있다가 간호사들이 나를 침대에 눕게 하고 또다시 팔을 걷어서 혈관을 찾느라고 혈안이 되었다. 이번에는 링거를 맞기 위해서란다. 두 명이 번갈아가며 세 군데를 더 찔러댔다. 그래도 혈관을 못 찾자 이번에는 발목 중앙에다 바늘을 꽂는 것이었다.

"발목에다 해보기는 처음이네… 어쩌구" 저희들끼리 수군대는 소리를 듣자 갑자기 불안해졌다. 그러나 걸쭉한 걸 한입 물고 있는 상태라 말은 못하고 급한 마음에 누운 채 팔을 마구 내저었다. 한 명이 "아, 그거 진통제예요. 이제 삼켜도 됩니다."했다. 그 미끈덕한 것을 꿀꺽 삼키고 나서 감각이 둔해진 입으로 말했다. "저 다으에 다시 오게오, 아으아으… 우욱…" 하면서 세면대로 달렸다. 그리고 토악질 하듯 입을 헹구었다. 그러나 벌써 입속은 마비되어 얼얼하고, 뱃속에도 뭔가 이물질이 들어갔다는 생각에 비위가 상해 자꾸만 헛구역이 나왔다. 진료실을 나설 때 의사가 한마디 했다.

"운동 좀 하셔야겠습니다."

입술도 다 지워졌고, 눈물을 찔끔거려서 아이샤도우도 번졌고, 머리도 산발인 채 병원을 나섰다. 사무실에 오니 "검사 잘했어요?" 여기저기서 물

136

었다. 나는 팔, 다리를 걷어 보이며 또 설명을 하느라 한참 힘들어야 했다. 기사들도 자신들의 경험담을 쏟아내느라 사무실이 떠들썩했다. 나는 그 며칠 후에야 겨우 위 내시경을 했고, 종합적으로 아무 탈이 없다는 진단을 받았다.

이제 현대인들에게 정기적인 건강검진은 필수다. 나이가 어려도 예외는 아니란다. 얼마 전 삼십대 초반의 아는 동생도 건강검진을 위해 병원에 들렀다가 갑상선암을 발견하고 수술했단다. 전혀 자각증세가 없었던 터라 사전검사가 아니었으면 병이 커지도록 방치할 뻔 했단다.

국민건강보험 공단에서는 보험가입자 및 피부양자에 대한 질병의 조기발견과 그에 따른 요양급여를 하기 위하여 2년마다 1회 이상 건강검진을 실시하고 있다. 이 기회를 통해서 자신의 건강을 체크해 볼 일이다. 행복한 삶을 위해서는 뭐니뭐니해도 건강이 최고니까. 긍정적 사고로 정신에 자양분을 주고 그 혼을 간직한 몸을 수시로 체크하여 활기 넘치게 사는 것은 그 자체로서 가치 있는 일이리라.

〈2007년, 관악문학〉

김지하의 회고록 『흰 그늘의 길 2』를 읽고

나는 우연하게 이 책을 보고 있다.

총 3권으로 되어 있는 모양인데 1권도 아닌 2권이다. 젊은 날부터 '김지하'라는 이름을 숱하게 듣기는 했으나 여기저기 기고된 짤막한 글만 접했을 뿐 그의 단행본은 읽은 게 없다. 내가 기억하고 있는 그는 과격한 운동권 출신이다. 그의 작품을 일부러 찾아 읽지 않았던 것은 그 때문이다. 자신의 안위를 돌보지 않고 최루탄과 쇠파이프에 맞서 투쟁하는 분들은 위대하다. 그러나 소심했던 나는 그런 분들에 대해 경외의 맘은 갖고 있었을지언정 동조하거나 응원하고 싶은 생각은 없었다.

대학생 데모가 격렬했던 70년대는 내가 대학생이 아니었고, 뒤늦게 80년대에 대학생이 되었을 때는 전두환 대통령 시절로 독재는 여전했으나 한편으로 회유정책을 써서인지 유신시절과는 그 치열함이 달랐다. 아무튼 나는 나라를 위해 나를 던질 만큼 용감하지도 못했으며 아는 게 적었기에 분노도 적었다. 그리고 그 목적이 국가를 위해서건 개인을 위해서건 폭력 자체가 싫었다.

이 책을 보게 된 건 올해 고3인 둘째 때문이다.

지난달 언제인가부터 아이는 늦은 밤까지 컴퓨터 자판을 두드리고 있었다. 지나가다 물으면 "숙제요" 했다. 며칠 전에야 '아무리 수시합격을 했다지만, 고3에게 저런 숙제를 내주다니 참 선생님도 고약하다.'싶어 들여다봤더니 이 책을 타자하고 있었다. 연유를 물었더니 그게 학교 봉사활동이라는 것이었다.

고등학생이 의무적으로 해야 하는 봉사활동 시간은 1년에 20시간이다. 그동안 제출한 봉사활동 증명서는 저희들이 방학을 이용해 동사무소나 법원, 혹은 보육원에서 시간을 채울 때도 있었지만, 급할 때는 내가 어린이집 운영하는 친구에게서 가짜 증명서를 만들어다 주기도 했다. 올해도 가만있으면 엄마가 뭔가 조치를 취해 줄 것이구먼, 대한민국의 고3이 어디 보통 몸인가. 암만 아이라도 이렇게 생각이 없나 싶어서 화가 났다.

타자 일은 시각장애인들의 복지시설인 봉천동의 '실로암복지관'에서 맡아왔다고 했다. A4용지 4장을 1시간으로 쳐주는데, 한번 손을 댔으면 그 책을 끝내야만 한단다. 그런데 책이 장장 438쪽짜리였다. 얇은 책도 있었지만 이 책을 택한 것은 엄마가 좋아할 것 같아서라니 가관이다. 대여기간이 정해져 있지 않으니 타자하고 나면 엄마 보시라며 아이는 자랑스레 말했다. 마음이야 고맙지만 참으로 맹꽁이 같은 짓이 아닌가.

일이 시각 장애인들을 위한 '점자 변환용'이라니, 녀석이 고3만 아니라면 환영할 일이다. 그러나 죽자 살자 공부해야할 입장에 이렇게 시간을 빼앗기고 있었으니 참 철딱서니도 없다. 그래서 내가 팔을 걷어붙이게 된 것이다. 요즈음은 사무실에서도 눈치 봐가며 타자하고, 집에서도 TV의 유혹을 뿌리치고 토닥이고 있다.

책은 회고록이라는 제목답게 젊은 날의 그를 기록하고 있다. 저자는 "사실을 중심으로 살벌한 자서전을 쓰고 싶지 않았고, 어떤 의미가 생성되는 문학적 탐색으로만 밀고 가고자 한다."라고 머리글에 회고록의 방향을 밝혔지만, 내가 보기에는 상당히 과격한 자서전이다.

제 2권의 내용은 6·3사태부터 오적필화사건, 민청학련과 양심선언사건을 거쳐 박정희의 죽음을 맞이한 1979년의 서대문형무소 시절까지를 회고한다. 폐결핵으로 2년 넘게 투병생활을 할 때도, 7년의 독방 감옥생활로 벽과 천장이 좁혀드는 정신분열적 벽면 증을 겪으면서도 놓지 않았던 민주화에 대한 열망이 절절하게 기록되어 있다. 과거 유신독재와 민주화 운동시대를 전설로만 기억하는 지금의 젊은이들에게 그 시대를 이해할 수 있는 좋은 안내서가 될 것 같다.

김지하는 소설 『토지』로 유명한 작가 박경리 선생의 사위다.

그는 암울하던 박정희대통령 시절 긴 시간 서대문형무소에 갇혀있었고, 운동권 출신중 가장 많은 팬을 갖고 있는 저항시인이기도 하다. 그런데 책에 따르면, 그가 우리에게 다소 과격한 운동권요원으로 인식되었던 것은, 피신해 있을 때, 다른 동료들이 그를 과장해 영웅으로 만들어서 선동용으로 이용했기 때문이란다.

책은 70년대 학생운동에 대해 잘 알지 못했던 내게 당시의 상황을 생생하게 전해주니 감회가 새로웠다. 그렇게 작가에 대해 우호적 감정을 갖다가도 책장을 넘길 때마다 거부감이 드는 구석이 꼭 있었는데, 그건 바로 술을 엄청 마셨다는 대목인데 아주 자주 나온다.

나는 술을 좋아하지 않는다.

술이 사람을 폭력적으로 만든다는 것도 그렇지만 취함 자체가 추하게 느껴져서다. 취하면 아무리 순한 사람도 오기진 소리를 하고 허세를 부린다. 같은 소리를 몇 번씩 반복하는 것도 싫다. 술 먹는 사람에게 "그렇게나 많이 먹고 취하면 어떡하냐?"고 걱정하면 "취하려고 먹는다."고 한다. 술꾼들은 타인에게 어떻게 보이든 그건 상관없는 모양이다. 본인이 행복하면 그뿐인가. 취객들도 나름 할 말이 있겠지만 자신이 스스로를 통제할 수 없는 상황까지 몰고 간다는 사실을 나는 이해하고 싶지 않다.

내용 중에는 이런 대목도 있다.

중앙정보부가 그의 아버지를 끌고 가서 전기고문을 시켜 반병신이 되었다는 소리를 들었을 때는 "내 눈에 흙이 들어가기 전까지 반드시 박정희를 무너뜨리겠다." 했단다. 그러나 박대통령은 그가 아닌 다른 세력에 의해 생을 마감했다. 또 "박대통령에 대한 복수심으로 그리도 오랜 세월을 무너지지 않고 견딜 수 있었지만 내 마음속의 폭력 때문에 오랜 시간을 정신병적인 질환 속에 갇히게 된 것이다." 이런 회한 섞인 소리도 있다.

그랬던 그가 최근에는 이해할 수 없는 행보를 하고 있다.

이름은 한나라당으로 바뀌었지만 그 뿌리를 보면 박정희 정권과 궤를 같이하는 이명박 정권을 두둔하는 발언을 자주 하고 있다. 일부는 개탄스러워하고 일부는 환영한다. 그 결과인지 예전에는 불온서적이라 하여 외면 받던 그의 작품이 중·고교의 교과서에도 실려 있단다. 참, 세상 오래 살고 볼 일이다.

〈2012년, 심정문학〉

그리움

우리가 청춘이었을 적엔… 그 순간이 인생의 최후일 지라도, 살아 있음이 행복했던 시절이 있었다. 핸드폰 파일을 뒤져 옛 팝송을 듣는다. 눈물이 볼을 타고 흐른다. 근원을 알 수 없는 쓸쓸함이 느껴지고, 싱그러웠던 젊은 날에 대한 그리움이 남아 있음을 느낀다. 지금의 내겐 결핍된 것들, 그 시절에만 존재했었던 어떤 감정들로 목마름이 느껴지는 오후다.

갱년기 우울증이란 제3의 사춘기다.

몸은 늙었지만 마음은 아직 푸르러서다. 다음 곡 'Love Is A Many Splendored Thing'을 듣는다. 남태평양의 짙푸른 바다가 떠오른다. 그리고 뒤이어 나오는 'I Understand'을 듣는다. 이 노래를 들으면 떠오르는 한 사람이 있다. 내게도 사랑의 감정으로 가슴 설레었던 젊은 날이 있었다. 성당 앞뜰에서 무수한 밤하늘의 별을 향해 노래했었던 그 고즈넉한 저녁이 기억난다.

남편과 7년여의 연애 끝에 결혼한 내게도 나름의 로맨스는 있었다. 남이 들으면 "그것도 연애냐?"라고 할지 모르지만 말이다. 물론 그 대부분이 나는 관심도 없는데 상대만 죽자하고 따라다녔거나, 혹은 나 홀로 가

슴앓이를 했던 경우다. 그러나 일방통행도 사랑은 사랑이렸다. 원래 짝사
랑이 더 달콤한 것 아니겠는가. 오늘, 자극 없는 무료한 일상에 옛 시절
을 회고해본다

바람이 살랑대던 봄날의 오후였다.

그날도 성당 앞뜰에서는 손가락이 유난히 가늘고 길었던 그가 기타를 치
고 있었다. 우리 젊은 청춘들은 그의 곁에 둘러서서 누가 선창을 하는지도
모르게 2부, 3부로 화음을 넣어가며 노래했었다. 그 멋진 날들은 그가 있
었기에 가능했다. 한때 그토록 가슴 설레었지만 지금은 기억나는 게 별로
없다. 어렴풋이 기억해낼 수 있는 것은 속을 알 수 없었던 차분한 눈빛과
큰 키, 검은 피부, 예술적인 긴 손가락 정도다. 길지 않은 시간이었지만 음
악과 연관된 사람이라 쉬이 잊혀 지지는 않는다.

그러니까 그와 처음 만난 건 20대 초반 직장인이었을 때다. 나는 단짝
친구를 따라 6개월 정도 성당을 다녔다. 어떤 연유로 친구를 따라 성당을
나가게 됐었는지는 생각나지 않는다. 당시의 나는 꽤 오랫동안 교회를 다
니고 있었다. 특별히 신앙심이 깊었던 것은 아니고 그저 사는 동안 착하게
살고 싶고, 어딘가에 적을 두고 싶다는 막연한 생각에서였다.

친구는 나와 정 반대되는 성격의 소유자였고 집안 대대로 천주교 신자였
다. 취미생활이건 뭐건 간에 어느 한쪽을 택해야 한다면 보다 신념이 강한
쪽으로 끌리게 마련이다. 둘 사이에서는 평소 활달했던 나보다 별 감정표
현 없는 조용한 그 애가 언제나 결정권을 갖고 있었다. 그런 친구가 내게
성당 가기를 권했고 나는 별 거부감 없이 따라갔던 것 같다.

길지 않은 성당생활이었지만 그 덕에 대구의 계산동 성당에 가서 '1일 피정' 체험도 했다. 우리는 수녀님들과 똑같이 기상하고, 기도하고, 묵상했다. 길고도 긴 묵상 시간에 졸았던 것과 난생처음 개고기로 끓인 무국을 먹은 기억이 난다. 물론 알고는 먹지 않았을 것이다. 개고기가 소고기인 줄 알고 먹었을 뿐이다. 성모상이 그려진 스테인드글라스를 통과한 햇살은 따사롭고 아름다웠다. 수녀님들로 이루어진 성가대의 성가는 높은 천정에 공명되어 천상의 소리로 들렸다.

성당은 일반 교회처럼 성서와 접목시킨 목회자의 생활철학을 들을 수 없었다. 미사도 처음에는 신비로웠으나 점차 지루해졌다. 그러함에도 성당을 한동안 나갔던 것은 분위기가 밝았고 그곳에 그를 비롯한 멋진 청년들이 많아서였다. 우리는 일요일 온종일을 성당에서 보냈다.

70년대 중반, 그즈음 천주교에서는 성가를 좀 더 대중화 시키자는 바람이 일고 있었다. 그 덕에 기존의 엄숙한 성가와는 차원이 다른, 기타 반주에 맞춰서 부를 수 있는 포크송 비슷한 성가가 쏟아져 나왔다. 우리 성당에서도 새로운 성가 발표회를 갖기로 했다. 젊은이들은 성당의 후원으로 많은 혜택을 받아가며 근무가 끝난 밤에 모여 연습을 했다. 주로 성당 안에서 피아노 반주에 맞춰 연습을 했지만, 때로는 성당 밖 잔디에 모여 앉아 기타 반주에 맞춰 부르기도 했다.

성가대원의 중심에는 그가 있었다. 그는 성가뿐 아니라 시시때때로 우리가 요구하는 팝송이나 포크송의 반주도 곧잘 해주었다. 저녁노을을 바라보며 청춘 남녀가 만들어내는 아름다운 화음과 도중에 나오는 떡볶이, 라면 등의 간식으로 참 행복했던 시간이었다.

그는 준수한 외모에다 눈에 띌 만큼 키가 컸다.

많은 인파 속에서도 늘 목 하나쯤은 위로 솟아 있었다. 성모 승천의 날 등 성당의 여러 행사 때마다 그는 늘 대열의 선두에서 십자가를 들었고, 배구시합때는 장신을 이용한 멋진 블로킹으로 환호하게 만들었다. 당시엔 나이 많은 사람을 오빠라 부르지 않고 형이라고 불렀다. 그의 주변에는 늘 형이라 부르는 여자들이 북적댔다. 그는 기타를 연주할 때도, 담배를 태우며 먼 곳을 응시할 때도 그림처럼 멋있었다. 또 함께 의자에 앉을 때면 팔을 뒤로 길게 뻗어서 곁에 앉은 여자가 보호받고 있다는 느낌이 들게 했다. 표현하긴 힘들지만, 당시의 그는 여자가 남자의 어떤 모습에 반하는지를 알고 있는 듯했다. 고작 스물 네 살이었는데 말이다.

잘생기고 분위기까지 근사했던 그에게는 좋지 않은 소문이 따라다녔다. 고향에서 사귀었던 애인이 임신해서 찾아왔는데 그가 차버렸다는 것이다. 소문은 돌았지만 누구도 그걸 확인하려 들지는 않았다. 당시의 그를 비난으로부터 구제해준 것은 음악이었다고 생각된다. 음악은 현실에 대한 인식을 흐리게 하니까. 적당히 젓가락 두드리며 부르는 노래가 아닌 이상 모든 음악에는 거역할 수 없는 고귀한 힘이 작용한다. 그랬기에 세련된 매너와 능숙한 기타 솜씨의 그는 추문 속에서도 여전히 멋있었고 인기가 많았다. 이따금 늦은 시간에 무슨 일이 있어 통화하게 되면 그는 끊기 전 낮은 목소리로 말했다.

"잘 자요."

그 말은 너무나 감미로워 들을 때마다 가슴이 뜨끔했다. 요즈음 가수 성시경이 방송에서 써서 화제가 된 그 말을 나는 40년 전에 들었다.

그가 어느 날은 나와 둘만 있게 되자 수첩에서 작은 종이를 꺼내서 보여 줬다. 거기에는 처녀 적 내 트레이드마크인 앞머리를 자른 단발머리의 소녀가 웃고 있었다. "나는 이 여자랑 결혼 할 거예요."

"그래요? 그게 누군데요?"

황홀했지만 당황스러워 시침을 뗐다.

내가 왜 그랬는지 모르겠다. 그를 좋아했지만 너무 어렸고 결혼이라는 단어가 두려웠던 것 같다. 무엇보다 어린 마음에도 그가 남자로서는 멋지지만 처자식을 먹여 살리기 위해 고군분투할 남편감으로는 보이지 않아서였다. 나는 그와 구체적으로 얽히는 것 보다는 그저 바라보는 게 좋았다. 내 반응에 그는 말없이 미소만 지었다. 나는 그 후로도 속으로만 그리워했을 뿐, 헤어지기 전까지 단 한 차례도 좋아한다는 내색을 하지 않았다. 그는 나보다 먼저 직장을 떠나 고향으로 돌아갔다. 그리고 나도 더 이상 성당을 나가지 않았다. 성당어디에서도 다시는 그의 그윽한 눈빛을 볼 수 없고, 감미로운 기타선율을 들을 수 없다는 사실이 허전해서였다.

친구들에게 "내 첫사랑은 게리쿠퍼야."라고 말하지만 그가 내게는 첫사랑이었던 것 같다. 지금도 기타소리를 들으면 그가 문득 떠 오른다.

지금은 그도 반백의 신사가 되어 있겠지.

아직도 때때로 기타를 치실까? 다람쥐 쳇바퀴 같은 일상 속에, 그때처럼 바라만 봐도 좋을 사람이 있었으면 좋겠다는 생각을 해본다.

우리의 기억인데

대학생인 내 딸들은 아무도 술을 마시지 않는다.

그건 본인의 의지도 작용해서겠지만 엄마의 권유로 그러는 것이다. 요즈음은 몇 년 전과는 달리 대학 신입생 환영회 때 억지로 술을 먹이지는 않는다니 다행이다. 나는 딸들에게 수시 때때로, 그 어떤 자리에서건 별로 '친해지지' 않았을 적에 술 먹지 않는다고 딱 부러지게 말하라며 거절하는 방법도 가르친다. 그러자니 나 또한 당연히 알코올을 입에 대지 않는다. 때로 흔치않은 술이라고 권할 때면 한 모금 해볼까 싶은 생각도 있지만 아이들에게 모범을 보이고 싶어서 정중히 사양한다.

내가 딸들에게 금주를 권장하는 것은 성장하는 과정에서 상처 입고 괴로워하는 모습을 보고 싶지 않아서이다. 지금도 늦은 밤 골목이나 대로변에서 술 먹고 웩웩거리는 여자 친구의 등을 두드리고 있는 젊은 녀석들을 보게 되는데, 그럴 때마다 '저거 저러다가 어디 여관으로 끌고 가는 것 아닐까?' 하는 의구심이 들어 몹시 언짢아 진다.

지금 세상은 너무나 개방적이며 무질서하고 순결에 대한 개념이 없다. 이러한 사회적 분위기에 알코올을 접하면 당연히 실수가 있을 것 같기에 두렵다. 그러니까 내가 강력히 금주를 요구하는 것은 건강을 생각하는 면도 있지만 오로지 그 문제 때문이다. 때로는 이렇게 심하게 구는 게 아이들 인생에서 즐길 수 있는 한 단면을 빼앗는 게 아닌가 하는 생각에 씁쓸해지지만 어쩔 수 없다.

다른 면도 그렇지만 특히 음주문화를 생각하면 70년대는 참 좋은 시절이었다. 그때는 술을 마셔도 요즈음처럼 폭음은 안했던 것 같다. 독한 소주도 많이 마시지 않았다. 그때 처음 나온 쌀 막걸리도 마셨지만 주로 생맥주를 마셨다. 생맥주는 알코올 도수도 높지 않고 양도 많아서 배고플 때도 좋았다.

명동의 한 술집에서 개그맨 주병진씨를 봤던 생각이 난다.

그때 막 TV를 타기 시작한 주병진씨는 그날도 많은 사람들에게 둘러싸여 자신의 이름 풀이를 하고 있었다. "술 주자에 병 병자, 진로 진짭니다." 그러자 사람들이 와하~ 웃고 박수를 치며 여기저기서 술을 권했다. 그는 술잔을 사양 않고 모두 받아 마셨다. 정말 이름값을 톡톡히 한 사람으로 기억난다.

70년대를 묘사한 최인호 작가의 '바보들의 행진'이라는 소설에 보면 한쪽 뒷주머니엔 '갈매기의 꿈'을 또 다른 쪽에는 '어린왕자'를 꽂고 한 손엔 테니스 라켓을 들고 다니는 모습이 그려지는데, 그때엔 실제로 그런 모습을 흔히 볼 수 있었다. 라켓을 들고 운동복 차림으로 시내를 활보하다니! 그 말을 들은 내 아이들이 그게 뭐하는 짓이냐며 막 웃었다.

일전에 남편과 함께 대학로를 지나게 되었는데 그곳에 아직도 레스토랑 '오감도'가 있었다. 30년 전 간판이 아직도 있다는 게 신기하고 감회가 깊었다. 결혼 후 줄곧 시골에 살았고, 서울 올라와서도 몇 해가 지났건만, 딱히 그쪽을 갈 일이 없어서 몰랐는데 그 장소에 아직도 그 찻집이 있었다. 간판은 새로 설치한 것도 같았다. 그사이 주인이 몇 번이나 바뀌었는지 알 수 없지만, 오감도를 보자 우리의 젊은 날이 새록새록 떠올랐다. 1층에 당시에는 보기 드문 하얀 그랜드 피아노가 있었던 그 집은 이름 때문에 찾게 되었다. 오감도는 천재 작가 이상의 시 제목이다. 그런데 오감도를 글자 한자 안 빼먹고 끝까지 읽거나, 그 뜻을 제대로 해석하는 사람이 몇이나 될까 싶다.

오감도 길 건너 샘터건물의 찻집도 아직 그대로였다.

그때의 이름은 '난다랑'이었다. 그곳에 유럽의 카페 골목처럼 옥외에 탁자를 설치했을 때가 기억난다. 그날 우리는 식당을 찾다가 그 특이한 풍경에 이끌려 밥 먹을 돈으로 차를 마셨다. 물론 비스킷 몇 쪽이 나오긴 했다. 그 시절의 우리는 주린 배를 채우는 일보다 남다른 분위기에서의 차 한 잔이 더 좋았던 모양이다. 그곳을 천천히 걸으며 그때에만 존재했었던 우리들의 꿈과 고뇌와 친구들을 더듬어보는 시간을 가졌다.

남편은 내가 아는 사람 중 유일하게 젊은 날 청바지를 입지 않았던 사람이다. 지방의 부잣집 장남이었던 그는 데이트 시에도 언제나 정장차림이었다. 반면 나는 언제나 청바지 차림이었다. 그는 이따금 내 청바지를 못마땅해 했지만, 나는 전혀 굴하지 않고 1년 내내 청바지를 입고 다녔다. 청바지는 편했다. 아무데나 뒹굴어도 되고, 몇날 며칠 갈아입지 않아도 티도 안 나고, 위에다 무엇을 걸쳐도 폼이 났다. 그러니 용돈이나 옷이 궁했던 그 시절엔 제격이었다.

청바지 때문에 대접받지 못한 면도 있었다.

데이트 할 때 아무데나 털썩 앉아도 무심했던 남자가 어느 날 원피스를 입고 나타나자, 공원의 의자에 앉는데도 얼른 자신의 손수건을 꺼내서 깔아주는 것이었다. 흰 원피스에 뭐가 묻을까 걱정스러웠던 모양이다. 내 친구 중 한명은 야외에서 데이트할 때 남자친구가 손수건 정도가 아니라 재킷을 벗어서 깔아주더란다. 좀 오버다 싶으면서도 부러웠다. 그 시절의 남자들은 여자를 보호해주는 걸 신사도의 척도로 삼았던 걸까.

초등학교 동창인 남편과는 어영부영 만난 것까지 치자면 7년을 사귀다 결혼했다. 연애시절의 잊지 못할 추억이라면 어쩔 수 없이 함께 밤을 보낸 사건일 것이다. 2년여를 사귀면서도 손만 잡고 다녔던 우리가 첫 키스를 나눈 것도 그날이었다. 법대생이었던 남편은 대학 입학 때부터 사법고시를 준비하느라 방학 때마다 산속 암자로 떠났다. 자주 만날 수 없었던 우리는 한 번 만나면 너무도 헤어지기가 싫었다.

군대 영장을 받은 날, 그는 술을 많이 마시고 엄청 취했다. 횡설수설하기에 받아주느라 앉아 있었더니 통금 시간이 되어 버렸다. 취중인데도 기어이 평소처럼 날 집까지 데려다 주겠다고 우겼다. 부랴부랴 택시를 타고 가는데 도중에 통금 사이렌이 울렸다. 정말 황당했다. 경찰서 신세를 지지 않으려면 중간에 내려서 어디든 찾아 들어가야 했다.

택시 기사는 우리를 한강변의 어느 모텔 앞에 내려주고서 가버렸다.

모텔은 평소 네온사인이 반짝이는 것을 쳐다만 봐도 무서웠던 곳이다.

친한 친구들은 모조리 시집을 간 후였지만, 그때까지도 나는 나를 지키기 위해 혼신을 다하고 있을 때였다. 그러나 한편 남자친구와 같이 있고 싶다는 간절함은 술을 빌려 힘이 셌다.

우리는 서로 얼굴을 마주보지도 못한 채 모텔로 들어갔다. 그런데 평소 여유롭던 남편이 많은 술값 때문인지 주머니가 비어 있었다. 하필 내게도 돈이 없었다. 당시 데이트 시 비용은 거의 남편이 댔기 때문에 돈에 신경을 쓰지 않아서다. 가뜩이나 처음 들어간 모텔이 부끄러운데 돈조차 없어서 더 부끄러웠다. 남편은 차고 있던 고급시계와 학생증을 맡겼다.

그때의 우리는 촌스러울 정도로 순수해서 옷을 입은 채 침대에 나란히 앉아 밤을 새웠다. 사건이라고 해야 새벽녘이 되자 조급해진 듯 그가 갑자기 입술을 부딪쳐왔다. 그러나 그 이상은 없었다. 불같은 열정과 생기로 가득한 젊은 시절이었지만 그 키스도 술의 힘이 아니었다면 불가능했을 것이다. 힘들게 시도한 첫 키스는 서툴러서 달콤함 보다는 어색함만을 남겼을 뿐이다.

우리는 다음날도 만났는데, 나는 부끄러워 남편의 얼굴을 마주볼 수 없었다. 그래서 찻집주인이 가져다주는 물을 탁자에 부어놓고 그림만 그리고 있었다. 키스를 하고나니 갑자기 내가 그의 여자가 된 것 같기도 하고 어찌나 마음이 뒤숭숭하던지…. 그날 무슨 말을 했었고, 어떻게 헤어졌는지조차 기억나지 않는다. 몇 년이 지난 후, 내가 그때 부끄러워서 차마 얼굴을 쳐다볼 수가 없었노라고 고백하자 남편 왈, "니도 그랬냐? 나도 그랬는디…" 그때의 우린 그랬다.

〈2008년. 문예사조〉

나도 용서하고 용세받고 싶다

우리는 매일매일 타인의 편견과 부딪치며 산다.

다정다감하고 합리적인 부모에게서 태어나 큰 부딪힘 없이 곱게 자라고 이후로도 비슷한 계층의 사람들과 어울리다 죽을 수만 있다면 더없이 큰 축복이겠으나 이건 거의 불가능한 일이다.

딸이 원하던 대학을 떨어져 어쩔 수 없이 재수학원을 다니게 됐다.

학생들 대부분이 나가서 점심을 먹는다는데 아이는 돈 쓰는 게 미안했던지 친구와 같이 먹겠다며 도시락을 싸갖고 다녔다. 그런데 하루는 밤늦게 돌아와서 풀 죽은 소리를 했다. 그날은 평소 밥 먹던 빈 교실에서 재학생들 보충수업이 있어서 자기네 교실에서 먹었는데, 어찌나 조용하던지 소리 나지 않게 먹느라고 목 막혀 죽는 줄 알았단다.

가슴이 찡했다. 제 밥 먹으면서 남 눈치를 보느라고 목이 막히다니 딱했다.

"밥 먹으면서 달그락, 쩝쩝 소리 나는 건 당연한 거잖아. 더구나 정해진 점심시간인데, 남 눈치 볼 게 뭐 있냐? 그건 네가 남들이 그럴 때 못마땅하게 생각했었기 때문에 그랬던 것 아니냐?"

아이는 잠시 생각해보더니 그런 것 같단다. 그랬구나, 그 정도의 이해심이란 절로 터득되는 것이라고 생각했는데 내가 아이를 몰라도 너무 몰랐다. 안타까운 마음에 잔소리를 좀 했다.

"자신의 부족함이나 문제점에 관심 갖는 건 본인뿐이야. 남들은 나 아닌 다른 사람 일에는 별 관심도 없단다. 그러니 너도 다른 사람의 웬만한 허물은 용서하고 덮어줄 줄 알아야 해. 그래야 세상 살기 편하다."

'용서'를 얘기하자면 17세기 네덜란드 출신의 화가 렘브란트 반 레인의 그림으로 기억되는 성경속의 '돌아온 탕아'가 떠오른다. 줄거리는 대강 이렇다. 한 아들이 아버지로부터 많은 유산을 받았으나, 객지로 떠돌며 흥청망청 탕진하고 거지가 되자 그때야 집이 그리워 고향으로 돌아오며 통곡한다. 부유한 아버지는 돌아온 탕자를 환대하며 제일 좋은 옷을 입히고, 손에 가락지를 끼워주고, 살찐 송아지를 잡아 성대한 파티를 열어준다. 이에 부모 밑에서 성실히 일하던 큰아들이 반발한다는 내용이다.

나도 예전에는 큰아들처럼 이 상황을 이해하지 못했다.

큰 아들이 억울한 게 당연했다. 그러나 여러 자식을 키우다보니 이제는 그 아버지의 심정이 이해된다. 인간이 온전하게 성숙하자면 환경이 최대 디딤돌이라지만, 똑같은 환경에서 자라도 어떤 연유에서인지 제각각 다르게 커간다. 혼을 내도 부모의 품을 파고드는 자식이 있는가 하면 아무리 품어주려 해도 겉도는 자식이 있게 마련이다. 형제끼리는 어떨지 모르지만 부모 입장에서는 사고 많이 치고 부정적인 녀석이 측은해서 더 마음이 간다.

우리 인간은 대부분 자신을 착하고 선한 인간이라 여긴단다.

그러기에 타인의 문제점을 보면 참을 수 없어한다. 내 친구 중에는 유독 TV에 나오는 방송인들을 못마땅해 하는 이가 있다. 가까이 사는 관계로 같이 TV를 볼 기회가 많은 데 그럴 때마다 "저건 왜 또 나왔대? 참 복쪼가리 없게도 생겼다, 더럽게 수염을 길렀다는 등" 하며 채널을 돌려버린다. 미운사람이 많으니 채널 돌리는 횟수도 잦다.

나는 그를 이해할 수 없어 힘들다.

설득하려해도 말을 진득이 듣고 있지 않기에 어쩔 수 없다. 그 사람이 그렇게 생기고 싶었겠나? 본인의 의지와 상관없이 그렇게 태어난 걸 어쩌라고, 왜 자신과 아무 이해타산도 없는 이들을 미워할까? 그러는 그는 내가 때로 정치인이나 대기업들의 횡포에 분노하면 그걸 이해하지 못하고 싫어한다. 그는 내게 정치에 관심 갖지 말라고 말한다. 그럴 때마다 나는 그의 내면에는 '힘 있는 자와 다수는 항상 옳다'라는 생각이 깔려있음을 느낀다.

그는 TV를 보며 뭐라 한다는 점을 들어 내가 자기와 다를 봐 없다는 걸 강조한 적도 있다. 그러나 나와 그의 분노에는 차이가 있다. 나는 내 삶이 그들 정치인들의 잘못된 정책과 부패로 인해 피해 입는 부분이 있기에 분노하는 것이다. 대기업도 마찬가지다. 우리 평범한 서민들은 대자본가들의 비열한 수에 눈에 보이지 않은 손해를 입고 산다. 그렇게 부를 모은 대기업의 자본가들은 자신들의 입지를 더욱 곤고히 하기 위해 어마어마한 정치자금을 써대는데, 그놈의 정치자금이란 게 당선 초기만 해도 정의를 실현하고 청렴결백하게 살고자 했던 정치인을 망치는 도구이기도 하다.

돈 앞에 의연한 정치인이 있다면 더없이 존경스럽겠으나 그런 정치인은 거의 전무하지 않나 싶다. 그래서 탈세와 온갖 부정을 저지르는 몇 조의 자산가들이 미운 것이다. 얼마 전 SNS에 올라온 댓글에 "우리나라는 가난뱅이들조차 대기업이 망할까봐 걱정해주는 거지같은 나라다"라는 글을 봤을 때 나는 크게 공감했다.

우리 인간은 나면서 죽을 때까지 정치적 영향에서 벗어날 수는 없다. 그러니 그들에게 잘하라고 요구할 수 있는 것 아닌가. 내 분노는 우리에게 직접적 피해를 주지 않는 연예인을 미워하는 것과는 성격이 다르다.

물론 웬만해선 타인에 대해 부정적 시각을 가져서는 안 될 것이다.

다른 사람으로 인해 자신의 내면을 분노와 미움 같은 부정적 감정들로 채우며 에너지를 소모한다면 그건 진정 어리석은 일이기 때문이다. 미움이란 결국 본인을 불행하게 만들 뿐이다. 내 주변이 나쁜 사람 투성인데 그 안에서 유아독존 나만 행복할 수는 없는 노릇이다. 다 같이 기뻐야 진정 행복한 세상 아니겠는가.

그 누가 절대 선과 악을 구분할 수 있을까.

우리는 정말 악인이라고 생각했던 사람에게서 내가 행하지 못했던 선한 행동을 목격할 때가 있다. 그럴 때면 좀 더 겸허한 마음을 갖게 되며 행위로 나타내지 못한 관념 속의 선이 무슨 의미가 있을까 반성해본다. 나의 의식을 명징한 상태로 유지하고 주위의 평판 때문이 아니라 내 진정한 행복을 위해 오늘도 선을 실천하며 살아야겠다.

〈2015년, 문학서초〉

지하철 안에서

1.

승객이 많지 않은 지하철 안이다.

쭈빗쭈빗 머리를 곧추 세운 사내 녀석과 긴 생머리를 늘어뜨린 여자아이가 들어왔다. 둘 다 이제 갓 스물을 넘겼을 성 싶다. 그들은 안으로 들어갈 생각은 않고 문 앞에서 마주 껴안고 등짝을 쓰다듬었다. 뻔뻔한 녀석들이다. '인석아 어딜 쓰다듬어!' 하고 그 손을 탁! 털어내고 싶다. 저 녀석들은 어른들이 자기네를 주시하고 있는 것도 모르나? 아는 데도 그딴 것쯤 신경쓰지 않을 만큼 둔한 건가. 지켜보고 있노라니 얘기 할 땐 꼭 키스라도 할 것처럼 얼굴을 가까이 맞댄다. 나뿐만 아니라 많은 어른들이 힐끗거렸다. 모르긴 몰라도 내 표정은 일그러져 있으리라.

나는 딸을 줄줄이 키우고 있기에 그런 광경을 보는 맘이 편치 않다.

마치 내 딸이 어떤 낯모르는 녀석하고 그러고 서있기라도 한 것처럼 언짢다. 그러고 있는 녀석들에게 대놓고 말하면 자존심 상해할 것 같아 언젠가는 이런 생각을 한 적이 있다. '젊은이들! 어른들이 보고 계시니 좀 자제해주었으면 좋겠네.' 뭐, 이런 글귀를 작게 여러 장 만들어서 갖고 다니다 그

156

런 장면을 목격할 때마다 살짝 한 장씩 건네주면 어떨까? 하는 생각이었다.

그건 그들의 감정도 생각한 처사지만 밑바탕에 깔린 본심은 요즈음 아이들에 대한 두려움 때문이다. 요새는 어른을 뭣같이 보는 애들이 많다니까, 혹시 불량기 있는 녀석을 만나 "당신 뭐요?"하고 덤벼서 망신을 당하지나 않을까 염려스러워서다. 그 생각을 얘기 하자 내 딸은 "엄마도 참, 뭐 하러 그래요? 그냥 냅 둬요." 하며 극성스런 엄마가 귀엽다는 듯 웃었다. 딸이 그러건 말건 그건 꼭 실천해보고 싶은 일이다.

2

술 취한 중년의 신사가 앞으로 고꾸라질 듯한 자세로 자고 있다.

그가 한 팔로 누르고 있는 빨간 장미꽃다발의 꽃잎이 덜컹이는 차체와 함께 이리저리 바닥을 쓸고 있다. 주변에 앉은 사람들이 곱지 않은 시선으로 쳐다본다. 남자는 그런 줄도 모르고 잠들어 있으며 이따금 몸을 꿈틀거려서 자세를 움직여보지만 그 자세에는 변함이 없다. 저것은 모르긴 몰라도 애인을 주려는 꽃다발은 아니려니 싶다. 애인에게 줄 꽃다발을 저토록 성의 없이 들고 있을 사내란 없을 것이기 때문이다. 아마도 뭔가를 기념하는 날이어서 마누라에게 갖다 주려고 샀거나 아니면 어떤 축하받아야 할 자리에서 받았거나 하는 모양이다.

'아저씨! 꽃이 힘들대요.'

3

여름이 다가오자 벌써 군데군데 배꼽티가 물결치고 있다.

이 빌어먹을 티셔츠는 몇 년 전부터 유행하고 있다. 이것도 늘씬한 모델들이 입고 나온 모습은 그런대로 봐 줄만 하지만 이걸 아무나 입고 설치니 문제다. 뚱뚱해서 살집이 꽉 낀 바지 위로 밀려 올라온 애들조차도 그런 옷을 입고 나선다. 그 애들의 부모는 무슨 생각으로 저렇게 입고 나서는 계집애들을 방관한단 말인가. 그건 낮은 낮대로 남사스럽고, 밤엔 치한들에게 성적 충동을 유발시킬까 두렵다. 지금 이 지하철 안에서도 여럿 눈에 띈다.

4

직장인 정도로 보이는 세 남녀다. 한 여자와 두 남자. 그들은 통로 한가운데서 아무것도 붙잡지 않은 채 다리 힘만으로 버티고 서있다. 어깨가 훤히 드러난 끈 달린 원피스를 입은 아가씨가 발을 옮기려다 샌들이 비끗했던지 넘어지려했다. 그 순간 얼른 여자의 뒤를 받쳐주는 남자B, 나는 아주 잠깐이지만 그가 맨살이 드러난 상체에 손을 못 대고 멈칫하다가 천으로 덮인 아래 부분을 받쳐주는 걸 보았다. 그러나 여자가 넘어지지 않으려고 손을 뻗친 곳은 자신을 받쳐주던 남자B가 아니라 누군가와 통화를 하느라고 여자의 동작 같은 건 전혀 신경 쓰지 않고 있던 남자A였다.

가만 보니 여자와 남자A는 사랑하는 사이이고, 남자B는 여자를 나 홀로 좋아하는 게 아닌가 싶었다. 계속 지켜본 결과로는 남자A가 여자를 사랑하는 것보다 남자B가 여자를 위하는 정도가 더 깊어보였다. 잠시 후, 여자가 남자A의 어깨 위 먼지를 털어준다. 그건 남자친구의 어깨에 먼지가 묻어서가 아니라 그냥 친근감의 표현이렸다. 여자가 어깨를 토닥토닥하며 마무리 짓는 모양새가 짐짓 예쁘다. 남자B는 그 광경을 표정 없이 쳐다보고 있었다. 그들을 보노라니 문득 여타의 드라마나 소설에 등장하는 사랑의 삼각 구도가 떠올랐다. '삼각구도야말로 가장 갈증 나는 구도다.'

선글라스를 끼고 있으면 참 편한 점이 많다. 그냥 맨얼굴로 그토록 오래 지켜봤다면 상대가 신경 쓰여서 기분 나쁜 표정으로 쳐다봤겠지만 지금 내 앞의 상대는 상황을 모른다.

5

11시가 넘은 이 시각, 길게 늘어선 의자에는 한자리 건너 한 명꼴로, 아니 거의 대다수가 술을 한잔씩 걸쳤는지 얼굴들이 벌겋다. 그들 중에는 조는 사람, 옆 사람과 잡담하는 사람, 팔짱끼고 멍하니 발밑을 내려다보는 사람 등 다양하다. 오늘 저녁도 알코올의 유혹을 이기지 못하고 그 꼬임에 넘어간 사람들. 내일 아침이면 쓰린 속을 부여잡고 후회들을 하겠지. 늦은 시간이어서인지 경로석이 텅텅 비어있다. 같이 경로석을 쳐다보던 딸애가 나와 같은 생각을 했는지 한마디 한다.

"엄마, 밤에는 할아버지 할머니들은 안돌아 다니나 봐."

"그럼, 노인들은 일찍 주무신단다, 그래야지 내일 또 새벽부터 일어나서 늦잠 자는 며느리 닦달할 것 아니냐."

그냥 해본 소리였는데 하고 나니 좀 우습다.

복잡한 출퇴근 시간만 아니라면 지하철을 이용하면 참 좋다. 도로 교통 체증도 덜어주고 운전하며 신경 곤두세울 필요도 없고, 타인의 모습을 보면서 좀 더 조화로운 사고를 기를 수도 있기 때문이다.

〈2005년, 'MBC 양희은 송승환의 여성시대'〉

진주 목걸이

그녀는 하얀 목에 언제나 진주 목걸이를 하고 있었다.

가슴도 풍만하고 엉덩이도 크고 배도 엄청 나왔다. 특히 목둘레에 살이 밀집해 있어 짧은 진주 목걸이가 꽉 끼여 있다. 그게 언제 터져버릴지 불안할 정도다.

그녀는 오늘 아침도 악악대는 소리로 우리 식구들 잠을 깨웠다.

나는 좀 일찍 일어나게 되는 게 짜증스러웠지만 이렇게 해서 또 바쁘지 않게 하루를 시작하게 되었구나 하고서 위안을 한다. 식구들 모두 그녀의 악악대는 소리에 더 이상 잠자리에서 뭉그적대지 못하고 구시렁거리면서 일어났다. 그러니 힘들여 애들 깨우는 수고를 덜어주는 고마운 면도 있다 하겠다.

그녀의 집은 골목을 사이로 우리 집과 대문을 마주하고 있다.

그래서 드나들 때면 수시로 그녀와 마주친다. 그녀는 한낮이면 대문 앞에 떡 버티고 서서 지나가는 사람들을 구경하고 있다. 희한하게 낮 동안은 얌전하면서 왜 아침과 저녁에만 악악대는지 모르겠다. 그녀는 이따금 나이 드신 할머니와 혹은 남자 아이와 함께 있었다. 그러나 같이 사는지 어쩌는지는 알 수 없다. 이사 온 지 꽤 되었지만 그 집에서 다른 사람의 흔적은 보이지 않는다. 도대체 누구랑 사는 걸까?

나는 한 번도 그녀를 똑바로 쳐다보지 못했다.

사나운 그녀가 무턱대고 내게 대들까 봐 겁이 나서다. 어떨 땐 내가 먼저 미소 짓고 다가갈까 하는 갈등도 있었지만 포기했다. 어제도 퇴근길에 그녀와 눈이 마주칠까 봐 고개를 모로 꼬고선 대문 안으로 피신하듯 들어갔다. 그럴 때면 다리가 근질근질하고 뒤통수가 쭈뼛쭈뼛하다. 내가 워낙 겁이 많기 때문이다.

내가 그녀를 똑바로 쳐다볼 경우는 오직 내 아이들과 함께 나왔을 때뿐이다. 아이들과 우루루 나올 때면 나도 용기백배해서 그녀를 똑바로 쳐다본다. 그녀는 눈동자도 흐릿하고, 코도 납작하고 얼굴이 전체적으로 펑퍼짐해서 예쁘지도 않다. 몸은 뚱뚱한데 희한하게 얼굴 살은 쪼글쪼글하다. 다리도 숏 다리라 참 볼품없게 생겼다.

그런데도 내 아이들은 착해서 모두 그녀를 좋아한다. 다가가 몸 이곳저곳을 만져보기도 한다. 그럴 때면 내 아이들이 자랑스럽다. 하하~ 용감한 녀석들!

칫~ 못생긴 똥개 주제에, 어르신을 보면 눈을 좀 깔어. 짜샤!

내 안의 나

서울로 이사 온 후 처음으로 세 든 집은 조용한 주택가였다.

그 집의 최고 장점은 주인은 없고 세입자만 3세대가 산다는 점이었다. 그간 몇 번 만나본 집주인은 좀 특이한 사람이었다. 공무원으로 퇴직했다는 그는 딱 두 번째 만남에서 우리부부에게 본인의 사정을 주저리주저리 모두 얘기했다.

부인이 어느 날부터인가 이단교의 광신도가 되어 정나미가 떨어지더란다. 교회만 찾는 본 부인이 싫어서 이혼하고 재혼을 했는데 재혼한 부인은 결벽증이 심한데다 성질이 사나워서 또다시 이혼하게 되었단다. 두 번째 부인의 위자료 때문에 집을 통째로 전세 놓고 본인은 방 한 칸을 얻어서 살고 있노라고 했다. 남자는 재혼한 부인과 살 때 집도 고치고 흥청망청 살았던 모양이다. 다달이 연금이 나오는 데도 돈이 없단다. 세상에는 이해 못할 딱한 이들이 더러 있다.

우리는 맨 아래 반 지층에 살았다.

가운데층은 나보다 두어 살 어린 중년부부와 딸, 그리고 맨 위층은 세 살배기 아들이 있는 젊은 부부가 살았다. 주인이 함께 거주하지 않는 집

162

은 누군가 책임 있게 관리하지 않기 때문에 좀 지저분해진다는 단점이 있지만 장점이 훨씬 많다. 최대 장점은 사사건건 간섭이 없다는 점이고, 서로 간에 무주택자라는 동료의식이 있기에 측은지심을 갖고 상대를 배려한다는 점이다.

꽤 넓은 마당에는 잔디가 깔려있으며 양쪽 담벼락 밑에는 화단도 있다. 잡풀이 섞인 화단에는 집주인이 심어 놓은 백목련과 작약, 장미와 수국 등이 철 따라 각양각색의 꽃들을 피워냈다.

나름대로 좋은 환경을 지닌 집이지만 한 가지 괴로운 점이 있었다. 그건 바로 이웃에 대한 배려가 없는 옆집 때문이었다. 그 집이 우리를 괴롭힌 건 이사 들어간 첫날밤부터였다. 한밤중 우연히 잠이 깼는데 어디선가 요란한 피아노 소리가 들렸다. 그러니까 우연히 깬 게 아니라 그 소음에 잠을 깬 것이다. 시계를 보니 새벽 2시가 조금 넘어있었다. 피아노 소리는 대충 들어도 상당한 수준급이었다. 치지는 못하지만 듣는 귀는 있으니까. 다시 자리에 누웠으나 계속되는 소나타 형식의 굉음 때문에 쉬이 잠을 이룰 수가 없었다.

나는 그때 피아노 치는 주인공을 조금의 의심도 없이 중학생이라는 2층집 아이라고 생각했다. 그 후로도 피아노 소리는 초저녁, 한밤중 가릴 것 없이 우리 식구를 괴롭혔다. 나중에는 아이들도 피아노 소리 때문에 시험공부를 못하겠다며 짜증을 내기도 했다. 나도 속상했지만 쫓아올라갈 수도 없어서 "2층집 딸이 중3이라던데 아마도 예술고 가려나보다"하면서 애들을 달래었다.

한 달 이상을 시달리던 어느 날, 드디어 용기를 내서 2층으로 전화를 걸었다. 그런데 뜻밖에도 2층집 여자는 나보다 더 놀라는 것이었다. 자기네도 시끄러워서 참기 힘들었지만, 우리 집에 고3 학생이 있다기에 피아노 전공인줄 알고 참고 있었단다. 내가 할 말을 그쪽이 다 했다. 2층도 우리와 같은 날 이사를 들어왔었다.

전화를 끊은 우리는 동시에 밖으로 뛰쳐나왔다. 그리고 소리가 나는 방향을 탐색하기 시작했다. 처음에는 꼭대기 층의 젊은 부부를 의심했다. 그러다 차츰 소리 나는 방향 가닥이 잡혔는데, 그건 바로 옆집이었다. 우리는 담벼락 밑으로 가 피아노 소리가 나오는 옆집 2층을 향해 번갈아 가며 외쳤다.

"지금이 몇 신지 시계 좀 보세요! 밤 10시가 넘으면 조심 좀 하고 삽시다."

피아노 연주자가 우리말을 들었는지 소리가 뚝 끊겼다.

우리는 의기양양해서 돌아섰다. 그런데 몇 발자국 떼기도 전에 다시 요란하게 건반을 두드려대는 것이었다. 그건 꼭 연습이 필요해서가 아니라 오기로 그러는 것처럼 느껴졌다. 순간 열이 뻗치고 개탄스러웠지만 그날은 참기로 했다. 일단 서로가 문제의 대상이 아닌 것만도 다행이라는 소리를 나누며 각자 집으로 돌아갔다. 그 후로도 피아노 소리는 계속되었다. 2층 여자와 나는 며칠을 넘기지 못하고 다시 의기투합했다.

이번에는 당당하게 대문을 두드려서 말하자고 했다.

대문 틈으로 들여다보니 옆집은 우리 집보다 정원이 더 넓었다. 수없이 지나치면서도 몰랐는데 대문에서 현관까지가 상당히 멀어 보였다. 양쪽 담을 따라서는 커다란 정원수가 우거져 있었다. 부자 동네에 어울리는 정원이었다. 대문 밖에서 그냥 불러서는 안 될 것 같기에 일단 초인종을 몇 번 눌렀다. 그러자 나이 든 남자가 파자마 바람으로 겨우 몸이 빠져나올 만큼만 현관문을 열고서 나왔다. 그리고 멀찍이 떨어져 있는 대문 밖의 동태를 살피더니 그냥 들어가려고 했다. 우리는 그 남자를 놓치면 안 될 것 같아 철 대문 틈에 대고 냅다 소리를 질렀다.

"따님인지 모르지만 밤늦은 시간에 피아노 좀 치지 말라고 해주세요."

파자마 맨은 우리의 큰 소리에 놀란 듯 현관문에 딱 붙어 섰다. 잠시 가만있더니 상황 파악이 됐는지 위층을 향해서 외쳤다.

"야, 피아노 좀 치지 마란다."

그러나 그 한마디만을 내뱉고는 재빨리 현관 안으로 들어가 버렸다. 대문을 열어주기는커녕 미안하다는 말 한마디 없었다.

기분도 나쁘고 자존심이 상했다.

평소 따지기 좋아하는 거친 사람을 보면 피하고 싶었지만, 그날만큼은 2층집 여자라도 좀 사납게 나서줬으면 싶었지만 그녀도 나와 비슷한 성격인지 몇 번을 훔쳐봐도 못마땅한 표정만 지을 뿐 별다르게 굴지는 못했다. 속이 상했지만 그냥 물러날 수밖에 없었다. 그날도 피아노 소리는 잠시 멈춘 듯하더니 돌아서기가 무섭게 또다시 들려왔다.

그때 나는 내 안의 악마를 보았다.

어찌나 짜증이 나던지 쫓아가서 피아노를 망치로 때려 아주 와작을 내고 싶었다. 그러나 그것은 누구도 알 수 없는 내 안의 생각일 뿐. 현실의 우리는 힘없이 돌아섰고 지금껏 참고 살고 있다. 다행이 요새는 그 피아니스트가 철이 든 건지 한밤중 소리가 뜸해졌다. 그것만도 다행스럽다. 그때 박치기 안하고 참았던 건 잘한 일 같다.

"한밤중에는 절대 피아노 치지 맙시다."

누굴 찍은 게바고?

내일이 총선일이다.

오늘이 유세 마지막 날이라서인지 운동원들은 막바지 기운을 다 쓰고 있었다. 법으로 정해놓은 선거 운동일이 보름이었기 망정이지, 무한정이었으면 참으로 죽을 맛이었을 것이다. 어제 퇴근 시에도 운동원 몇 팀과 만났다. 그들은 둘 셋씩 짝을 지어 골목을 돌며 상대가 받건 말건 한결같이 공손히 절을 했다.

"기호 0번 잘 부탁합니다."

운동원들은 시장골목이며 네거리며 어디나 길게 줄지어 서서 기계적으로 고개를 숙이며 자기네가 미는 후보를 찍으라고 목청을 높인다. 가장 많은 사람이 오가는 지하철 역사 주변은 최대 격전지라 소음이 가관이다. 각 입후보자 운동원들이 계단 양 옆으로 줄지어 서서 악을 쓰며 인사한다. 하지만 그런 운동이 무슨 소용이 있을까 싶다. 그렇게 인사한다고, 자신이 소신을 갖고 지지하던 후보자를 바꾸는 사람이 과연 몇이나 될까? 그뿐이랴. 선거사무실에 등록된 차량들은 성능 좋은 확성기를 싣고 다니며 편곡된 댄스곡에 맞춰 선거 송을 반복 또 반복해서 틀어댄다. 마치 그 후보만이 이 나라의 모든 부정부패를 바로 잡고, 지지부진한 경제를 활성화시키며, 세상의 치안을 바로잡을 유일한 인간이라도 되는 듯 말이다. 노래도 발라드풍의 곡에다 격조 있게 후보자를 선전하면 안 되는 걸까.

그놈의 선거 송은 어찌나 지겨운지, 차량이 지나가며 왁왁 댈 때마다 많은 사람들이 "저거, 저놈 찍지 마, 왐마, 지겨워 죽겠네."라며 비아냥댈 정도다. 많은 이들이 이토록 싫어하는 짓거리를 왜 당사자와 운동원들만 모른단 말인가. 미스터리다.

운동원들이 그렇게 난리굿인데 반해 우리 보통사람들은 대부분 선거에 큰 관심이 없다. 어찌 생각하면 나 하나 힘써도 세상은 바뀌지 않는다는 좌절에 익숙해진 탓이리라. 설령 양심적인 인물이라 생각해서 뽑아놓으면 그 역시 '그 나물에 그 밥이더라.'는 건 경험에서 나온 소리다. 어찌되었든 선거는 오직 운동원과 출마 당사자, 그들만의 행사다.

선거 때만 되면 그들은 얼마나 반지르르하게 말을 잘 하는가.

정보가 부족하고, 평소 별 생각 없이 사는 보통 사람들은 그들의 화려한 말발에 속아 넘어가게 되어 있다. 우리들의 나약한 마음은 어쩜 그들이 제시하는 이상적인 세상을 믿고 싶기에 믿어버리고 있는 것인지도 모르지만 말이다.

이번 선거는 웬걸 무려 6명에게 투표해야 한단다. 그런데 현재 내가 알고 있는 후보자는 오직 서울시장 후보자뿐이다. 나머지 광역단체장, 지자체장, 광역의원, 지자체 의원들이란 생판 얼굴도 이름도 모른다. 그렇게나 많이 뽑아야 한다니 나 같은 사람도 헷갈리는데, 나이 드신 분들은 자신의 권리를 제대로 행사할 수 있을지 모르겠다. 뉴스에서는 투표율이 40%를 넘지 않을 거라고 한다. 당연한 말이다.

1948년 5월 역대 최초로 실시된 총선에서는 95%가 넘는 유권자가 투표에 참여했단다. 이후 정치에 대한 무관심이 수십 년에 걸쳐 확산되면서 투표율이 이 모양이 되었다. 내 한 표가 무슨 힘을 발휘하여 세상을 바꿀 수 있겠는가! 하는 무기력증이 문제다. 오죽했으면 어떤 이는 인터넷에 올라온 "현 정부를 당장 박살내겠다."는 다혈질적인 글에 "정치를 놓고 진심으로 싸우시는 분도 계시군요. 제 주변 인간들은 정치 얘기는 다 코미디로 만 여겨서… 돈 받고 정치하는 정치꾼들 중에서도 진심으로 싸우는 이가 과연 몇이나 있을까 싶습니다만." 하는 조소 섞인 댓글을 달기도 하는 세상이다.

요즈음은 누구에게든 "근데 누굴 찍을 거야?"라고 물으면 되레 이상한 눈초리로 쳐다본다. 그것은 개인의 존엄한 비밀을 캐물어서가 아니라 '그놈이 그놈인데 뭘?' 하는 식이니 딱할 노릇이다.

선거일은 여유 있는 계층에서는 어디로 여행을 떠날 것인가를 고민하고, 직장인들은 해가 중천에 뜨도록 밀린 잠이나 자야겠다하고, 젊은이들은 영화나 한 편 봐야겠다는 얘기들로 노닥댄다. 버스에서 떠들던 남자 둘은 공짜 술자리가 생긴 것처럼 공휴일이 하루 생겼다는 데 의의를 두겠단다. 그것조차도 국가에서 정한 법정공휴일을 지키는 상장회사들 얘기다. 내가 근무하는 회사처럼 법정공휴일이건 뭐건 상관없이 일을 시키는 중소업체 사람들에게는 언감생심 딴 세상 소리다.

어찌 뽑혔던 간에, 국민들의 혈세를 축내는 정치인들은 걸핏하면 험악한 표정과 삿대질, 이단 옆차기와 주먹다짐으로 뉴스 시간을 장식한다. 국민의 세금으로 많은 봉급을 받아먹으면서 그런 식으로 임기를 채우는 게 의정활동의 한 행태로 이미 자리를 잡았다. 그들은 그것을 자랑스러워하는 것임에 틀림없다. 부끄러운 짓을 대놓고 하는 사람은 없을 테니 말이다.

그들은 그렇게라도 매스컴을 타야할 것이다.

자신을 지지한 유권자들에게 드러내서 자랑할 만한 공적이 없으니까 그렇게라도 해서 뉴스 타는 모습을 보여야 했을 것이다. 그럼 자신을 국민을 위해 피터지게 싸우는 사람으로 인식하는 줄 아는 모양이다. 그러나 천만의 말씀이다. 그러한 모습은 가뜩이나 정치에 관심 없는 보통사람들을 더 신물 나게 만들 뿐이다. 어쩜 이것조차 의도했던 바가 아닐까. 그래야지 자기네들끼리 마음대로 나라를 주무를 수 있을 테니 말이다.

"이제 그만 정신들 좀 차리시지! 아직은 이 땅에 의식이 깨어있는 사람들도 많으니까."

어찌되었든 내일은 국민의 기본 권리를 행사하려면 출근 전에 투표를 해야 할 테니 다른 날보다 잠자는 시간만 더 줄어들겠다.

대게와 왕게

회사 옆에 꽃게집이 있다.

오늘 오전 잠시 짬이 나기에 그 집 앞을 어슬렁거리며 게들을 구경했다. 진즉부터 그 엄청나게 큰 녀석(?)들을 자세히 한 번 보고 싶었다. 내가 계속 진열장 앞을 왔다 갔다 하자 종업원이 쫓아 나왔다. 아마도 게를 먹으러 온 손님으로 생각한 모양이다. 나는 멋쩍게 웃으며 바로 옆 건물에 근무하는 사람이라고 자신을 소개했다. 그리고 이것저것 궁금했던 점들을 물어봤다. 종업원도 오전에는 별로 할 일이 없는지 내 질문을 기꺼워하며 자세히 설명해줬다.

그곳에서 팔고 있는 '대게'는 대부분 북한산이고, '왕게'는 러시아산 이라고 했다. 대게와 왕게를 한눈에 구분하는 법은 등딱지를 보면 된단다. 등이 맨들맨들한 녀석들은 대게고, 등딱지와 기다란 다리에 울퉁불퉁 뿔이 잔뜩 나있는 것은 왕게란다. 왕게는 눈이 아주 작았다. 어찌나 작은지 등에 나있는 뿔과 얼른 구분이 안 될 정도였다. 거기에 비해 대게의 눈은 한 3배쯤 크고 등이 매끈한 민둥이라서 한 눈에 알아볼 수 있었다. 게들이 사는 곳은 주로 수온 3도 이하의 수심이 깊은 바다의 모래나 진흙 속이며 주로 우리나라 동해와 러시아, 일본, 알래스카 주 등에 분포되어 있단다. 산란 시기는 2월경이란다.

종업원의 설명을 들으며 수족관에 딱 붙어 서서 자세히 들여다보니 정말 한쪽 수족관에는 민둥이들이 그리고 옆 칸에는 등딱지에 뿔이 잔뜩 나있는 것들이 있었다. 가게 전면에 길게 늘어선 어항은 2층으로 되어 있었는데, 아래 칸에는 조금 작은 것들이 위에는 큰 것들이 있었다.

대게는 진열장 앞에 바짝 붙어서 허연 배를 내놓고 양쪽 집게발을 권투선수처럼 가운데로 모은 자세로 꼼지락거렸다. 게의 입속은 아주 복잡 미묘했다. 얼굴 정면에 보이는 입에는 토끼처럼 커다란 이빨 두개가 나 있었고, 그 양쪽으로 얇은 혀처럼 생긴 촉수가 쉴 새 없이 움직이고 있었다. 이따금은 어지러울 정도로 많이 나있는 촉수로 입을 가리는 시늉을 하기도 했다. 그에 반해 왕게들은 모두 바닥에 엎드린 자세였다. 슬슬 움직이는 녀석들도 좀체 제 배를 드러내 보이지 않았다. 그런 동작도 종들의 특색인지 모르겠다.

그놈들을 가만히 들여다보고 있자니 좀 무서워졌다. 만약 바다 속에서 저런 커다란 녀석을 만난다면 그 자체가 괴물이리라. 몸통도 내 머리만하고 다리도 어찌나 길고 두꺼운지 호러 영화에 나오는 거미가 연상되었다.

녀석들은 내가 처음 들여다 볼 때만해도 제 입속이 허옇게 드러나 보이는 줄도 모르고 뭔가를 먹느라 부지런히 오물거리고 있었다. 그러다가 내가 계속 오가며 자기들을 들여다봤더니, 거짓말처럼 모두 입을 다물고 앞만 쳐다봤다. 나를 경계하는 것인지, 부끄러워하는 것인지, 아님 되레 구경하는 것인지, 어라! 이것들이 모조리 수놈 이었나?

'로즈마리'를 통해서 본 드라마 작가의 덕

균형감각 있게 잘 만들어진 한 편의 드라마는 의식전환의 좋은 매개체라고 생각한다.

지난 토요일, 근무 중 짬짬이 송지나 작가의 드라마 '로즈마리'(어린 남매를 둔 평범한 여자가 시한부 선고를 받고 주변을 정리하면서 삶의 소중함을 느끼게 되는 휴먼드라마) 대본을 들여다봤다. 그것은 일을 마치고 가봐야 할 사촌 여동생의 죽음 앞에서 보다 초연하고 싶어서였다. 극의 마지막 회 부분을 보며 눈물을 쏟고 또 쏟았지만 많은 위안이 되는 걸 느낀다. 나는 으스스하고 생경한 병원 영안실에 가서 검은 띠가 둘러진 사촌 여동생의 얼굴을 볼 자신이 없었다. 내 슬픔은 둘째 치고 작은엄마의 망가진 얼굴을 어떻게 대할 것인가. 피할 수만 있다면 피하고 싶은 심정이었다.

사촌 여동생은 이제 겨우 서른두 살이며, 일곱 살 난 딸애의 엄마다. 멀리 살았던 관계로 잦은 왕래는 없었지만, 지금 박사과정을 밟으며 어느 학교에 강의를 나간다고 들었다. 그 아까운 인재가 암이라는 판정을 받은 지 고작 3개월 만에 세상을 등진 것이다.

사촌 여동생은 내 막내 여동생과 같은 해에 태어났는데, 늦둥이 내 여동생과 달리 젊은 엄마에게서 태어나서인지 덩치도 크고 튼실했다. 서너 살 무렵, 시골 마당에서 내동생과 둘이 자전거를 타고 돌며 찍은 사진을 보자면 앞자리의 사촌 여동생이 1살은 더 먹은 듯 의젓해 보인다. 사진 속 배경이 된 시골집 꽃밭이 지금도 눈에 선하다. 큰 목련나무 밑의 꽃밭은 잘 가꾸어져 다알리아, 봉숭아, 장미, 작약 등 철따라 예쁜 꽃을 피우고 있었다. 커다란 감나무와 여름이면 앞뒤로 시원하게 바람이 통했던 너른 마루도 생각난다. 동갑인 내 여동생은 그런 추억 때문인지 내게 사망 소식을 전하며 우느라고 말을 잇지 못했다.

병이 발견된 것은 불과 5개월 전이었단다.

어느 날부턴가 등과 허리가 아프고 힘이 없어서 살고 있던 대전에서 병원을 다녔단다. 하지만 상태가 호전되지 않고 되레 숨이 가빠오며 허리 통증이 심해지더란다. 그때서야 심상치 않아 종합검사를 해본 결과, 암인 것 같다는 진단을 받고서 부랴부랴 서울로 온 것이다. 서울 모대학병원에서 정밀검사를 해본 결과 암 세포가 위벽을 싸고 퍼져있었다는데, 그러한 경우는 내시경으로도 발견이 쉽지 않다고 한다.

내가 그 청천병력 같은 소리를 듣고 언니와 함께 대학병원을 찾았을 때, 작은 아버지는 휴게실 한쪽 벽에 기대어 넋을 놓고 계셨다. 그 모습 앞에 뭐라고 위로해야 할지 할 말을 찾지 못했다. 도대체 나보다 20년이나 더 어린 동생의 사망선고 앞에 무슨 말을 할 수 있겠는가.

병문안 갔을 때만 해도 사촌 여동생에게서는 생동감이 넘쳐보였다.

가기 전, 대학병원에 근무하는 내 남동생을 통해 치유가 불가능한 '위암'이라는 말을 듣고 갔지만, 얼굴을 마주했을 땐 도저히 죽음이라는 단어가

연상되지 않았다. 피부는 말갛고 눈에도 총기가 있었다. 비록 환자복은 입었으나 활달하게 잘 웃었으며 할 말 없어서 어색해하는 우리를 위안하는 여유까지 보였다. 그게 채 2개월도 지나지 않았다. 나는 한 번 병문안을 다녀 온 후, 바쁜 일상 때문에 더 이상 병원을 찾지 못하고 있었다. 이따금 궁금했지만 그 말갛던 얼굴을 상기하며 설마… 행여나… 하면서 하루하루를 보내고 있었다. 그러다가 덜컥 사망 소식을 듣게 된 것이다.

사촌 여동생의 시신은 집 가까운 대전병원에 안치되었다.

고속도로를 달리며 전해 듣기로 본인은 마지막 순간까지도 자신의 상태를 알지 못했단다. 그 말을 듣자 사촌 여동생처럼 어린 자식들을 두고 세상을 떠야했던 젊은 엄마의 이야기를 다룬 드라마 '로즈마리'가 생각났다.

드라마 속 여주인공은 불치병이라는 본인의 상태를 알고 난 후 한동안은 절규하며 몸부림치지만 결국은 마음을 정리하고 다량의 진통제를 먹어가며 자신의 삶을 정리해나간다. 살아오는 동안 해보고 싶었던 일, 가보고 싶었던 곳들을 둘러보며 자신에게 남아있는 시간을 가족과 함께 소중하게 보낸다.

특히 유치원생 딸아이에게는 배고플 때 해먹으라며 달걀 요리법, 밥 볶는 법, 세탁기 사용법도 가르치고, 살면서 궁금한 것은 책 속에 다 들어있으니 좋은 책을 많이 읽으라는 당부도 한다. 남편에게는 아이들의 치과 치료며, 통장 비밀번호를 외우게 하는 등, 가족들이 엄마 없이도 꿋꿋이 살아갈 수 있는 법을 훈련시킨다.

여주인공은 죽기 며칠 전, 아이들을 양옆에 끼고서 말한다.

"하늘나라에는 나무에서 과일과 초콜릿도 주렁주렁 열리고 콜라와 우유의 시냇물도 흐른다."

환상적인 그곳 얘기를 들은 아이들은 자기네도 가고 싶다고 떼를 쓴다. 그러다가 큰애는 뭔가 낌새를 채고 서럽게 운다. 엄마는 아이들을 더 깊이 안아주며, 그곳은 아무나 가는 게 아니고 엄마처럼 세상에서 할 일을 다 한 사람만 갈수 있다고 말해준다. 천사가 찾아와서 차표를 주는데, 엄마 할 일은 아빠를 만나고 너희처럼 착하고 멋진 아이들을 낳고 키우는 것이었다고 말한다.

어린 자식들에게 들려주는 이 얘기가 쉰이 넘은 나에게도 죽음에 대한 두려움을 덜어주었다. 내세가 있으니 영원한 이별은 없다는 숱한 성경구절을 읽으면서도 얻을 수 없었던 위안을 얻었다.

오늘 또다시 그 부분을 읽자 목이 메었다.

내가 만약 지금 세상을 떠야 한다면 나는 내 딸들에게 무엇을 가르쳐줘야 할까? 해주고 싶은 말이 너무도 많다. 어떤 친구가 진정한 친구인지, 남편감은 어떤 면을 보고 선택해야 하는지, 미움을 어떻게 극복해야하는지, 사람을 사랑하려면 얼마나 많은 인내가 필요한지 등등 다 나열할 수도 없다.

드라마 속 여주인공과 달리 사촌동생은 마지막 순간까지 아무것도 하지 못했단다. 딸의 상태를 인정하고 싶지 않았던 작은아버지는 여기저기 대학병원을 두드리고 다녔단다. G대학 병원에서 임상용 약을 써보자고 하자 불안한 맘에 서울대 병원을 찾아갔는데, 그곳에서 새로운 약을 개발했다고 소개시켜준 분이 바로 G대 교수님이었더란다. 그러나 그 임상용 약도 듣지 않아 저세상으로 떠났다. 그렇게 바쁘게 움직이느라 사촌여동생은 친정엄마와도, 남편과도, 하나뿐인 딸과도 좋은 시간은커녕 마지막 인사도 제대로 나누지 못하고 그렇게 갔단다.

사촌 여동생 병은 보기 드문 악성 세포로 처음 진단 시부터 사망선고를 받았단다. 뭔가 이상을 느낀 시점을 따지더라도 고작 5개월이었다. 병이 그토록 급속히 진행되는 경우는 그 문제가 본인의 의지와는 상관없이 온전히 가족들의 몫인데, 가족 중 오로지 작은 아버지와 남동생만 그 사실을 알고 있었고 작은 엄마께도 쉬쉬했단다. 전혀 준비 없이 딸의 죽음을 맞은 작은 엄마의 심정은 어땠을까? 당시의 작은아빠 심정이야 백번 이해되지만 과연 그것이 최선이었을까. 물론 이러한 상황에 정답이란 있을 수 없다. 현실은 그저 환자 주변인들의 인식에 따른 상황 대처가 있을 뿐이다.

오늘 회사에서 그 일이 대화의 중심에 올랐다.

그런데 모두들 하나같이 본인이 모르고 가는 게 낫다는 것이다. 아무리 불치의 병이라 해도 미리 포기하게 하는 것은 잔인하며, 혹시 기적이 일어날지 모르니 끝까지 최선을 다해보는 게 당연하다는 것이었다. 그러나 내 생각은 다르다. 그것은 남아있는 자들의 월권이 아닐까. 우리 모두 당사자를 생각하기에 앞서 본인이 그 엄청난 사실을 인정하는 게 두렵고 또 전해주는 괴로움을 피하고 싶어서는 아닐까. 아무도 알 수 없는 일이지만 사촌 동생도 자신의 현실을 명확히 알았더라면 사랑하는 가족과 보다 많은 추억을 남기며 의미 있는 시간을 가졌을지도 모른다.

나도 로즈마리를 보기 전에는 회사 동료들과 비슷한 생각을 갖고 있었다. 그러다가 드라마를 통해 의식이 바뀐 것이다. 나에게 죽음을 보다 슬

프지 않게, 단지 삶의 한 과정으로 받아들이게 만들었던 드라마. 그 역할
이 바로 '드라마 작가의 덕'이라는 생각이 들었다. 검은 하늘에 무수히 반
짝이는 별을 올려다보자 드라마의 여주인공과 사촌 여동생의 얼굴이 오버
랩 된다. 소슬한 바람이 얼굴을 스치고 지나간다.

〈2006년, 문학저널〉

명품백

사무실에서 200억짜리 '종마' 얘기가 나오자 난상 토론이 벌어졌다.

얘기는 두 패로 갈렸다. '좋은 종(種)은 후대까지 무한한 영향을 미치니 그 정도의 대가를 치를 충분한 가치가 있다'는 쪽과 '돈의 가치를 생각한다면 말이나 되는 소리인가. 잘못하다 꽥! 죽어버리면 그런 미친 짓이 어딨어?' 라고 맞받아치는 쪽이었다. 나는 후자 쪽에 힘을 보탰다. 물론 토론의 결론은 나지 않았다.

대한민국은 몇 년 전부터 명품 백 붐이 일어 몸살이다.

매월 만나는 산악회에서 한 부인이 말했다. 유치원 교사인 딸애가 150만 원짜리 명품 백을 사고 싶다고 한다. 주변 선생들은 모두 명품 백 한두 개는 지녔는데 본인만 없으니 자존심이 상한다 하더란다. 국공립도 아닌 사립유치원 교사의 월급이 얼마인가? 2010년까지는 정말 형편없었고, 2011년부터 월급이 올랐다고는 하나 지금도 초봉은 130만 원이 조금 넘는단다. 그런데 명품 백이라니… 더구나 들지 않는 교사가 거의 없다니 말문이 막힌다.

명품 백은 집안에서도 대화꺼리다.

내 사촌동서도 600만 원 짜리 샤넬 백을 들고 싶다고 했다. 손윗동서가 그건 너무 비싸고 유행이 지날 수도 있으니 좀 더 싼 것을 택하라며 무슨무슨 백을 권했다. 싸다고 추천하는 그 제품도 몇 십만 원이란다. 그러자 사촌동서는 "형님, 그건 너무 안 예뻐요." 하며 질색했다. 나는 웃었다.

얼마 전, 여학교 동창회에서다.

딸네미 혼사를 앞두고 있던 동창이 안사돈의 예물로 핸드백을 사기로 했는데 최소 400만 원짜리는 해야 하지 않겠느냐며 친구들의 의견을 물었다. 나는 무슨 그런 사치품을 혼수로 하느냐고 했다가 다수의 동창들로부터 핀잔을 바가지로 먹었다. 이구동성으로 그 정도는 해야 한단다. 단 한 명도 내 의견에 동조하는 사람은 없었다. 나는 그들의 기세에 본전도 못 찾고 입을 닫았다. 또 웃고 말았다.

문인협회 모임에서였다.

내 목에 걸린 긴 진주목걸이를 이사람 저사람 손으로 재어가며 진짜다, 가짜다 다투었다. 내가 "이거 가짜예요."라고 몇 번을 말했지만, 그게 겸손에서 나온 소리인 줄 아는 지 계속 본인들끼리 판별하려 들었다. 그 목걸이는 양식진주도 아니고 딸이 사다 준 싸구려 플라스틱 구슬이었다. 물론 그들이 어떤 확신을 갖고서 말 한다기보다는 내 자존심을 살려주고자 했던 소리인지 모른다는 생각은 잠시 했다.

또 다른 모임에서다.

옆 사람의 시계가 예쁘기에 무심코 "시계가 참 예쁘네요." 했더니 그녀는 반색을 하며 시계만이 아니라 핸드백과 구두도 명품이라며 자랑했다.

나는 "와, 그래요? 역시 예쁘네요."라며 그녀의 기대에 부응하는 답을 했다. 그러나 그것은 비싼 물건으로 위로 받고자 하는 그녀의 마음을 외면할 수 없어서였을 뿐, 전혀 부럽지 않았고, 되레 그동안 괜찮게 생각했던 그녀가 조금 실망스러웠다.

우리 집도 한때는 잘 살았다.

그 지역에서 가장 높은 빌딩이 우리 집이었고 부자라고 소문이 자자했었다. 어떤 짓궂은 이는 댁네는 돈을 어디다 쌓아두고 사느냐고 농담처럼 묻기도 했다. 훗날 남편의 사업체가 엄청난 부도를 겪어 전 재산이 날아가 버렸다. 그즈음 내가 다니던 교회 여 전도회원들은 내 옷이 모두 유명브랜드 옷인 줄 알았단다. 우리 집이 쑥밭이 된 후, 우연한 대화중에 나왔던 소리인데 너나없이 그렇게 생각했다는 것이다. 그러나 내 옷은 잘 살 때나 못사는 지금이나 하나같이 시장물건이다. 내게 특별한 안목이 있는 것은 아닐진대 평소 차림새가 괜찮았던 모양이다. 그건 시장에서도 잘만 고르면 좋은 물건이 많다는 소리다.

고급 음식점에서는 손님이 고급 모피만 걸쳐도 대접을 받는다고 한다. 상상을 초월하는 몇 천만 원짜리 모피제품은 차치하고라도, 투피스 한 벌에 몇 백만 원, 블라우스 하나에 몇 십만 원이라니 기가 막힌다. 물론 그런 옷들은 천도 좋고, 디자인도 예쁘며, 바느질 상태도 좋겠지만 그렇다고 그게 10배, 20배의 대가를 치룰 만큼의 가치가 있는 것일까? 나는 그처럼 겉치레에 큰돈 쓰는 사람들이 이해되지 않는다. 그토록 비싼 물건을 두르고 끼고 살면 많이 행복할까? 그들의 의식을 바꾸려면 1박 2일로도 부족할 것 같기에 침묵해 버린다.

아주 오래전, "사치는 만인의 적이야, 거기에 투자되는 인간의 노력이 얼마니?"라는 내 말에 미술을 전공한 친구가 말했다. "그럼 예술의 발전은 어떡할 건데?" 나는 갑자기 할 말을 찾지 못했다. 명품이 그렇게 해석될 수도 있다는 걸 처음 깨달았다. 어린이집을 운영하는 그 친구도 흔히 말하는 명품 족이다. 그 애는 잘사는 부모 밑에 태어나 고생 모르고 자랐고, 결혼 후 좀 고생했다지만 그렇게 해서 남편을 대학교수로 만들었다. 친구는 이런 말도 했다. "잘사는 사람이 써 줘야지 돈이 돌고 도는 것 아니겠니?" 그 말도 틀린 말은 아니다. 그래서 또 웃었다.

친구의 말처럼 있는 사람이 보다 좋은 제품을 챙기는 건 당연하다. 그들이 돈을 써줘야지 돈이 돌고 돌 테니 말이다. 극 빈곤층의 경제적 약자에게 그런 돈을 써 준다면 더 없이 고맙겠지만 잘사는 사람들은 비슷한 계층의 사람들과만 어울리기에 그런 세상이 있다는 것조차 모른다. 아니 그런 문제를 알더라도 신경 쓰지 않고 산다. 몇 십만 원짜리 음식을 깨작거리다 말면서도 그 음식이 감격스러울 가난한 이들을 챙길 마음의 여유는 없는 것이다. 물론 이 얘기는 노블리스 오블리제를 실천하며 사는 극소수의 분들께는 해당되지 않는 소리다.

문제는 없는 처지에도 명품을 사고 싶어 하는 자들 때문이다.

그들은 비싼 옷을 입고 명품 백을 걸치면 자신도 상류사회에 낀다고 느끼는 걸까. 명품백은 그 옛날 우리의 어머니들이 바깥나들이 할 때 장롱 속 깊숙이 넣어두었던 금가락지를 꺼내서 끼었던 것과는 차원이 다르다. 그 금가락지는 남들에게 보여주기에 앞서 스스로를 향한 위안의 행동이었다. 이즈음 사람들은, 특히 여성들은 왜 좀 더 가치 있는 것에 목말라 하지 않을까? 그건 많은 현대인이 그가 걸친 옷과 장식품으로 그의 가치를 평가하려 하기 때문이다. 사람들이 비싼 대가를 지불하면서 유행을 따르고, 장식품과 좋은 옷을 찾는 것은 남들이 나를 어떻게 볼까 하는 여린 마음에서다. 그러나 고작 외모로, 그가 걸치고 있는 의복 정도로 그의 가치를 평가하는 사람이라면 그런 사람의 생각쯤은 무시해도 좋지 않을까. 내가 나 자신의 진정한 주인이 되기 위해서는 타인의 시선으로부터 자유로워질 필요가 있겠다.

오늘 사무실에서 모두들 열 올릴 때, 나는 그 생각을 하고 있었다. 이런 나도 철따라 옷장 정리를 하느라 산더미 같은 옷들을 보면 법정스님의 '무소유'가 생각나 절로 한숨이 나온다. 에효~ 웬 옷이 이렇게나 많을꼬?

〈2015년, 한국문인〉

프리랜서라서 좋겠네요

듣는 이를 어이없게 만드는 말이 있다.

"제가 무지해서…"라는 말이다. 이런 표현은 대개가 똑똑한 사람이 쓴다. 그는 이미 무지하지 않다는 것을 계속 증명해보이면서 그런다. 그건 말하는 이가 지나치게 자신감이 넘치는 경우이고, 따라서 그 말은 그를 겸손하다고 느끼게 하지 않는다. 정말 무지한 사람은 그런 표현을 쓰지 못하기 때문이다.

나도 어설픈 말로 스스로를 궁지에 몰아넣을 때가 종종 있다.

좀 덜렁대는 나는 일상에서도 말 실수를 잘하는 데, 얼마 전 웹상에서도 그랬다. 글을 올린 상대는 프리랜서로서의 녹녹치 않은 생활을 얘기하고 있었다. 게다가 낮은 자존감을 드러내고 있었다. 마침 업무적인 일로 엄청 스트레스를 받고 있던 나는 심드렁했기에 별 생각 없이 "프리랜서라서 좋겠네요."라는 댓글을 달았다.

그 댓글을 올리자 이사람 저사람 주고받던 댓글이 갑자기 뚝 끊겼다. 그때서야 아차! 싶었다. 참 속도 없었다. 당시의 나는 작심하고 잘난 척을 했던 게 아니다. 그 순간은 쥐꼬리만한 월급에 매어 매일매일 다람쥐 쳇바퀴

돌듯 하는 내 신세가 슬펐을 뿐이다. 거기까지만 생각이 미쳤다.

한참 일해야 할 2~30대가 주를 이루는 사이트였다.

드나든 지 몇 해가 지났기에 웬만한 멤버들은 나와 내 직장을 알고 있었다. 한데 거기다 대고 나이 50이 넘은 사람이 어찌 보면 배부른 소리를 했으니 재수 없었을 것이다. 아니꼬웠나? 생각이 들자 마음이 불편해졌다. 하지만 뒤늦게 뜬금없이 내가 다시 그 얘기를 꺼낼 수도 없었다. 누군가가 "지금 무슨 말을 하고 있는 거예요?"라고 해준다면 변명할 기회를 낚아채겠지만 아무도 그런 친절을 베풀지는 않았다. 그래서 혼자 찝찝해하다 말았다. 생각하니 비록 적은 월급이지만 매년 재계약을 걱정하지 않아도 되는 정규직이라는 사실이 새삼 감사했다.

지금 이 시대는 정규직 취직이 어려워 대학을 나온 젊은이들이 비정규직에 매달리거나 혹은 백수로 뒹구는 세상이 되고 말았다. 기득권층은 자기네 자식들과는 하등 상관이 없으니 "젊은 것들이 힘든 일은 안하려고 하니까 그렇지 일이 없긴 왜 없어? 오죽했으면 외국인 노동자를 데려다 쓰겠어?" 하고 배부른 소리를 한다.

힘들고, 더럽고, 위험한 3D업종을 놓고 하는 소리다. 한데 자기 자식이면 그런 업종에 취직하라고 하겠는가. 어림없는 소리다. 남의 일이니 그렇게 쉽게 말할 수 있는 것이다.

젊은이들이 3D업종을 기피하는 이유는 일이 힘들뿐 아니라 급여조차 형편없기 때문이다. 해결책은 오직 힘든 노동일을 하는 자들에게 그만한 대우를 해주는 것뿐이다. 일이 힘들다 해도 쾌적한 환경에서 근무하는 화이트칼라와 비슷한 연봉을 준다면 상황은 달라질 것이다. 유럽 선진국들은 의사나 트럭운전사나 생활에 큰 차이가 없다고 한다. 그러니 힘든 공부는 하고 싶은 사람만 하는 것이다.

독일의 경우는 정부가 주도적으로 이 문제를 해결했단다.

외국인 노동자에게도 자국인과 똑같은 급여를 주게 규제 했단다. 똑같은 임금을 주면서 누가 의사소통도 제대로 되지 않고 출신 성분도 확실치 않은 외국인을 쓰겠는가. 이런저런 해결책은 세금이었다. 독일은 국민 평균 세금이 40%라지만 가장 자긍심이 높은 국가로 알려져 있다.

복지의 천국이라는 스웨덴도 전 국민이 무상 의료혜택을 받고 대학교까지 무상 교육이며, 장애인 시설과 요양도 무료, 노인도 충분히 생활할 만큼의 연금을 받는단다. 실업자가 되면 월급의 88%를 최장 3년 동안 받으며 구직을 할 수 있단다. 주택도 임대주택에서 평생 편히 살 수 있고 집을 짓더라도 땅이 국가 땅이므로 임대해서 짓는단다. 한마디로 저축의 필요성이 없는 나라다.

그렇게 대단한 복지를 유지하기 위해 국민들은 연봉의 30~40%를 세금으로 낸단다. 부자들의 세금은 좀 더 높아 50~60%이며 사치품은 부가세 20%를 내야한단다. 그러자니 부자들이 불만을 가질 수 있고, 그래서 일부는 이민을 가기도 한다지만 어쨌든 감세를 주장한 정당은 승리할 수 없다니 이상적인 사회라 하겠다.

지금 우리나라 범죄의 대부분은 경제적 불균형에서 오는 것들이다. 모든 국민이 먹고 살만하면 그만큼 범죄가 줄어들 것이다. 얼마 전 TV프로에서도 이 문제를 다뤘다. "부자들도 철제 담장 안에 갇혀서 살기를 원치는 않을 것"이라는 결론이었다.

서울 시내버스

우리 식구는 모두 대중교통 애용자다.

그건 대기오염을 줄이고 싶다거나, 기름 값을 절약해서 애국하고 싶다는 갸륵한 생각에서가 아니라 집에 차가 없어졌기 때문이다. 그래서 매일 아침이면 식구 여섯 명 모조리 버스나 지하철을 타고서 뿔뿔이 흩어진다. 남편과 나는 회사로, 큰 녀석 둘은 대학으로, 셋째는 고등학교로 그리고 늦둥이 막내는 초등학교로 등교한다.

나는 이명박 시장을 지지하지는 않지만 새로 바뀐 서울시의 교통 체제만큼은 마음에 든다. 새로 개편한 교통행정의 가장 큰 장점은 바로 환승제도이다. 큰아이는 등교하려면 지하철과 버스를 몇 번씩 갈아타야 했었다. 버스를 타고 지하철 2호선으로 갈아탄 후 신도림역에서 지하철 1호선으로 갈아타고 역곡역에 내려 가톨릭대학까지 가는 마을버스를 타는데 요새는 통합요금제의 혜택을 톡톡히 보고 있다.

'버스전용차선제'라는 것도 맘에 든다.

버스를 타고 달리면서 옆 차선에 밀려있는 승용차들을 내려다보자면 쌩쌩 달리는 시내버스가 시원하다. 예전 어느 분이 자가용으로 출퇴근할 땐 복잡한 버스에 빼곡히 박혀있던 사람들이 안 돼 보이더니 본인이 버스를 타고 가며 내려다보니, 납작한 승용차 안이 되레 답답해 보이더라는 글이 생각난다.

한 버스가 복잡한 시내를 두루두루 거치지 않기 때문에 도로사정도 눈에 띄게 좋아졌다. 빨간 광역버스는 서울과 수도권을 연결하고, 파란 간선버스는 시내에서 먼 거리에 해당하는 중요지역 사이를 운행하며, 초록의 지선버스는 간선버스나 지하철 구간까지 가까운 거리를 연결해준다. 도로의 간선기능이 회복되니 교통대란이 크게 줄었다.

예전에는 그날의 입금이 기사의 월급과 직결되었기에 기사들은 한명이라도 더 태우려고 애썼다. 승객이 짐짝이라도 되는 양 "안으로, 좀 더 안으로 들어가세요!", "거기 문 앞에 서있는 아주머니, 내 말 안 들려요?" 신경질을 부리며 출발과 동시에 핸들을 확 꺾어서 우루루 안쪽으로 밀어 여유 공간을 만든 후, 다음 정거장에서 사람을 더 많이 태우고는 했었다. 한데 지금은 그런 관행들이 없어졌다. 그날의 수입이 운전기사 본인과 아무런 상관관계가 없다니 그런 여유가 생기는 모양이다.

버스를 서울시에서 통합 운영해서인지 배차 간격도 잘 지켜지고 있다. 우리는 강남고속터미널까지 가는 5412번을 자주 이용하는데, 그 버스는 별명이 '기본이 3대'였다. 안 올 땐 무한정 기다리게 해놓고, 올 때면 꼬리를 물고 나타난다고 해서 붙여진 말이다. 아예 흔치 않은 버스면 '그러려니' 하겠지만, 그 쪽 노선이 좋은 까닭인지 버스가 많았지만 배차 간격을 제대로 안 지켜 늘 속상했었다.

아직도 개선할 점은 있다.

복잡한 강남터미널 앞에서는 모든 버스가 차선을 무시한 채 인도 쪽으로 고개만 디밀고 승객을 내려준다. 바로 지척에 버스 정거장을 두고도 차선을 바꾸지 않은 채 1, 2차선으로 달리기 때문이다. 막상 승객을 내려줘야 하는 정거장에 와서는 속수무책이 된다. 꼬리를 물고 달리던 차들이 갑자기 자리를 내줄리 만무하다. 그러니 주변의 교통 상황을 엉망으로 만들면서 승객들을 위험하게도 도로 가운데서 하차 시키고 있다.

여름철의 냉방도 해마다 문제다. 반팔에 반바지인 승객들은 아랑곳하지 않고 긴 바지와 긴팔의 기사들은 에어컨을 지나치게 빵빵하게 틀어댄다. 지난해에도 하도 추워서 "기사님, 에어컨 좀 줄이든지 꺼주시면 안돼요?" 하며 몇 번씩 건의했었다. 그럴 때면 주변에서 고개를 끄덕이는 분들이 많다. 용감하게 나서지는 못하지만 같은 마음이라는 거다. 그런 상황에 모든 기사가 순순히 승객의 요구를 들어주는 것도 아니다, 어떤 기사는 못들은 체 하고, 어떤 기사는 "다른 사람들은 다 더워요"하며 성난 음성으로 말을 막기도 한다. 그럴 때는 추워도 참고 가야한다. 속으로는 "기름도 안 나는 나라에서 무슨 놈의 에어컨을 저렇게 세게 틀까?" 싶어 화가 나지만 참는다. 올해엔 부디 이런 현상이 좀 줄어들었으면 하는 바람이다.

불과 몇 년 전까지 "버스를 이용합시다"라는 현수막을 달고 달리던 버스들이 생각난다. 예전에는 버스기사들의 근무 환경이 열악하다며 걸핏하면 데모를 했다. 그럴 때마다 시민들은 많은 불편을 겪었다. 버스회사는 회사대로 재정상 어려웠고, 시민들의 이용은 점점 줄어드는 악순환의 반복이었다.

그런데 현재의 버스기사 연봉은 서울시의 임금 적정 보조정책으로

3,000만 원이 넘는단다. 얼마 전에는 버스기사 모집광고에 제출된 이력서가 2,000여 장 이상이나 쌓여있다는 뉴스를 접했다. 예전에는 개인택시 면허를 따기 위해 버스기사 노릇을 한다고 했었는데 격세지감이 느껴진다. 지금 이 모든 긍정적인 상황은 시스템 자체를 서울시에서 통합 관리 감독하기 때문이란다.

새로운 교통체계로 바뀐 지도 어언 1년이 지났다.

초기 지나친 요금 인상 때문에 일었던 마찰도, 하차 시 카드를 꼭 찍어야 했던 불편도 이제는 익숙한 일상이 되었다. 이제 새로운 시스템으로 핸드폰을 통해 차가 언제 도착할지도 알 수 있으며, 운전자는 도로 상황을 수시로 체크할 수도 있다니 참 좋다. 아직도 문제는 많다. 좁은 버스 안에서 큰소리로 핸드폰 통화를 하고, 자기들의 세계에 세상사람 모두가 흥미 있어 하는 줄 착각하고서 시시콜콜한 얘기를 큰소리로 떠벌이는 여학생 등, 타인에 대한 배려가 없는 이들을 만날 때면 개탄스럽다. 이제는 좋은 시스템 안에서 공중도덕을 지키는 시민의식을 가졌으면 하는 바람이다.

보일러에서 온수가 안 나와요

창밖에 함박눈이 펄펄 내리고 있다.

차도나 인도나 새하얀 눈 천지다. 차들도 속도를 못 내고 빌빌거린다. 도로변 상가에서는 주인과 종업원들이 번갈아 나와서 가게 앞을 쓸고 들어가지만 또다시 금세 수북이 쌓여버린다.

벌써 며칠 째 한파주의보가 내려진 가운데 사무실은 걸려오는 전화로 북새통이다. 3대의 전화 중 1대는 늘 대기를 걸어놔야 할 정도다.

"여보세요, 거기 ○○○보일러 서비스 센터죠? 지금 우리 집 보일러에서 온수가 안 나오고 있어요. 빨리 좀 와주세요."

"네, 고객님 온수 쪽 꼭지를 틀었을 때 온수뿐만 아니라 냉수도 안 나오지요?"

그럴 때 온수, 냉수라고만 표현하는 게 아니다. 따신 물, 찬물, 사투리도 쏟아져 나온다. 말대꾸하다 보면 어느새 언성이 높아지고, 총알같이 빠르게 말하느라고 말이 꼬이고 버벅거리기도 한다.

"그건 보일러 이상이 아닙니다. 배관 이상입니다. 수도 계량기에서 보일러로 들어가는 그 쪽 배관을 녹여야합니다. 얼른 설비업자를 부르십시오."

190

"네? 뭐라고요? 거기서 못해준다고요? 보일러에서 물이 안 나오는데 그런 게 어딨어요?"

이러면 또 한참 설명을 해야 한다. 많은 사람들이 설비업자와 보일러 기사가 하는 일을 구분하지 못하고 있다. 심지어 각 방으로 들어가는 분배기에 이상이 생겨도 보일러 기사를 부른다. 모든 배관이나 분배기, 연통 등에 얽힌 문제는 설비업자의 일이다. 보일러 기사들은 보일러 본체의 문제만을 해결한다.

여자들이 모르는 것은 백번 이해된다.

나도 이곳에 근무하기 전에는 설비업자가 뭘 하는 사람인지도 몰랐으니까. 문제는 남자들도 잘못 알고 있는 분들이 많다는 거다. 설명을 해도 얼른 못 알아듣는다. 다 알아 들었으면 또 이런다.

"근데 설비업자는 어디서 불러요?"

"아, 가까운 데 아는 분이 없으면 밖에 나가보세요. 전봇대 같은데 스티커 많이 붙어 있을 겁니다."

한겨울 보일러 이상은 보일러 본체보다는, 배관 쪽에서 얼어들어가서 보일러 내부의 물통까지 얼어 터지는 경우가 허다하다. 그럴 경우 당연히 온수가 안 나온다. 그렇게 동 코일이 얼어터지면 해동이 되면 본체에서 물이 좔좔 샌다.

보일러에는 대부분 동파 방지기능으로써 물 온도가 8도 이하로 내려가면 자동으로 순환모터가 물을 회전시켜 주게 되어 있다. 그러나 이 기능은 크게 믿을 게 못된다. 갑자기 영하 10 몇 도씩 내려가면 센서가 제대로 작동하지 못할 수도 있다. 그러니 강추위가 계속될 때는 가스비가 좀 나가더라도 실내온도로 맞춰놓고 온도를 낮추는 게 낫다. 방바닥을 도는 배관이 얼어터지는 경우도 생각보다 많기 때문이다.

특히 멀리 출타 할 경우에는 보일러를 어떻게 보관할 것인가? 만을 신경 쓸게 아니라 수도에서 보일러까지 들어가는 배관을 어떻게 보온 할 것인가에 더 신경 써야 한다. 급격히 온도가 떨어지는 경우에는 배관이 얼지 않도록 보일러 본체에서 '목욕자동전환' 버튼을 눌러서 해제 시킨 후 온수를 한 방울씩 똑똑 떨어지게 해 놓는 것도 좋은 방법이다.

'목욕자동전환'을 해지하지 않으면 센서가 온수를 쓰는 것으로 감지하고, 보일러를 계속 작동시키기 때문이다. 물론 모든 보일러의 기능이 이와 같지는 않다. 회사에 따라, 또 모델마다 특수한 면이 있기 때문에 평소 자기 집 보일러의 기능을 정확히 숙지해 두어야 할 것이다.

보일러가 동파되는 문제는 전용보일러실이 있거나, 중앙난방 되는 곳에 사는 사람들과는 상관없는 일이다. 내가 근무하는 곳이 저소득층이 밀집해있는 지역이기에 오늘도 이런저런 하소연을 들어야 하는 것이다. 어서 이 혹한이 지나갔으면 좋겠다.

〈2006, 'MBC 양희은 송승환의 여성시대'〉

사람 두개지게 때죽고 싶던 날

'내마노 합창단' 연습을 위해 과천 시민회관을 가는 중이었다.

그날은 황사가 좀 있어서 대낮에도 어둑하고 우중충한 그런 날이었다. 봉천역에서 2호선을 타고 가다 환승하는 사당역은 퇴근시간이어서 복잡했다. 특히 안산 행 4호선 열차는 유난히 붐볐지만 바쁘니 그냥 올라탔다.

거의 떠밀리다시피 들어선 지하철 안, 나는 습관적으로 가방을 가슴에 끌어안았다. 그것은 도난 방지를 위함이기도 하고 또 다른 이유는 낯모르는 남자가 정면에 바짝 붙어서 얼굴에다 더운 숨을 내뿜는 게 싫어서이다. 시선을 어디에다 두어야할지 모를 그 어색한 상황을 피하고 싶어서 복잡한 지하철을 탈 때마다 공간 확보를 위해서 늘 그런다.

차가 출발하자 빽빽했던 주변이 어느 정도 여백이 생겼다.

나는 그때서야 두리번거려 마침 여자가 앉아 있는 의자 쪽으로 간신히 몸을 빼낼 수 있었다. 대충 몸을 추스르고 나서보니 거기는 경로석 앞이었다. 의자 양쪽에는 머리가 하얗게 센 노인 두 분이 앉아 계셨고 내 바로 앞, 가운데에는 나보다 훨씬 젊어 보이는 여자가 떡하니 앉아 있었다. 짧은 커트 머리에 살이 투덕투덕 붙은 여자였다. 그녀는 다리를 꼰 채 복잡한 주변에는 무신경 한 듯 신문을 펴들고 있었다. 그녀의 꼰 다리가 내 다리에 닿아 신경 쓰였지만 참았다.

곧이어 남태령역에 도착했고 문이 열렸다.

내리는 사람은 한 명도 없고 거기서 세 명이 더 탔다. 억지로 밀고 들어오는 이들 중 체구가 작고 늙은 할머니가 계셨다. 할머니는 경험상 경로석의 위치를 아셨던 모양이다. 사람들 밑을 헤집으며 내 옆으로 다가오더니 허리를 펴며 휴~ 한숨을 쉬셨다. 많이 지친 모습이었다.

앉아있던 그녀가 주섬주섬 신문을 접었다.

다음에는 "할머니, 여기 앉으세요." "아이고, 뭘… 고마워요." 이런 당연한 풍경이 보였어야 마땅하다. 그런데 이게 웬일. 앞에 앉은 그녀는 이제 팔짱을 낀 채 뒤로 기대더니 천연덕스럽게 잠을 청하는 것이었다. 그 모습을 보자 갑자기 열이 뻗쳤다. 가뜩이나 갱년기 증상으로 시도 때도 없이 열이 오르내리는 데 말이다. 나는 일부러 몸을 조금 더 옆으로 비켜서 할머니가 그녀의 바로 앞에 서시게 했다. 그래도 그녀는 끄떡도 않는다. 점점 불쾌감이 치밀어 좌우를 둘러보았다. 누군가와 눈만 마주치면 어떻게 분위기를 조성해서 그녀를 일어서게 하고 싶었던 것이다.

주위에는 남자, 여자, 젊은이, 늙은이 빽빽하게 섞여있었다.

그러나 둘러보는 내게 아무도 눈길을 주지 않았다. 주변인 모두 내 의도를 파악한 듯 일부러 피하는 분위기였다. 그러나 그 상황을 넘기고 싶지는 않았다. 그래서 무례하다 싶을 정도로 곁에 서있던 중년 여자를 쳐다봤다. 중년 여자, 마지못한 듯 나를 힐끗 쳐다봤다. 나는 고개 짓으로 말했다. "이 여자 뭐예요?" 그녀도 못마땅한 눈초리로 힐끗 내려다봤다. 그러나 어이 없게도 눈길을 거두더니 가만있었다.

속이 부글거린 나는 앉아있는 그녀를 패주고 싶었다. 그러나 현실의 나는 혼자 속으로 중얼거릴 뿐이었다. "할머니가 오셨는데…" 그러나 그건 거의 입안에서 옹알거리는 소리였다. 상대가 학생이었거나 나보다 약해보였으면 분명 뭐라고 한마디 했을 것이다. 한데 눈앞의 그녀는 나보다 어려 보였지만 중년이었고 무엇보다 덩치가 컸다. 팔짱을 낀 채 눈감고 뒤로 기댄 그녀는 팔뚝이 굵어서 조폭을 연상시켰다. 말 할까? 말까? 고민하는 중에도 팔뚝이 자꾸 눈에 들어왔다. 뭐라고 한마디 하면 커다란 주먹이 나를 갈길 것만 같았다.

조금 있다 그녀가 눈을 떴다.

그러나 위로 치뜨지 않고 작정한 듯 바로 무릎 위의 신문을 내려다봤다. 얄미웠으나 말은 못하고 가만히 주시하고 있었다. 그녀가 또다시 신문을 펼쳤다. 그런데 이때는 그녀도 할머니의 존재를 안 것 같았다. 아니 이미 그 전에 알았을 것이다. 이따금 내려 깐 눈자위가 왔다 갔다 하는 것을 보았을 때 그걸 느낄 수 있었다.

그럭저럭 문이 몇 번 여닫히고 내가 내려야 할 과천종합청사 역에 닿았다. 사람 틈바구니에 휩쓸려 내리며 나는 우울한 기분을 떨칠 수 없었다. 경우 없는 그녀가 싫었고, 내 일이 아니니까 하고 모르는 체 하는 주변 사람들도 싫었다. 무엇보다 생각만하고 행동하지 못한 나 자신에게 화가 났던 날이다. 지금 세상은 개탄스러운 만큼 노약자에 대한 배려가 없어졌다. 나는 내 아이들에게 말한다. "임산부나 어린아이는 말할 것도 없고, 엄마, 아빠보다 더 나이드신 분이면 무조건 자리를 양보해라."

시멘트에 떨어진 꽃 한 송이

애들이 무섭다.

오늘도 한 학생이 학교 폭력을 견디다 못해 아파트 옥상에서 몸을 던졌단다. 별 특별한 대책도 내놓지 못하면서 매스컴에서는 거의 매일 학교폭력에 대한 뉴스를 전한다. 그들의 행태는 조폭과 다르지 않다. 몸에 문신을 하고 약자에게 돈을 뜯어 상납하며, 잔인하게 집단폭행을 한단다. 신체에 폭력을 쓴 것만 문제가 아니다. 험담을 포함한 집단 따돌림과 그것을 방관하는 태도 등도 마찬가지다.

그러한 폭력에 시달린 아이들은 그 누구에게도 구원의 손길을 뻗지 못하고 옥상에서 뛰어내리거나, 자포자기 심정으로 상대를 찌르기도 한다. 피해자가 얼마나 외로울지, 얼마나 고통스러울지 상상하지 못하는 아이들이 정말 무섭다. 세상이 이러하니 젊은이들의 저 출산을 나무랄 수만도 없는 세상이다. 나부터서도 딸들에게 출산을 강요하고 싶지 않기 때문이다.

학교 내에서의 폭력은 주로 자율학습 시간에, 그것도 버젓이 모두가 지켜보는 교실에서 일어난다니 교사들이 조금만 신경 쓴다면 충분히 사건을 막을 수 있을 것이다. 학교폭력이 난무하고 있는 지금 일선 교사들은 무얼 하고 있는가!

　최근의 내 경험담이다.

　막내가 지금 고3이다. 새 학기 올라가기 전 2월말, 학부모회의(사실상 입시설명회)가 있었다. 회의가 끝나고 담임을 만나기 위해 다섯 자모가 교실에 모였다. 그때 두 자모가 "우리 00이의 학교생활은 어떻습니까?" 물었다. 그런데 선생님은 그 아이들에 대해 아무것도 얘기해주지 못했다. 황당할 정도로 아는 게 없는 모양이었다. 고작 한다는 말이 "제가 우리 반 수업을 안 들어와서요. 애들을 조회하고 종례 때만 만나서 잘 모르겠어요."했다. 세상에나, 학기가 다 끝나가는 시점에 1년씩이나 데리고 있던 아이들에 대해 고작 그런 소릴 하다니. 물론 그게 그 선생 개인의 성격 탓 일수도 있겠으나 학교의 시스템도 문제라고 생각된다. 학교폭력을 막는 데는 가정과 지역도 다함께 신경 써야 하겠지만 가장 효과적인 것은 그 무엇보다 교사의 태도라 생각되기 때문이다.

　얼마 전 TV에서 대안학교인 성지고등학교의 교장선생님도 그런 얘기를 하셨다. 성지고등학교는 왕따의 피해자와 가해자뿐만 아니라 탈북자들의 새터민 자녀와 다문화 가정의 아이들이 많다는데도 모두 활기차고 건강해 보였다. 왕따의 사례와 극복과정도 감동스러웠지만 특히 교장선생님 말씀이 가슴에 와 닿았다.

　"학교 폭력은 학교 안에서 해결되어야 합니다. 그래서 무엇보다 교사의 역할이 가장 중요합니다."

　이 말씀이 절대적으로 맞다. 폭력학생 중에는 부유한 집안에 공부 잘하

고 힘센 녀석도 있다지만, 대개의 경우 가정환경이 열악하여 부모의 보호
를 받지 못하고 자란 경우가 대다수라고 하기 때문이다. 교사의 세심한 배
려가 크나큰 해결책이 될 수 있을 것이다.

이런 학교폭력 얘기를 들을 때마다 기억나는 선생님 한 분이 계신다.

내 아이들은 전남 여수시 율촌면의 율촌초등학교를 졸업했다. 큰아이의
5학년 때 담임 이상열 선생님이 그분이다. 선생님은 학기 초부터 매월 말
아이의 학교생활에 대해 칭찬할 점과 시정할 점등의 관찰 기록지를 보내
셨다. 그게 1년 내내 계속되었으니 그 정성이 얼마나 대단한가. 그게 당시
보다 지금 생각할 때 더 큰 감동으로 다가온다.

학기 중 그 반에 수정이라는 학생이 전학을 왔다.

수정이는 부모의 이혼으로 할머니에게 맡겨진 아이였는데, 작은 키에 마
르고 언제나 덥수룩한 상태로 보호받지 못하고 사는 걸 금방 알 수 있었
다. 딸아이에 의하면 말투도 어눌했고 애들과도 잘 어울리지 못한다고 했
다. 그런데 그 아이에 대해 선생님의 사랑이 각별하셨단다. 맨 앞자리에
앉게 해서 발표할 기회도 주고, 수업시간에도 그쪽을 보며 설명을 하시더
란다. 그렇게 담임이 관심 갖고 돌봐주시니 공부는 못해도 반 아이들이 함
부로 하지 못했다고 한다.

그리고 5월15일 스승의 날이었다.

오전 수업만 마치고 온 아이의 손에 전날 저녁 예쁘게 포장해서 가져간
손수건이 있었다. 아이들은 등교하자마자 가져간 선물을 선생님 교탁위에
수북이 쌓아 놓았단다. 그런데 조회시간에 들어오신 선생님께서 차례대로

받을 테니까 자기 물건을 찾아가라 하시더니, 아이들이 선물을 되찾아 가자 "여러분, 선생님은 선물은 받지 않아요. 마음만 받겠어요. 다시 갖다 놓으면 절대 안돼요." 하시더란다. '전에 도시학교보다 선물이 작아서 섭섭하셨나?' 별 생각이 다 들었다.

그날 자모회 임원들이 선생님들께 점심을 대접했다.

짬을 내어 왜 선물을 되돌려 보내셨냐고 선생님께 여쭸다. 선생님은 빙긋이 웃으시며 "그게 어디 애들 선물입니까? 전부 어머님들 선물이지요." 대수롭지 않게 답하시는데 나는 할 말을 찾지 못했다.

선생님께 감동받은 사연은 또 있다.

그해 봄 소풍 때였다. 시골 초등학교의 소풍은 선생님들의 잔칫날이다. 임원들은 각종 과일과 술, 갈비찜과 잡채 등을 준비하고 싱싱한 회를 시간 맞춰 배달시켜 대접하는 게 전통처럼 되어있었다. 식사는 술판으로 이어졌다. 여태껏 그래왔기에 선생님이나 자모들이나 하등 이상할 게 없었다. 그런데 이상열 선생님은 달랐다. 식사를 마치자마자 술자리를 떠나 자기반 아이들을 한쪽으로 데려가서 게임을 하셨다. 멀찍이서 그 광경을 지켜보던 나는 크게 감동받았다. 다른 자모들도 우리 반을 부러워했다.

그 어떠한 특별대우도 마다했던 선생님은 율촌초등학교에서 딱 1년을 근무하고 전근을 가셨다. 선생님이 아직 교직에 계시는지는 모르겠다. 내 아이는 중학교 때까지 선생님께 편지를 드렸었는데, 아빠의 부도로 서둘러 서울로 이사 오고 난 후 모든 게 끊겼다. 지금은 대학을 졸업하고 직장인이 된 아이도 이따금 선생님 얘기를 한다. 올해는 스승의 날이 오기 전에 꼭 찾아뵈라 해야겠다.

자라는 아이들이 이기적인 생각과 단순 쾌락을 위해 죄를 짓는 것은 모두 어른들 탓이다. 돈이면 다 해결되는 세상이 아닌가. 설문조사에서 고교생 중 94%가 법률적용이 불공정하다고 대답했단다. 또 각종 매체들은 왜 그리 폭력을 미화시키는지 모르겠다. 음란물은 1분마다 업로드 되고 그것을 누구나 별 어려움 없이 다운받아 볼 수 있는 세상이다. 포르노물이나 각종 게임물은 과연 인간에게 꼭 필요한 것들일까. 정말 이해할 수 없다.

지금 이대로는 안 된다.

어른들은 각성해야 한다. 이제는 미래를 위해 공부 잘하는 아이 만들기에만 신경 쓸 게 아니라 진정한 도덕교육에 신경 써야 할 때이다. 학교폭력을 예방하기 위해서도 보다 획기적인 방법을 찾아봐야 할 것이다.

필자의 생각으로는 인간이 갖춰야할 마음가짐과 기본적인 태도, 그리고 인성발달을 위해서 유치원이나 초등학교 과정에서부터 훌륭한 옛 성현들의 말씀을 가르쳤으면 좋겠다. 보다 어린 시절의 교육이 효과가 크다는 건 모두가 아는 사실이다. 지금 이 시대는 컴퓨터와 스마트폰 등 온갖 문명의 이기로 우리 아이들의 심성이 황폐화되고 있다. 아이들이 보다 높은 곳에 가치를 두고 한 사람의 멋진 인간으로 성장하길 진심으로 바래본다.

〈2012년, 월간문학〉

제발 자중심 좀 가져!

친구에게서 전화가 왔다.

대학 동창 아들이 대기업을 들어가서 부럽단다. 누구네 아들은 재수해서 서울대 의대를 들어갔다고 한숨 쉰다. 큰아들이 재수하고 싶다고 했을 때 시켰으면 서울대를 갔을 텐데 형편이 안 돼 못시킨 게 후회된단다. 벌써 여러 차례 듣는 소리다.

자기 남편은 바보처럼 원칙대로만 살았더니 수년 째 제자린 데, 이웃집 남편은 승진을 했단다. 끝없는 신세 한탄이다. 나는 그런 소리를 들을 때면 짠하다 못해 부아가 났다. 나도 남 잘된 걸 보면 부러워 넋두리 할 때가 있다. 그러나 그것도 정도가 있다. 문제는 친구가 너무 지나쳐서다.

친구로 말할 것 같으면 본인의 건강이 그다지 좋지 않다는 것 빼고는 가진 게 많은 사람이다. 만성 간염을 앓고 있는 게 안쓰럽지만 관리를 잘 하고 있기에 당장 큰일 날 일은 없단다. 현대인은 멀쩡하다가도 어느 날 갑자기 암 선고를 받기도 하고, 혹은 예기치 못한 교통사고로 죽는 경우도 흔한 세상이다. 그러니 지병이 있긴 해도 정기적으로 병원을 드나들며 관리하니 크게 걱정 없다. 본인 말로도 건강은 이미 초월했단다. 대화중에도 건강 문제로 괴로워하는 모습은 보이지 않았다.

공무원이었던 친구 남편은 얼마 전 정년퇴직을 했지만 본인은 물론 배우자가 죽을 때까지 국가에서 연금이 나올 테니 평생 궁하진 않을 것이다. 그들은 집도 있고 적잖은 전답도 있다.

아들만 둘을 두었는데 둘 다 공부를 잘해 서울의 일류대학을 졸업했다. 큰 아이는 행정고시를 준비하다가 방향을 선회한 후 단 한 번에 서울시 7급 공무원이 되었다. 인사배정도 잘 받고 성실하게 근무해 윗사람들로부터 무한한 신뢰를 받고 있다고 들었다. 지난해에는 운 좋게 특채가 있어 정부 중앙부처로 자릴 옮기더니 올해 벌써 6급이 되었단다. 정말 승승장구다.

언론고시를 준비했던 둘째는 국내 제1의 일간지 기자시험에서 3차 면접까지 갔으나 불합격되자 형처럼 7급 공무원으로 선회하더니 2년 후 거뜬히 합격해 버렸다. 그 애들을 보자면 요즈음 젊은이들이 공무원시험에 매달려 수년씩 학원가를 맴돈다는 뉴스가 믿기지 않을 정도다.

친구는 정말 착한 사람이다. 평생 베풀기를 좋아하며 늘 상대의 입장에서 생각한단다. 그렇게 살아왔기에 주변에 적이 없다. 여기저기 애경사도 잘 챙기니 집안에 큰 일이 생겨도 걱정 없이 치룰 것이다. 그 무엇보다 주변에 소문날 정도로 성격 좋고 성실한 남편이 있다. 이러한 본인의 행복 조건은 고려하지 않고 늘 남만 부러워했다.

친구는 검찰공무원 며느리와 잘 생기고 튼실한 손자를 본 후 달라졌다. 요즈음은 거의 신세타령을 하지 않는다.

"어머니도 예전에 공무원이셨다면서요? 아버님, 어머님도 공무원 출신, 저희도 모두 공무원이니 우리 집은 공무원 가족이네요. 이런 집이 얼마나 되겠어요."

친구는 며느리의 이 말에 큰 위안을 얻은 것 같다. 다행이다

내 남편도 어지간히 타인의 이목에 신경 쓰는 사람이다.

어제도 나와 함께 길을 걸으며 친구와 통화하고 있었다. 그런데 어느 순간 내가 하품을 하려하자 그걸 재빨리 간파하고서 내가 채 입도 다 벌리기 전에 막는 정성을 보였다. 그럴 때면 내가 엄청난 주책을 떨다 저지당한 듯 기분 나쁘다. 그러나 남편의 성격을 알기에 내색하지 못하고 참았다.

길에서 끊임없이 하품을 해댄다면 꼴불견이겠지만, 어쩌다 한두 번 하는 하품이 뭐 그리 흉이 되겠는가. 누구든 나를 아는 사람이라면 '아, 저 사람이 엊저녁 잠이 부족해서 피곤한가 보다.' 할 것이고, 모르는 사람이면 내 곁을 지나 네댓 걸음 떼기도 전에 잊고 말 것이다. 생각해보시라. 당신이 지금껏 길 가다 하품했던, 낯모르는 이를 단 한명이라도 기억하고 있는가를. 인간은 누구나 어느 정도의 부족함을 안고 사는 존재다. 그런데 기질적으로 약한 사람은 자신의 실수를 오래 기억하며 타인도 그러하리라 믿는다.

예전에 같이 근무했던 여직원 얘기다.

방과 후 벨리댄스도 배운다는 그녀는 키도 크고 날씬하고 예뻤다. 그녀는 평소 향수를 사용했는데, 언젠가부터 너무 진하게 뿌리고 다녀서 상큼하기는커녕 오히려 역하게 느껴졌다. 어느 날 조용히 불러서 왜 그렇게 향수를 진하게 뿌리느냐 뿌리더라도 좀 연하게 뿌려라 했더니, 그녀가 말했

다. 누구누구가 그 향이 좋다고 하기에 뿌리다보니 그렇게 되었단다. 그녀에게 그런 말을 해줬다는 사람들은 평소 그녀를 시샘하고 뒤에서 수군대던 사람들이었다. 그녀도 그들의 인품에 대해 알고 있었지만 확신이 부족했기에 따랐다는 것이다.

그처럼 못된 사람들은 상대가 스스로를 통제할 수 없을 때까지 유도해 자멸하게 만든다. 진정에서 우러나오는 칭찬과 그 반대의 경우를 구분하지 못하는 건 본인 책임이다. 나는 듯 마는 듯 연한 향수는 상대를 기분 좋게 해주니 그녀가 참고했으면 좋겠다. 대부분의 사람들이 늘 공정한 판단을 내리기보다는 각자 편견에 차 있음을 알아야 한다.

무슨 일이든 '남 탓이오.'하는 사람은 성격장애자이고, 반대로 뭐든 '내 탓이오.' 하는 사람은 신경쇠약자라는 말이 있다. 어떠한 상황이든 객관적으로 살필 줄 알아야 정신이 건강한 사람이다.

남을 부러워하고, 타인의 시선을 많이 의식하는 사람은 대개 자기 확신이 부족한 사람들이다. 마음이 여린 사람은 누군가에게 칭찬을 들으면 기분이 좋아지지만 조금이라도 부정적인 소리를 들으면 금세 기분이 나빠진다. 이래서야 어찌 진정한 자신의 주인이라고 할 수 있겠는가. 평소의 부정적 언어는 자신의 생각이나 행동을 약화시킬 뿐이다. 자존감을 높이기 위해서는 되도록 긍정적인 언어를 사용하고 자신을 이해하도록 노력해야 하겠다.

아프가니스탄의 인질 사태를 보고

지금 대한민국은 아프가니스탄의 인질 사태로 온 국민이 착잡하다.

그들은 민간인을, 더구나 자원봉사자들을 납치해서 살해하는 천인공노할 일을 저질렀다. 이미 사망한 피랍 가족들은 살아가는 동안 그 큰 그리움과 고통을 어찌 감내할 것이며, 고락을 같이했던 동료들은 살아남은 자로써 얼마나 가슴이 짓이겨 지겠는가. 그런데 이러한 사태는 왜 일어났는가.

얼마 전 TV를 켜자 화면 가득 아름다운 꽃밭이 펼쳐졌다. 꽃을 보고 처음에는 기분이 좋았으나 곧 그게 마약재인 양귀비꽃이며 그곳이 아프가니스탄이라는 것을 알았다. 산자락에 끝없이 펼쳐져 바람에 하늘대는 아름다운 양귀비 꽃, 그리고 곧이어 잘 익은 양귀비 열매에 터번을 두른 노인들이 돌아다니며 칼로 상처를 내는 모습과 그것들이 시간이 지나면서 진액이 나와서 검게 맺히는 모습도 보여줬다.

뒤이어 아프가니스탄의 경찰들이 그 꽃과 열매를 낫칼로 사정없이 후려쳐서 없애는 장면이 이어졌다. 그중 책임자인 듯한 경찰은 확성기로 "이곳에서 생산되는 마약이 전 세계로 퍼져나가 수많은 목숨을 앗아가고 있으니 모조리 없애야 한다."고 주민들을 설득하고 있었다.

그러나 경찰에 항의하는 주민들은 말귀를 못 알아듣는 건지 "그것을 없애면 우리는 굶어 죽는다."며 손을 빌며 사정하고 있었다. 그런데 그 무리에 젊은이는 단 한명도 없었다. 오직 노인과 어린아이들뿐이었다. 까맣게 타고 주름이 주글주글한 노인들과 보호받지 못해 지저분한 아이들이 땅을 치고 대성통곡을 했다. 어디 하소연이라도 하듯 두리번거리며 어찌나 슬프게 우는지 처참해서 못 볼 광경이었다. 그 광경에 가슴이 아렸다.

아편이라면 진통, 마취 등 의약품으로서의 기능보다는 인간을 망치는 몹쓸 것으로 인식되는 세상이다. 아편은 탐닉성이 있는 화합물로 상습적인 복용은 육체와 정신을 황폐화시키며 생명을 단축시키는 극약이기 때문이다. 나는 평소 마약을 재배 혹은 거래하는 자들을 인류의 적이라 여기며 증오하던 입장이었지만, 그날만큼은 반인륜적인 그들을 미워할 수조차 없었다. 모순된 그 감정은 그들의 입장이 너무도 처절했기 때문이다. 전후 사정이야 어떻든 눈앞에 보이는 그들은 너무나 안타까웠다.

아프가니스탄은 지난 20년 동안 하루도 편한 날이 없던 불행한 나라다. 처음에는 러시아가 침공해서 십 수 년을 통치했는데, 여기에 저항하며 만들어진 세력이 지금의 텔레반이다. 결국 러시아가 물러가고, 그들은 철저한 이슬람원리주의에 입각한 회교 국가를 세웠지만 경제적 낙후는 여전했다. 더구나 근년에는 알카에다 테러조직과 빈라덴이 근거지로 삼았다는 이유로 미국이 9·11테러에 대한 보복공격을 감행했던 나라다. 그렇게 해서 텔레반 정권이 무너지고 지금의 친(親)미 아프카니스탄 정권이 탄생되었다. 여기에 다시 저항하는 세력이 텔레반이고 이 세력이 지금 인질사건의 중심에 서 있는 것이다.

　지난 20년간의 전쟁을 통해 발생한 인명피해를 살펴보자면 매 5분마다 1명이 죽고 매 1분마다 1명의 난민이 발생했다고 한다. 하루에 7명이 지뢰를 밟는다는 통계도 있다. 이 통계가 얼마만큼 정확한 것인지는 알 수 없으나, 그만큼 많은 사람이 고통 받고 있다는 증거는 될 것이다.

　나는 그동안 저 멀고 먼 나라 아프가니스탄에 대해서 하등에 관심도 없었다. 그저 미국이 전쟁 초기 빈라덴의 은신처를 찾기 위해 그 나라의 산악지대를 뒤지고 있다는 정도만 알고 있었다. 지금도 인질사태만 아니었으면 세계인의 관심은 이라크에만 국한되어 있었을 것이다. 그러니 텔레반 무장단체는 이 인질 문제로 세계인들에게 자신들의 존재를 각성시키려는 소기의 목적은 달성했다고 하겠다.

　미국은 반성해야 한다.

　지금 중동지역에서 치러지고 있는 전쟁은 크게 보자면 이슬람 문명과 기독교 문명 간의 충돌 아닌가? 이 지구상에서 가장 강력하고 또 기독교권을 대변한다는 미국이 온갖 이유를 내세워 힘으로 그들을 누르며 씨를 말리려고 한다. 그러나 그 방법은 미국의 건국이념인 기독교 정신에 위배될 뿐만 아니라 절대로 문제 해결을 가져오지 못할 것이다. 미국이 9·11 이후로 들인 전쟁 비용을 우리 돈으로 따지자면 총 900조원이란다. 그리고 앞으로도 얼마나 천문학적 비용이 들어갈지 아무도 알 수 없다.

　미국이 미사일과 총칼로 위협만 할 게 아니라 사랑으로 그들을 안아줬으면 어떻게 되었을까. 절대로 지금과 같은 사태는 벌어지지 않았을 것이다. 그들에게 먹을 것과 입을 것을 주고, 공장을 세워주고 도로를 닦아주고 학교를 지어줬으면… 전쟁 비용의 절반만, 아니 반의 반만 가지고도 그들의 마음을 돌릴 수 있지 않았을까? 심지어 숨어있는 빈라덴을 잡아다 바쳤을지 누가 아는가.

사람이란 약자의 입장에서는 억눌려있을지라도 자신에게 힘이 비축되고 기회가 되면 어떤 변형된 형태로든 상대에게 보복하려 한다. 아무튼 눌러서는 절대로 상대를 이길 수 없는 것이다. 이것은 이미 개개인의 인과관계 속에서도 확인된바 아닌가. 미국은 지금이라도 그들을 끌어 안아야 한다. 인간은 피부가 검건 희건, 그의 종교가 기독교건 불교건 회교건 누구나 귀중한 존재다. 다시 한 번 인질 자들의 무사 귀환을 빌며 허공에다 하소연 해본다.

〈2007년, 문학저널〉

208

좋은 스승

사람은 일정 나이 이상이 되면 그때부터는 그의 인지적 행동이 나이에 크게 구애 받지 않는다고 한다. 그래서 '될 성 부른 나무는 떡잎부터 알아본다'는 옛말이 있다. 하나를 보면 열을 안다고 했던가. 나도 오랜 회사생활을 통해 웬만큼은 사람의 됨됨을 알아볼 수 있다.

매사 불평불만을 일삼는 사람은 어떠한 일에서건 불평거리를 찾아내고, 인내심 강하고 지혜로운 사람은 어떠한 경우라도 묵묵히 헤쳐 나간다. 전자는 주변에 아주 흔한 경우이고, 후자는 내 시어머니가 그렇다. 또 자존감 강한 강 이사가 그렇고, 사무실의 이 대리가 그렇다. 우리는 나이 고하를 막론하고 후자를 통해 많이 느끼고 배운다.

나는 보일러회사 A/S실에서 기사들을 관리하는 직분을 맡아 꽤 오래 근무했다. 봄이 되면 보일러 수리업은 비수기이다. 당시 궁여지책으로 사무실 직원 중 한 명이 아파트 건설 현장에 보일러 설치하는 일을 도우러 갔다. 하루 10만 원 벌이는 된다고 했다. 그즈음 일이 없어서 빈둥거리며 돈 걱정하는 게 안쓰러웠는데 잘 됐다 싶었다.

한 사흘 뒤의 일이다.

일 나갔던 기사로부터 사무실에 남아있는 친구 남 대리에게로 전화가 왔다. "어! 4대 밖에 설치 못했어? 하루 종일 화장실도 못가고 일했다고? 힘들어 죽겠어?" 전화 내용으로만 유추하자면 계속 일을 하는 게 과연 이득이 될지 의심스러울 정도였다. 그 대화를 듣자 마음이 편치 않았다. 일거리도 없는 판국에 한 명이라도 떨어져나가야지 남아있는 자들도 벌어먹고 살 것이 아닌가. "지가 그러면 그렇지 뭐" 남 대리는 전화를 끊으며 다들들으라는 듯 필요 이상의 큰 소리로 말했다. 그러자 곁에서 듣고 있던 이 대리가 한 마디 했다. "그거 그래도 짐 져서 나르는 것보다는 낫잖아요. 암만 일하기 궂어도 나 같으면 하루 10대도 설치하겠네."

그의 말은 맞다.

이 대리는 체구는 작지만 영리하고 인내심이 강해서 충분히 그리 했을 것이다. 덩치 큰 남 대리는 "뭐라고? 이 기사도 절대 그렇게는 못해!" 남 대리는 힘과 나이로 이 대리의 기를 꺾으려 한다. 또 자존심 싸움이다. 나는 싸움에 끼어들기 싫어 말없는 미소로 이 대리에게 응원을 보냈다. 남 대리는 어떠한 경우건 말로서는 지지 않는 사람이라는 것을 알기 때문이다. 그러나 그도 속으로는 인정하고 있을 것이다.

또 한 가정의 가장으로서는 문제가 있는 기사가 있었다.

그는 평소 일이 많으면 힘들어 죽겠다고 엄살이고, 일이 없으면 돈 못벌어서 어떡하냐고 타령하면서도 시간만 나면 책상에 엎어져서 잤다. 그가 어느 날은 오전 내내 징징거렸다. "엊저녁 7시간 만에 카드 다섯 장으로 150만 원을 긁었어요. 어떡해요?" 그는 수시로 옆 상사에게 이것을 어

210

떻게 처리하느냐고 우는 목소리로 묻고 있었는데, 그 질문에 답을 해야 하는 상사인 즉, 그 누구보다도 대책 없이 사는 인생이었다.

기사 중 가장 윗선인 그는 욕심 없고 착하긴 하나, 이혼한 몸으로 딸 아이 둘을 시골에 계신 어머니께 맡겨두고 재혼을 했단다. 한데 온 집안을 비싼 가전제품으로 도배하고, 몇 십만 원짜리 와이셔츠를 수시로 사며, 백만 원이 넘는 양복을 카드로 긁어 대서 새로운 부인으로부터도 홀대를 당한다고 했다. 이건 모조리 본인의 입을 통해서 나온 말이니 사실일 것이다. 내가 이따금 도대체 겉치레에 무슨 돈을 그리 많이 쓰느냐고 얘기해 봤지만 소용없었다.

전날 저녁 같이 마신 술이 덜 깬 그 상사는 "아이! 새끼야 그만 좀 해… 새끼야, 그러게 누가 나서래?" 킬킬대면서 참으로 성의 없이 대꾸해주고 있었다. 같이 마시긴 했으나 좀 더 생각이 있는 사람(보다 이기적인) 그들은 어색한 그 분위기를 슬슬 피해 다녔다. 전날 저녁 다섯 명의 기사가 함께 몰려 다녔다는데, 네 군데 술집을 돌며 새벽 5시까지 그렇게나 많이 긁어 댔단다. 뭔가 한턱 쏴야하는 입장이었는지 아님 그냥 호기를 부리고 싶어서였는지 모르지만 2차, 3차 그리고 4차까지 혼자서 긁어 댔다니 딱할 노릇이다.

그때 사고를 친 기사는 늘 수입이 가장 적었다.

비수기의 한 달 수입이 고작 100만 원 정도였던 것으로 기억된다. 생각 없는 대다수의 사람들이 그러하듯, 그는 정작 카드 대금을 어떻게 갚아야 할지를 걱정하기보다는 다음 달 청구서가 날아온 후에 있을 아내의 반응을 더 무서워하고 있었다. 그러나 그 일은 그때까지 기다리고 자시고 할 것도 없었다.

그는 하루 밤 사이의 일을 낱낱이 사무실에 와서 보고했기에 모두 알게 되었는데, 마음만 약한 게 아니라 입도 싼 그는 바로 다음날 저녁 부인에게 고백했단다. 그리고 거의 한 달 동안을 이혼이라는 단어에 시달려야 했다. 처갓집으로부터 호출을 당해 호되고 혼이 났었고, 이혼 직전까지 갔었으나, 다시는 그런 행동을 하지 않겠노라고 장인어른 앞에서 맹세함으로써 구원을 받았단다.

회사를 떠나온 지금 생각해도 그는 참으로 염려스러운 친구다.

이 밤, 그가 또다시 그런 사고를 치는 저녁이 아니길 빌어본다. 그는 기사들 중 가장 착하고 마음 여린 사람이었기에 지금 생각해도 연민의 정이 느껴진다.

나는 다양한 사람들을 접하며 그들에게서 인생을 배운다.

반면교사라고나 할까. 스승이라면 흔히 학창시절 학문에 대한 열정과 고매한 인격으로 가르침을 주시는 분을 말함이겠지만, 거기에 어떤 형태로든 삶을 깊이 체득하게 해주는 사람 또한 스승이 아니겠는가. 예전에는 나와 다른 사람들과 부대끼며 사는 것을 더할 수 없는 불행으로 여겼으나, 역발상(逆發想)의 묘미를 터득한 지금에 와서는 불행이라고 생각되지 않는다. 나는 좋은 스승을 한 명 더 얻은 셈이니까.

〈2008년, 한국논단〉

여전히 섹시한 마돈나라고?

해묵은 짐 정리를 하다가 빛바랜 스포츠 신문을 봤다.

몇 년 전 것인데, '여전히 섹시한 마돈나'라는 제목으로 많이 늙어버린 그녀의 사진이 실려 있었다. 바다 건너 우리나라에까지 가십거리가 실리는 걸 보면 그녀는 아직도 건재한 모양이다. 젊었을 땐 더 했다. 내놓는 곡마다 히트시키며 전 세계 팬들을 열광시켰으니까. 하지만 아직도 그녀가 섹시하다고?

빛바랜 사진 속 그녀는 자신은 늙어도 여전히 섹시할거라고 믿는지 짙은 눈 화장과 빨간 입술에 뇌쇄적인 표정을 짓고 있었다. 기사에 얼마 전에는 공연 중 가슴을 드러내더니 최근에는 관객을 향해 엉덩이를 까댔다고 실려 있었다. '지랄하고 있네.' 속으로 욕이 절로 나왔다.

사람이 늙으면 자신의 얼굴에 책임을 져야한다는데 늙어서까지 섹시하다는 게 칭찬의 말이겠는가. 요즈음은 섹시하다는 단어를 놓고 '진취적인 사고를 갖고 열정적으로 사는 사람'이라는 괴상한 해석을 내놓기도 하지만, 그러한 표현에 동의한다고 해도 나이 든 여자와는 어울리지 않는다.

이제는 어디를 가나 노인만 넘쳐나는 세상이 되었다.

어제 남대문과 동대문 시장을 들를 일이 있었는데, 시장바닥에 넘쳐나는 손님은 대개가 노인들이었다. 요즈음 할머니들은 손자 돌보는 것도 싫다하고 자신의 삶을 찾는단다. 시간은 남아돌고 할 일은 없으니 무리지어 시장을 휩쓸고 다니는 모양이다. 물건을 고르다가 의도치 않게 그들의 대화를 엿듣게 됐는데 노인이 나이와 걸맞지 않은 옷을 탐하고 있었다.

옷뿐만이 아니다.

나이가 들면 화장도 신경 써야 한다. 전문가의 표현을 빌자면 나이든 여성은 피부가 메마르고 칙칙해 보이니까 입술에 붉은 색을 발라서 화색이 돌게 해야 한단다. 한데 내 주변인 중에는 꼭 은회색 입술을 고집하는 분이 있다. 한 인물 한다는 탤런트들도 나이가 들면 희미한 입술색이 고와보이지 않는데 일반인은 오죽하겠는가. 반면 젊은 애들은 얼굴에 기가 넘치기 때문에 빨간 립스틱을 바르면 천해 보인단다. 그래서 기를 눌러주는 연살구색이나 연분홍색을 바르는 것이 좋단다.

나이가 들면 아무리 고왔던 얼굴도 볼 살이 홀쪽해지고 각이 지게 마련이다. 그냥 생머리는 각진 얼굴을 커버해 주지 못하고 더 드러내 보이니 헤어스타일도 웨이브가 있는 게 좋겠다.

노인은 겉치장뿐 아니라 행동거지도 신경 써야 한다.

아직도 이따금 담배 피우는 여자들을 마주칠 때가 있는데, 젊은 사람도 마찬가지지만 나이 든 여자가 담배 연기를 날리고 있는 모습은 꼴사납다. 담배연기 뒤로 드러나는 윤기 없는 얼굴은 주름살만 깊어 보인다. 담배 태우는 여자는 친구들과 수다를 떨 때나 홀로 있을 때나 외로워 보일 뿐이다.

늙은 여자에게도 어울리는 게 있다.

예를 들자면 다소 야한 소리도 늙은 여자들의 입에서 나오면 그다지 흉치 않다. 산전수전 다 겪은 마나님들이 둘레둘레 모여 앉아 너도 나도 한마디씩 던지는 Y담은 전혀 어색하지 않다. 비슷한 소리가 젊은 애들 입에서 나온다면 아주 흉한 거와는 반대다.

손자를 안고 있는 할머니의 모습도 아름답다.

할머니의 손길에서는 비할 데 없는 평온함과 안정감이 느껴진다. 젊은 사람에게서는 절대로 나올 수 없는 그들만의 아름다움이다. 그들의 손길에는 젊은이들과는 다른 에너지가 있다. 투박한 손은 만져보지 않아도 따뜻할 것 같고 세상의 경박함을 다 보듬어 줄 것만 같다. 그러니 나이 들수록 내면의 인간애를 키워 주변을 따사롭게 정화시키는 역할을 해야 할 것이다.

사람을 의심하는 게 뭐가 미안해요?

자수성가한 사람들은 자신보다 여린 사람을 어떻게 다뤄야할지를 안다. 그들은 인정에 끌리지 않기에 단호하며, 언제 어느 때건 상황을 자신들에게 유리하게 만드는 특별한 재주가 있다. 나는 회사의 강이사를 통해 수시로 이 사실을 확인한다. 그녀는 진정 무서운 사람이다. 사람을 앞에 놓고 믿지 못하노라 말하기 때문이다.

우리 사무실은 기사들 입금 문제로 수시로 묘한 분위기가 된다.

예전에는 오너의 형제께서 A/S실의 책임자였으니 집안 식구끼리 드러내놓고 직원들 흉도 보고 꼬투리도 잡고 했겠지만 현재의 책임자인 나는 남이니 상황이 다르다.

그녀는 기사들에게 직접 추궁도 하지만 수시로 내게서 자신들이 모르는 기사들의 비행에 대해 듣고자 한다. 그러나 나는 그녀의 의도를 모르는 척한다. 대화가 시작되면 일단 그녀의 외모를 칭송하고, 자녀들 얘기를 하고, 고객들 얘기로 대화의 방향을 튼다.

기사들에 대해서는 그녀가 칭찬해줄 만한 얘기를 들려준다.

그러나 언제나 원만히 넘어가는 것은 아니다. 때로는 내게 집요하게 질문을 던져서 결국 자신이 원하는 답을 듣고야 말 때도 있다. 그런 날은 참 안타깝다. 나로 말할 것 같으면 드러내놓고 약자 편을 들만큼 희생적인 사람이 못된다. 내게 의협심 같은 게 조금은 있을지 몰라도 그것은 어디까지나 내가 곤란을 당하지 않았을 경우이고, 그보다는 오히려 강자 편에 붙어서 어느 정도의 안위를 보장 받고자 하는 못난 사람이다.

그러나 일말의 양심은 있는지라 내 의도와 달리 그녀와 함께 기사들 흉을 보는 날은 종일 마음이 편치 못하다. 기사들이 불쌍해서다. 그리고 기사 편에서 당당하게 얘기하지 못했다는 자괴감에 괴롭다. 아니, 어쩜 나 자신도 기사들을 온전히 믿을 수 없기에 자신 있게 변호하지 못하는 면도 있다.

아주 이따금은 정의감에, 혹은 그녀의 선입견에 질려서 작심하고 기사들을 변호할 때가 있다. 그러면 영리한 그녀는 금방 자리에서 일어서 버린다. 그리고 여린 내 성격을 알고 있는 건지 내가 기사들에게 화가 나있을 때를 노린다. 그걸 알면서도 벌써 여러 차례 걸려들었다. 그녀는 내가 사무실의 책임자라는 사실을 먼저 일깨우고 난 후 입금 문제를 묻는다.

"영수증을 다 써서 내면 될게 아니에요. 왜 안 해주고 의심을 받어? 지들이 믿게 만들면 되지, 송 실장님, 안 그래요?"

회사의 직인이 찍힌 영수증이 없으면 기사들이 수리비를 따로 챙겨 넣어도 알 수 없는 일이니 백번 옳은 말씀이다. 그 말에는 나도 동감이다. 내가 이해할 수 없는 것은 그녀가 기사들을 의심해서가 아니라 '의심하는 게 뭐가 미안하냐?'는 투라서 이다. 그게 당황스럽다. 어떻게 사람을 대놓고 의심한단 말인가.

나는 기사들을 위해 변명도 제대로 못한 채 속으로만 끙끙 앓는다. 그런 날이면 기사들에게 "제발 회사에서 의심받지 않게 행동하라"고 당부한다. 하지만 마음을 다친 그들은 냉소를 띠며 "그러라고 하세요."하며 더욱 엇나갈 뿐이다. 물론 자존심상 말만 그렇게 할뿐이며 그게 약자의 허세라는 것도 안다. 대꾸는 그렇게 했지만 오늘도 그들은 퇴근 전 방문건과 영수증과 돈을 맞춰보며 나름대로 입금에 신경 쓸 것이다.

그녀의 뛰어난 두 번째 수환은 내가 사무실 업무로 엄살을 피울 때다. 한겨울 유난히 독촉전화가 많을 경우다. 기사 빨리 보내라고 집집마다 독촉전화가 와서 죽겠노라고 말하면 이런다.

"그건 저쪽 방(자제과)도 마찬가지예요. 시어머니 전화하지, 며느리 전화하지, 아들 전화하지, 설비업자 전화하지, 건축주 전화하지. 말도 못해요. 그리고 옛날에는 이 정도가 아니었어요. 더 했어요. 그냥 처음부터 쌍 시옷발음이 나오고 얼마나 지독했는지 알아요? 그래도 지금은 그런 말하는 사람은 없잖아요"

그러면 나는 또 할 말을 잃는다. 오랜만에 주인에게 투정부리고 위안 받고자 했던 내 여린 마음은 더 기막힌 상황 앞에 본전도 못 찾는다.

똑똑하고 예의바르고 기품도 갖춘 강 이사는 오늘도 말한다.

"장 기사 말이에요. 어제 영수증 안 써주고 그냥 돈 받아서 집어넣었던 거 아니에요?"

조금 전 그녀의 한 마디가 나를 아프게 한다. 상대가 아무리 의심스럽더라도 겉으로는 내색하지 않는 게 인간에 대한 최소한의 예의라고 생각하는 내 인간관에 찌직 금가는 소리가 들린다.

선물과 감사함

강 이사가 4박 5일 동남아 여행을 다녀오더니 선물을 줬다.

프랑스 유명 회사 제품인 투웨이케익이었다. 뜯어보니 향도 좋고 예뻤다. 나는 그것을 화장대 위에 잘 보관하고 있었다. 새 제품을 쓰지 않은 것은 고급제품 같아 아깝기도 했고, 출근 시는 늘 바빠서 쓰던 것에만 손이 가서다.

며칠 전, 시어머님 칠순잔치가 있어 고향에 내려가면서 쓰던 것이 바닥난 것을 보고서야 그 제품을 챙겨갔다. 그리고 행사 당일 발랐다. 조명이 밝지 않은 시댁 안방에서 바르다보니 별로 티가 나지 않았다. 내 피부 톤보다 붉고 어두운 색을 띠어서 그런 것 같았다. 미심쩍었지만 바빠서 그냥 나갔다. 그날은 맏며느리로서 큰 행사를 치루려니 정신이 없었다. 뷔페였지만 준비된 음식도 살펴봐야하고 손님도 맞아야 해서 얼굴에 신경 쓸 겨를이 없었다. 그런데 몇 시간이 지나자 얼굴이 따끔거렸다. 새 화장품이 미심쩍어졌지만 달리 방법이 없어서 종일 그러고 돌아다녔다. 그리고 밤늦게 돌아와 화장을 지우면서 보니 얼굴에 작은 좁쌀 같은 게 돋아서 얼룩얼룩했다. 속이 확 상했다.

그녀의 화장품 선물은 이번에도 실망이다.

화가 났던 것은 그 이전에 받았던 선물도 모조리 비슷했기 때문이다. 오래 근무하다보니 그녀로부터 꽤 많은 선물을 받았다. 립스틱도 있었고 아이샤도우도 있었다. 또 향수 냄새 나는 방울도 있었고, 열쇠고리도 있었다. 문제는 어느 한 가지도 만족스럽게 써 본 게 없다는 것이다.

립스틱은 색깔이 마음에 들어서 좋아했는데 발랐더니 자꾸만 입술 껍질이 벗겨졌다. '아이샤도우'는 더 거창했다. 프랑스의 유명회사 제품으로, 벨로아 천 케이스에 쌓여있어 화려했다. 그것은 분홍과 보라색 펄이 든 제품으로 색깔이 연하고 번쩍여서 세련된 사람에게 어울릴 듯했다. 특히 샤도우를 바르는 솔이 넣었다 뺐다 하게 되어 있었는데, 당시만 해도 국내산은 그런 게 없던 터라 그녀가 가르쳐주기 전에는 그냥 장식용으로 달려있는 줄 알았을 정도다. 암튼 무척 고급스러웠다.

집에 가져와서 손가락에 살짝 묻혀 봤다.

이런… 샤도우에는 손가락 자국이 남는데 내 손 끝에는 묻어나는 게 없었다. 그래서 곧 깨달았다. 그것도 별다른 제품이 아니라는 것을. 그러나 그것을 처박아 두기는 아까워서 좀 세련돼 보이는 합창단 동생에게 줘버렸다. 그런데 그 동생도 제품의 성질을 알았나 보다. 매주 만날 때마다 살펴봐도 그것을 바르는 것 같지 않더니, 합창단 정기 공연 날 그걸 가져와서는 이사람 저 사람의 목과 팔에 발라 주는 데 쓰는 것이었다. 그런데 조금만 발라도 반짝이는 전용 제품에 비해 색이 희미해서인지 그 역할조차 제대로 못하는 것 같아 민망스러웠다.

화장품 선물은 제발 국산 제품을 사줬으면 좋겠다.

그건 일단 믿을 수 있으니까. 그리고 색조보다는 누구나 쓸 수 있는 로션이나 스킨 같은 기초화장품이 나을 것 같다. 기초화장품은 얼굴에 안 맞으면 팔다리에라도 바를 수 있으니 적어도 버리는 일은 없을 것이다.

그리고 또 다른 선물인 향수방울은 절에서 나는 듯한 향기가 났는데 어찌나 독한지 머리가 아플 지경이었다. 그러나 차마 버리지 못하고 2년이 넘도록 아직도 서랍 안에 있다. 열쇠고리는 아이에게 줬다. 그래도 그게 제일 쓸 만했다. 적어도 몸에 해를 끼치지는 않았으니까.

그녀가 매번 왜관만 화려한 짝퉁을 사다주는 이유는 뭘까.

남들에게 무슨무슨 유명회사의 제품을 사서 직원들에게 선물했노라고 말하고 싶어서일까. 그건 그녀의 의도가 아닐지라도 우리를 기만하는 것 같아 언짢았다. 나뿐만 아니라 선물을 받은 회사 여직원들 모두 같은 반응이었기 때문이다. 그러나 누구도 내색하지 않았으니 본인은 모르고 있었다.

나는 그녀에게 사실을 알려주고 싶었다.

그런 생각이 들자 무슨 의무마냥 직원 중 제일 연장자라는 압박감까지 들었다. 어느 날 단 둘이 있게 되기에 그 얘길 꺼냈다. 여행 다니며 선물까지 고르려면 신경 많이 쓰이실 텐데 앞으로는 그런 것 사오지 마십시오. 라고 말했다. 그녀는 조금의 머뭇거림도 없이 반색을 했다. 그 모습을 보자 진즉 말해줄 걸 그랬다 싶었다. 직원들 선물은 그녀에게도 나름 부담이었던 모양이다.

선물이 고맙기는커녕 상대가 자존심을 다친다면 선물의 1차적 의미를 상실한 것이다. 그건 그저 주는 자의 자기만족에 불과하다. 선물은 받는 자가 기뻐야 진짜다. 그러자면 평소 상대의 취향이나 필요성을 알아두면 좋겠다. 그리고 부담이 적어야 한다. 아무리 필요한 요소를 두루 갖추었다 해도 받는 이가 부담스럽다면 그 또한 적절한 선물이라 할 수 없을 것이다. 이 모든 것은 상대를 조금만 관심 갖고 지켜보면 자연스레 알아지는 어렵지 않은 일들이다.

선물(감)

퇴근해 보니 응접실에 감이 한 박스가 와 있었다.

그때서야 전날 큰애가 한 말이 생각났다. 지희 엄마가 올해도 감 한 박스를 보냈는데 약을 안 해서 감이 좀 그렇다는 것이다. 박스를 열어 보니 빨갛게 잘 익은 홍시가 깨진 것도 있고 다른 것들도 군데군데 검은 점이 있는, 한마디로 상품성은 다소 떨어진 감이었다.

그래도 그게 어디랴!

난 옷 벗기가 무섭게 알고 있는 광양 지희네 집으로 전화를 했다. 그러나 받지 않았다. 몇 번 시도하다가 늦었으니 내일 사무실에서 하자 생각했다. 근데 종일 바빠서 전화를 못했다. 물론 바쁘기도 했지만 사실 까마귀 고기를 먹은 탓이다. 늦은 밤에 돌아온 큰애가 지희 엄마께 전화 안 드렸느냐고 불퉁하게 물었다. 아이 입에서 나오는 말은 내가 예상했던 대로였다. 낮에 지희한테서 전화가 왔는데, 감이 안 좋아서 엄마가 기분이 나빴나 하고 지희 엄마가 걱정하더란다.

시계를 보니 밤 12시가 다 되었다.

그래서 또 전화를 할 수 없었다. 다급하고 미안한 마음은 굴뚝같았지만 한 밤중에 울려대는 전화가 얼마나 심장을 얼어붙게 하는지 아는 터라 참았다. 그리고 다음날 출근 후, 실례가 안 될 정도의 시간까지 기다렸다가 전화를 걸었다. 일단 오해는 풀고 싶은 마음에 어제 전화를 드렸는데 안 받았고 어쩌구 하며 호들갑스럽게 인사를 건넸다. 우린 반가워서 서로 말이 엉킬 정도로 수다를 떨었다.

지희는 내 큰딸 아이가 순천여고에 들어가서 사귄 제일 친한 친구다.

딸과는 고1 때 한반이었단다. 차분한 지희는 덜렁대고 명랑한 내 딸아이와 잘 맞았다. 원래 상반되는 성격이 한 번 친해지면 더 단짝이 되는 법이다. 그 애 혈액형이 O형이라던가?

둘은 1년 내내 교내 어디를 가나 붙어 다녔단다.

심지어 마렵지도 않은 화장실도 같이 다녔단다. 그러다가 고2학년 올라가면서 우리애가 서울로 전학을 오게 된 것이다. 둘은 서울 와서도 전화와 문자로 수시로 연락하며 친하게 지냈다. 그리고 고2 여름 방학 때는 지희가 우리 집엘 왔었다. 그때 이불가게를 하시는 엄마가 여름용 고급 면 이불을 보내왔다. 그게 고마워서 전화를 하게 되었고 우린 친해졌다. 지희는 3일을 놀다 갔는데 나는 출근을 해야 해서 저희 둘만 돌아다녔다. 미안한 마음에 반찬은 좀 신경 썼다.

지희는 형편이 어려운 우리 집 사정을 알기에 고3 때는 아버지가 사준 영어테이프 30개와 두꺼운 책 2권까지 복사해서 보내줬다. 가슴이 뭉클했다. 나는 고마움을 표현하고자 지희와 엄마가 입을만한 티셔츠를 사서 보내었다.

그해 가을, 지희네서 크고 좋은 단감 한 박스를 보내더니 해마다 감을 보내주고 있다. 그런데 예년과 달리 모양새가 좀 안 좋은 감을 보낸 게 신경이 쓰였나보다.

"올 여름에 집을 대수리했어요. 시간이 없어서 감나무에 약을 안했더니 그렇게 생겨먹었네요. 안 보낼라다가 그래도 서울에서 사 먹을라면 다 돈이잖아요. 아휴 미안해서 어떡해요?"

"미안하긴요. 공짜로 얻어먹는 우리가 되레 미안하지요. 전 그 감 받고 더 반갑던데요. 우리를 편하게 생각하시는 것 같아서요"

"아이고, 그렇게 생각해주면 고맙지요"

사실이 그랬다. 좀 안 좋은 물건은 형제라던가 아주 가까운 사이가 아니면 보낼 수 없는 거니까, 나를 그만큼 편하게 느낀다는 생각이 들어 반가웠다. 그래서 받자마자 곧바로 전화를 했었는데 통화가 되지 않았을 뿐이다. 감은 모양새만 그렇지 아주 달고 맛있었다. 퍼주기 좋아하는 나는 크고 좋은 것을 골라 사무실에 가져가서 나눠먹었다.

지희네서 또 감이 왔다.

너무나 반가웠다. '감' 그 물리적 선물도 반가웠지만, 무엇보다 한동안 소원했던 지희네와 다시 가까워진 것 같아 그게 기뻤다. 공부를 잘했던 지희는 몇 군데 대학에 합격했지만, 장래의 취직을 고려해 4년제 대학을 가지 않고 경기도에 있는 농협대를 갔다. 그런데 나나 내 딸이 별로 챙겨주지를 못했다. 물론 고의는 아니었고 사정은 있었다. 나는 직장생활로, 딸애는 장학금을 타려고 공부에 매진하느라 여유가 없었다.

딸이 유일하게 여유가 생길 때는 시험이 막 끝나고서인데 전문대인 농협대는 시험기간이 늘 딸애보다 빨랐다. 시험이 끝나고 방학이 되면 어김없이 고향 농협에 내려가서 인턴사원으로 실습을 한다고 했다. 그렇게 어느덧 2년 세월이 흘러버렸고 지희는 졸업과 함께 고향으로 발령을 받아 내려갔다.

물론 그 언젠가부터 감 배달도 끊겼다.

문제는 감이 아니고, 타향에 보내놓은 딸이 불안해서 조금이라도 가까운 거리에 사는 내가 챙겨주기를 얼마나 간절히 바라셨을까 하는 점이다. 그런데 내가 제대로 챙겨주지를 못했으니 얼마나 섭섭하셨을까. 이따금 그런 생각으로 마음이 편치 못했었는데 또다시 감을 보내온 것이다. 감 보다는 그 마음이 반가웠다. 왠지 용서를 받은 것 같아서 위안이 되었다.

그러나 나는 물건을 받고 곧바로 전화하지 않았다.

어색하게 고맙다는 말을 하는 것보다는 나도 뭔가 선물을 보내놓고 통화를 하자는 생각에서였다. 그래서 며칠 뒤 지희 엄마께 보낼 예쁜 옷을 하나 샀으나 부치지 못하고 또 두어 주일이 훌쩍 지나갔다. 그 말을 들은 딸애가 자신이 부치겠노라며 가져갔다. 방학이라고는 하지만 복수전공 때문에 계절 학기를 들어야했던 딸아이도 짬이 없어 잊어버린 모양이다.

딸 아이 방에서 부치지 못한 옷을 발견한 것은 거의 1달여가 지난 뒤였다. 엊그제 엄마의 잔소리를 듣고 나서야 부랴부랴 보냈다는데 이제는 그쪽에서 소식이 없다. 참 사람 사는 게 이렇다. 제발 내게 섭섭한 맘이나 먹지 않았으면 하는 간절한 마음이다. 오늘은 오랜만에 지희네에 전화를 넣어봐야겠다.

에어로빅

스스로 인정하고 싶지 않을 만큼 살이 쪘다.

숨도 가쁘고 체중계에 올라서는 게 싫었다. 아무리 힘을 줘도 들어가지 않는 배를 보며 얼마 전부터는 거의 두려움을 느꼈다. 나는 뼈대가 커서 평생 단 한 번도 호리호리한 몸매를 가져본 적은 없다.

그래도 그럭저럭 60킬로는 넘지 않았는데, 넷째를 출산하고 난 후 임신 살이 빠지지 않더니 20여년이 지나자 68킬로를 육박하게 됐다. 예전에는 잘록하지 못한 허리만 속상했지만 이제는 출렁이는 뱃살을 감출길이 없고 또 각종 성인병도 염려됐다. 사실 건강검진에서도 몇 년째 '운동부족'이라는 꼬리표를 달고 살았다.

그래서 운동을 결심했다. 물론 그동안도 운동을 전혀 안했던 것은 아니다. 1달에 1~2회 정도는 남편 따라 등산을 다녔으며, 지난해에는 헬스클럽도 다녔다. 집 근처인데다 다른 곳의 1개월 치나 될 법한 회비로 3개월이나 다닐 수 있다는 전단지에 혹해서 등록했지만 얼마가지 못했다.

트레이너가 가르쳐 주기는커녕 오는지 가는지 관심도 보이지 않았고, 건물도 외관만 초라한 게 아니라 탈의실 문도 고장이라 늘 불안했다. 수리

해달라고 몇 번 건의했더니 탈의실 문을 잠그면 안쪽에 있는 샤워 실에서 물소리 때문에 듣지 못하고 열어주지 않아서 안 된다는 것이었다. 그 말을 듣고 보니 주인이 손잡이를 일부러 고장 낸 모양이다. 더구나 탈의실이 한 층 위 외진 곳이라 불안했다. 딸과 함께 등록했지만 딸은 퇴근이 늦어 다니지 못하고 나 혼자 겨우 1달을 채우고 그만 두었다.

그 후 조깅이 최고야! 하며 가까운 중학교 운동장을 돌기도 했지만 남편이 하필 연속극을 보다말고 나서자고 해서 늘 그게 싫었다. 그러던 중 날씨가 추워지니 춥다는 핑계로 빠지고 게으른 부부가 그렇게 서로 눈치를 보다 흐지부지 되고 말았다. 남편은 다른 헬스클럽을 알아보라고 했지만, 나는 요가나 스포츠댄스를 배워볼까 생각하고 있었다.

그러던 어느 날, 서초여성회관에 에어로빅 반이 있다는 걸 알게 되었다. 에어로빅은 대학시절 동아리에서 잠시 배워본 적이 있었기에 겁나지 않았다. 신나는 음악에 맞춰 뛰는 것이니 내게 꼭 맞는 운동이다 싶었다. 같은 멤버가 매회 등록하기 때문에 늦으면 자리가 없다기에 접수가 시작되자마자 일찌감치 등록을 마쳤다. 시간은 남편과 애들이 출근한 후인 9시 30분 타임을 택했다. 복장도 '운동화에 편한 복장'이라기에 첫날은 집에서 입던 차림새로 갔다. 그러나 안내 지와 달리 평상복을 입은 사람은 거의 없었다. 대부분 예쁜 에어로빅 복장이었다. 운동의 결과인지 회원들 중 나처럼 배 나온 사람은 많지 않았다.

첫날, 예상대로 에어로빅은 신났다.

동작도 크게 어렵지 않아 몇 가지만 배우면 쉽게 따라할 것 같았다. 운동이 끝나자 선생이 나를 회원들께 인사시켰다. 회원들은 삼삼오오 샤워실로 가고 선생은 CD 등 짐 정리를 했다. 나는 개인교습을 시켜줄 줄 알고 한쪽에 서서 이제나 저제나 선생 눈치를 보며 기다리고 있었다. 그러나 선생은 내가 안중에도 없는 듯 했다.

용기를 내어 선생께 기본동작은 언제 가르쳐주느냐고 물었다. 선생이 뜨아한 표정을 지었다. 처음이라 몰랐는데 원래 그런 부탁은 하는 게 아닌 모양이었다. 뭘 배우고 싶냐 묻기에 그때 한참 유행하던 싸이의 '강남스타일'을 말했다. 그날 단원들이 가장 신나게 췄던 춤이다.

선생은 마지못한 듯 다시 음악을 틀더니 몇 가지 동작을 후딱 보여주더니 "한번 따라해 보세요"했다. 그러나 음악도 빠른데다 동작이 금방 끝내버려 나는 멍하니 바라보다 말았다. 도대체 기억나는 게 없었다. 부끄럽고 한편 야속했다. 그러나 분위기상 그러고 있을 입장이 아닌 것 같아 샤워장으로 향했다.

둘째 날은 폭설에다 기록적인 한파가 몰려왔다.

우리 집이 단독주택이라 아침에 현관문까지 얼어붙어 문 열기가 힘들 정도였다. 게다가 너무나 춥기에 결석해 버렸다. 셋째날도 추웠지만 전날보다는 덜하기에 다시 회관을 찾았다. 첫날은 바지에 내복 상의를 입었으나 나도 이제 운동복을 사서 입었다. 여전히 어려운 동작은 따라 할 수 없었다. 운동이 끝나고 선생이 어제 왜 안 나오셨느냐고 물었다. "너무 추워서"라는 내 대답에 선생의 표정이 편안해지는 게 보였다. 내 예상이 맞다면 전날 본인이 친절치 못해서 내가 그만 둔 것으로 생각했던 것 같다. 사실 쉬면서 그 생각을 안 했던 것도 아니다.

　나는 맨 뒷줄에 서서 어려운 동작에 신경 쓰지 않고 엉터리라도 즐겁게 따라 했다. 점점 정확한 동작도 많아지니 스스로도 만족스러웠다. 내가 맨 뒷줄로 간 건 이유가 있었다. 둘째 날인가? 30대쯤의 젊은 여자가 내 등을 툭툭 치더니 못마땅한 표정으로 자기 뒤로 가라는 것이었다. 내가 선생의 동작만을 보기 위해 생각 없이 계속 앞으로 나아갔던 것이다. 후에 알게 된 사실이지만 오래된 회원들은 앞자리를 차지하고 나중 들어온 사람은 뒤에 서야한단다. 암암리의 약속이라는 것이다. 선생이 매주 새로운 곡에 새로운 동작을 가르쳤지만 오랜 멤버들은 그게 그거라서 금방 따라했다. 그래서 선생을 보지 않고 바로 앞사람을 봐도 무방했다. 후에는 나보다 더 늦게 들어온 회원들이 앞으로 가시라고 해도 사양하고 맨 뒷줄에 섰다. 자리도 넓고 마음이 편해서였다.

　매번 운동이 끝나면 정리운동을 한다.

　나는 어려운 동작 때문이 아니라 다른 이유로 그 시간이 고역스러웠다. 첫날 멋모르고 앞사람의 동작을 보기 위해 엎드린 자세로 고개를 쳐들어 앞을 올려다봤다가 그만 질겁했다. 에그머니나! 나는 차마 못 볼 것을 보고야 말았다. 앞사람의 중요 부위가 바로 내 눈앞에 있었기 때문이다. 모든 여자들이 다리를 벌리고 서서 엎드린 자세는 가관이었다. 물론 스타킹과 바지(대개 사타구니에서 고작 3센티 정도)등으로 가려져 있다지만, 그곳이 어떤 곳이라는 것을 너무도 훤히 알기에 참으로 민망했다. 나는 그곳을 보지 않기 위해 몸의 각도를 달리해야 했다.

　앞사람의 동작을 보긴 봐야겠고, 눈을 어디다 두어야 할지 몰라 고역이었으나 나중에는 그것도 요령이 생겼다. 바로 옆 사람을 훔쳐보거나 좌우 벽에 설치된 거울을 통해서 보는 것이었다. 짧아도 7~8년씩은 했다는 회원들이기에 동작들이 좋았다. 굳이 선생을 보지 않고 옆 사람 동작만 봐도 충분했다.

구성원들의 경력은 대개 10~30년씩은 되었단다.

60세 이상도 몇 분 계셨지만 대게는 30~40대였다. 나처럼 50대 후반은 왔다가 동작을 따라하지 못해 결국 그만둔다는 것이다. 그러나 나는 그만두지 않고 즐겼다. 동작은 엉터리일지라도 하하~ 웃으니 분위기가 업 된다고 사람들이 좋아했다. 특히 나이 든 언니들과 친해서 점심도 먹고 어울려 다니며 즐겼다.

나는 매일 아침 우유 1잔만 마시고 운동을 갔다.

집에 돌아와 식사할 때도 양을 조절했다. 그랬더니 매월 1킬로그램씩 살이 빠졌다. 6개월 후, 일이 있어 운동을 그만 둘 때는 정확히 6킬로그램이 빠져있었다. 나처럼 이상적으로 살이 빠진 사람도 드물다며 언니들이 치하해줬다. 운동은 딱 6개월 후 그만두었지만 지금도 언니들과는 연락하며 지낸다. 다시금 김설예, 이용도, 박정숙 언니들과 함께 뛰고 싶다.

홍릉 수목원을 다녀와서

지난 일요일은 비 온 뒤의 후덥지근함과 태양의 강렬함이 서울을 가득 채운 날이었다. 그런 날은 일찍 집에 들어가서 샤워를 한 후 시원한 수박이나 쪼개먹으며 TV를 시청하는 쪽이 백배나 나을 것이었다. 그러함에도 딸애와 나는 홍릉 수목원을 갔다. 처음부터 홍릉 수목원이 목적지는 아니었다. 우리는 뜨거운 여름이 가기 전 푸르른 숲에 가서 일상에 지친 몸을 쉬게 하자며 광릉수목원을 가기로 했다. 그런데 인터넷 조회를 해본 결과, 그곳은 토, 일요일은 아예 입장을 할 수 없다는 사실을 알았다.

홈페이지 대문에 떡하니 올려놓은 쪽지를 보면, "2005년 7월부터는 주 5일 근무에 의해서 토, 일요일은 문을 열지 않습니다." 라는 안내문이 나와 있었다. 그러니까 그곳을 관람하려면 월~금요일 밖에 안 된다는 소리다. 더구나 야간 개장도 않는단다. 그것이 말이나 될 법한 소리인가! 교대 근무를 해서라도 휴일에 문을 열어야 할 것 아닌가. 어떻게 대다수 직장인들이 평일 낮 시간대에 시간을 낼 수 있을 거라고 그런 제한을 두는 건지, 행정 담당자들의 속을 알다가도 모를 일이었다.

심술스러웠던 이런 생각은 회사에서 점심식사를 하는 도중 수그러졌다.

젊은 부장의 말을 빌리자면 광릉수목원은 그동안 도시민들이 드나들면서 오염정도가 심해져서 최근 몇 년 동안 휴장을 했으며, 작년부턴가 겨우 문을 열긴 했으나 아직도 각종 매연과 환경공해 등으로 오염된 나무가 제대로 자라지를 못해 취해진 결과라는 것이다. 그 말을 듣고 나니 처음에 느꼈던 섭섭한 마음이 조금은 풀렸다.

'그곳 말고 어디 가까운 수목원은 없을까?' 하고 인터넷을 뒤진 결과 홍릉의 국립산림과학원 안에도 수목원이 있다는 걸 알았다. 홈페이지를 통해서 보니 전국에서 가장 다양한 식물이 자생하고 있단다. 그러나 그곳도 평일과 토요일은 일반인들의 출입이 금지되어 있었으며, 오직 일요일 9~6시까지만 입장이 허용되었다. 어떤 것이든 인간의 손이 타면 오염되고 파괴된다는 건 알고 있었지만 막상 가까운 쉼터 하나 찾기도 힘들 정도로 자연이 오염되어 있다니 속상했다. 어쨌든 우여곡절 끝에 찾아간 홍릉수목원행은 함께 가기로 했었던 이들에게 사정이 생겨 딸과 나뿐이었다.

청량리까지는 지하철로 갔다.

지하철역 2번 출구로 나가 1215번 버스를 타고 가다가 세 번째 정거장(세종대왕기념관 앞)에 내렸다. 잠시 두리번거리다 지나가는 사람에게 물었더니 바로 앞 삼거리 꼭지점이 수목원 정문이라고 친절히 가르쳐줬다. 정문을 가기 전, 긴 줄기에 화려한 주홍색 꽃봉오리가 주렁주렁한 능소화가 담장을 따라 곱게 피어 있었다. 초록으로 뒤덮인 담에 나무와 꽃이 화려하게 어울렸다. 그걸 보자 도착하기 전 들었던 의구심이 싹 달아났다.

우리는 입구에서 대학생들로 보이는 알바에게 붙들렸다.

그들이 미안해하며 내 손에 들린 까만 비닐봉지를 열어 보란다. 그때서야 내 손에 들린 봉지가 홈페이지에 누누이 강조한 '먹을 것 반입금지'에 해당되는 빵과 우유라는 사실을 깨달았다. 헛웃음이 났다. 하필 그날 교회 목사사모님께서 성가대원들이 아침도 못 먹고 고생한다면서 준 간식거린데 먹기 싫어서 봉지 째 들고 온 것이었다. 우리는 봉지를 맡기고 번호표를 받아들고선 안으로 들어갔다.

포장된 도로를 따라 올라가자 전날 내린 비로 아직도 물기를 머금고 있는 모래 깔린 흙길이 나타났다. 갈림길에서 어디로 갈까 잠시 망설이다가 몇 안 되는 가족단위의 사람들을 뒤따라갔다. 끈적거리는 습한 기운이 남아있었지만, 역시 숲 속은 좋았다. 예상보다 사람도 많지 않았고, 따가운 햇살을 가려주는 나무그늘 사이로 불어오는 바람은 시원했다. 숲은 외국영화의 한 장면처럼 울창했다. 자연 상태의 숲도 멋있지만 잘 가꿔진 나무들을 보며 사람 손이 닿은 것은 뭔가 다르다는 생각이 들었다.

숲은 여러 테마로 나눠져 있었는데 내 눈을 끈 것은 소나무 숲이었다. 100년 이상의 노송도 있었고 매끈하게 잘생긴 어린 소나무도 있었다. 소나무 특유의 향이 아주 좋았다. 숲은 나무만 무성한 게 아니라 각종 풀도 무성했다. 화단의 꽃을 기르듯이 사람이 마음대로 뽑고 자르고 관리했었더라면 결코 자라지 않았을 풀들이었다. 이것들을 보자 아까 손질한 나무들을 보며 느꼈던 것과는 다른 멋이 느껴졌다. 자연을 있는 그대로 보존하는 것과 다듬는 것과의 사이에 조화를 이루는 것이 중요하다는 생각이 들었다. 말로만 자연보존을 외치는 인간들이 실제로는 얼마나 모순 된 행동을 해왔는지. 그리고 그들 중에 나도 한 목소리를 내고 있었던 것은 아니었는지 모르겠다.

수목원에는 꽃도 엄청 많았다.

길가에서 한번쯤 봤음직한 흔한 꽃도 있었고, 이름만 들어봤던 진귀한 꽃도 많았다. 뜨거운 태양을 이겨내고 하얗게, 빨갛게 핀 그들이 너무나 사랑스럽고 예뻤다. 수목원 길 양옆으로는 무궁화가 줄지어 피어있었다. 일제시대에 조성되었다는 수목원에서, 당당히 피어있는 무궁화는 우리의 자주성을 말해 주는 듯 했다. 여기저기 송이와 표고버섯 등도 눈에 띄었다. 모든 계단은 끝이 둥근 통나무로 되어있어 친근하고 오르기도 쉬웠다. 이런 곳에 시멘트로 만들어진 딱딱한 계단이라면 정말 어울리지 않았을 것이다.

숲은 살아 숨 쉬는 커다란 생명체다.

잘 가꾸어진 숲 1ha는 탄산가스 16톤을 흡수하고 12톤의 산소를 만들어 낸다고 한다. 자연환경 보존이 우리 인간에게 얼마나 소중한지를 느끼게 해주는 소리다. 날이 더워서 다소 힘들었지만 오랜만에 맑은 자연 속을 거닐어서 즐거웠다. 단풍이 붉게 물들면 그때 또 오자며 딸과 약속을 했다. 시어머님이 이번 주 올라오시는 데 좋은 데이트 장소가 한 군데 생겨서 반갑다.

Hi Seoul 페스티벌 2006

연이틀 퍼붓던 비가 저녁 무렵 잦아들더니 아침에는 완전히 개어 쾌청했다. 금요일부터 연휴였으니 여행을 떠난 많은 사람들은 낭패를 보았으리라 예상된다. 아침 일찍 현관을 나서서 올려다 본 하늘은 참으로 아름다웠다. 마치 짙푸른 바다처럼 쪽빛이었다. 서울에서 그처럼 청명한 하늘을 볼 기회는 극히 드물다. 날이 화창한 건 좋은데 땅바닥에 가만히 늘러 붙어있어야 할 민들레 홀씨가 잔잔하게 이는 바람을 타고 공중으로 솟아올랐다가 작은 눈송이처럼 쏟아져 내려와 문제였다. 민들레 씨는 숨쉬기가 무서울 지경으로 눈앞에서 폴폴 날아다녔다. 커억… 캑, 캑…,

서울, 참 넓다.

기쁨세상 회원 몇은 인사동 갤러리 '서호'에서 전시되고 있는 원로 사진작가 이상수 선생님의 '한국의 세계 문화유산'이라는 전시회를 가기로 했다. 한데 인사동과 서울 시청 앞은 'Hi Seoul 페스티벌 2006' 행사로 인산인해였으며, 퍼레이드와 각종 행사 등으로 참으로 요란 벅적지근했다. 복잡한 시청 앞 도로는 중앙선을 기준으로 1차선만 통행이 가능했다. 처음

무턱대고 들어섰던 우리 차도 골목을 빙빙 돌아 그 차선으로 끼어들었다.

깃발을 높이 세우고 쿵짝대는 퍼레이드의 행렬을 바로 곁에서 보니 아주 재미났다. 운전하는 사람도 뒤에 탄 사람도 모두 구경하느라 천천히 차를 몰자, 곳곳을 지키고 있던 교통경찰이 빨리 차를 빼라고 호각을 불고 계속 손짓을 해댔다. 그러건 말건 우리는 모처럼의 기회를 만끽하느라 느릿느릿 가며 구경했다. 그동안 전야제를 비롯하여 5월 5일~7일 어제까지 서울광장, 경복궁, 덕수궁, 청계천등에서 다양한 행사가 있었단다. 나는 TV 볼 일이 별로 없어서, 또 인터넷에 그 소식이 떴어도 관심을 두지 않아 몰랐었는데, 그 흥청거림을 목격하자 이런저런 행사를 다 보지 못했음이 억울했다.

전시회장이 있는 인사동도 엄청 복잡했다.

평소에도 붐볐던 인사동 거리는 페스티벌로 인해 열배쯤 복잡했다. 기존의 가게 말고도 어릴 적 시골 장터처럼 길거리에 좌판을 깔고서 갖가지 전통 물건을 파는 사람이 많았다. 하얀 티셔츠를 입고 엎드린 사람 등에다 유화를 그리는 사람, 관심 받지 못해도 전통 악기인 '소금'으로 아름다운 연주를 하는 사람, 귀걸이 목걸이 주렁주렁 걸고 검고 긴 머리를 풀어헤친 히피 차림으로 기타 치며 노래하는 사람도 있었다. 또 여기 저기 민소매, 반바지 차림이 눈에 띨 만큼 등 더운 날임에도 불구하고 누빈 솜옷 차림으로 그늘에 앉아서 아코디언을 켜는 사람도 있었다. 볼거리가 다양해서인지 구경꾼 중 1/3 정도는 외국인으로 보였다. 그동안 몇 번 들렀던 인사동이 이리도 재미있는 곳인 줄은 몰랐다. 알았으면 진즉부터 이런 특별한 날에 자주 찾았으리라.

　이상헌 선생님은 아픈 다리로 천천히 걸으면서도 장난꾸러기 소년처럼 여기저기 사람들 사이를 비집고 들어가 갖가지 행사에 관심을 보이셨다. 방송작가로, 칼럼니스트로 평생 글을 써오신 분이라 나이 드셔도 호기심이 남다르셨다. 긴 머리를 뒤로 묶고 무명 한복에 수염조차 긴 남자가 능숙한 솜씨로 달마도를 그리는데서 아주 오랫동안 관심 있게 지켜보셨다.

　목적지인 전시실 '서호'에 도착했다.

　이상수 선생님은 안 계셨고, 분위기가 우아한 중년 부인이 우리를 안내했다. 선생님은 또 다른 전시실인 종묘에 계시다면서 오고자 하나 차가 막혀서 오지 못한다며 매우 미안해하셨다. 작품들은 생각 이상으로 대단했다. 둘러보니 새삼 우리 문화유적에 저런 아름다운 면이 숨어 있었나하고 탄복이 나왔다. 가까이 계실 때는 선생님의 위상을 몰랐는데 그동안 상도 많이 받으셨단다. 세계만방에 우리의 문화유산을 소개하는 데 공을 들이신 선생님께 절로 감사의 마음이 우러나왔다. 방명록에 사인도 남기고 사진첩도 구입했다.

　되돌아오는 길에 더우니 아이스크림이나 먹자며 일행 중 일부는 24시 편의점엘 들어갔다. 나는 이상헌 선생님 곁에 앉아 화가 한 명이 주섬주섬 도구들을 챙기고 있는 걸 보고 있었다. 그때, 선생님께서 앞에 붙은 간판을 손짓하셨다.

　"저것 좀 봐라, 뭐라고 써 있냐? 뭐 하는 곳이냐?"

　"머시꺽정인가네요."

처음 눈으로 읽을 때는 무슨 말인지 몰라 어리둥절했다.

그런데 소리 내어 읽어보니 "무엇이 걱정인가?"다. 언제나 긍정적이고 낙천적 삶을 지향하는 선생님은 그 간판 글이 아주 마음에 드셨는지 날더러 들어가 보고 오라셨다. 나도 그곳이 무슨 가게인지 궁금했던 터라 들어가 휘둘러보고 나왔다. 그곳은 예쁜 찻집이었다. 가게 바깥에는 구절초 비슷한 작은 흰 국화가 무성했고, 안에도 각종 난이며 꽃들이 지천이어서 향기가 어지러울 지경이었다. 일행과 함께 움직여야 했기에 둘러만 보고 나왔지만 이다음 인사동엘 가면 꼭 들르고 싶다.

이상수 선생님은 국어교사 출신의 사진작가이시다.

우리 문화를 세계만방에 널리 알린 공로로 2005년 대한민국 문화유산상을 비롯하여 국민훈장과 법무부장관 공로패 등 각종 문화상을 수상하셨다.

*간암 투병 중 전시회를 여셨던 선생님은 이 전시회를 끝으로 별세하셨다.

바퀴벌레

얼마 전 단독주택으로 이사를 했다. 지대는 좀 높지만 주변이 탁 트인 관계로 바람이 시원하게 들어와 마음에 든다. 그런데 오늘 아침 내 건망증을 호되게 나무라는 한 녀석이 등장 했다. 사나흘 전부터 아주 자잘한 새끼 몇 마리가 더듬이만 살짝 보여주고 사라지기에 '아뿔사, 내가 이사 와서 한 번도 약을 안 했구나!' 하고 내일⋯ 내일⋯ 미루고 있었는데, 드디어 오늘 아침 나를 한방 먹이고야 만다.

그 녀석은 어찌나 큰지 그의 생물학적 명칭이 '바퀴'임이 심히 의심스러울 지경이었다. 그 솥뚜껑만한 물체는 자신의 출현에 경악하는 주인에게 미안했던지 잠시 잠깐 기어갈까? 말까? 고민하는 것 같았다. 냄새와 공기의 흐름을 감지한다는 그 길고도 긴 더듬이를 올렸다 내렸다 하면서 말이다. 나는 그 괴물을 향해 "너 혹시 귀뚜라미나 풍뎅이 아니냐?" 물어보고 싶었다. (하도 커서)이성을 잃은 나는 아무거나 손에 잡히는 대로 내리쳤다.

턱! 오잉?

그건 하필 프라이팬용 주걱이었다. 이를 어째! 바퀴벌레는 누런 물을 흘리면서 박살이 났다. 팔 다리도 어떤 것은 저만치 날아가고 몸뚱이는 으깨

지면서 누런 물과 함께 희끄므레한 살덩어리까지 내놓는다. 그래도 그 놈
은 속이 좀 빈 듯해 약과다. 예전 어떤 놈들은 화장지를 몇 장 포개서 몸통
을 짓누르노라면 미끈덕하고 뭔가가 튀어나오는 데 그 단단한 원통은 알
집이었다. 그 안에 수십 마리의 새끼들이 세상에 나올 날만 기다리고 있으
리라는 상상만으로도 속이 메스꺼웠다.

나도 처녀 때는 바퀴벌레를 보면 "엄마야~" 하면서 엄살을 떨었지만 엄
마는 위대하다. 다급하면 맨손바닥으로 내리칠 수도 있으니 말이다. 아이
들이 악을 쓰고 바깥으로 뛰쳐나오고, 주변에 덮칠만한 게 없으면 어쩔 수
없이 맨손이 나가는 것이다. 그래도 아주 큰 놈은 예외다. 커다란 놈은 나
도 어쩔 수 없이 뭔가를 찾다가 놓치기도 한다.

그것들이 필사적으로 도망치는 것을 보자면 기막히다. 얼마나 잽싼지 냉
장고 뒤나 싱크대 밑, 또는 화장실 문틈이나 타일 사이의 실같이 좁은 공
간으로도 순식간에 들어가 버린다. 도대체 그 많은 다리를 서로 꼬이지 않
게 하면서 어찌 그리도 빨리 움직일 수 있는 건지 신기하다. 자동차 '바퀴'
처럼 빨리 구른다 해서 이름이 바퀴인지 모르겠다.

이것들은 아무데서나 나타나 별 짓을 다한다. 언젠가는 새벽밥하러 나왔
다가 머리위의 씽크대 문을 벌컥 열자 뭔가가 툭! 떨어졌다. 무슨 오물인가
싶어서 내려다봤더니, 중간크기의 바퀴벌레가 벌러덩 누워서 다리를 꼼지
락거리고 있었다. 씽크대 문 안쪽을 기어오르다 갑자기 열리는 문을 타고
날아가다가 떨어진 모양이다. 얄미워서 꾹꾹 짓이겨 죽였다.

나의 네 딸들 중 세 딸은 바퀴벌레만 나오면 괴성을 질러댄다. 아주 쬐끄

만 녀석을 가지고도 그럴 땐 화가 나서 막 혼을 낸다. 그까짓 작은 벌레 한 마리로 그러느냐며 매번 나무라지만 그래 봤자다. 일단 바퀴벌레가 떴다 하면 이성을 잃고 단발마를 내지르니 도리가 없다. 똑같은 벌레인 개미가 등장했을 때는 어떻게든 죽이려하는 걸 보면 더 이해가 안 된다.

오직 둘째 녀석만 그러한 상황 하에서도 의젓하게 대처한다. 하기야 그 녀석은 중학교 때인가? 개구리 해부시간에 벌려 놓은 개구리 내장에서 남자애들도 못 만진다는 벌떡이는 심장을 만졌다고 소문이 자자했었다. 남자애들이 "야, 너 여자 맞냐?"했다고 덤덤히 전하던 녀석이다. 그래서 내가 없으면 바퀴든 뭐든 처치하는 건 그 녀석 차지다. 우리 집은 아빠조차도 바퀴벌레를 발견하면 화장지! 화장지! 하고 두리번거리다 마니 아빠보다 그 녀석이 더 낫다.

그것들을 때려잡을 땐 요령이 필요하다. 1차적인 방법으로는 살짝 쳐서 기절을 시킨다. 그건 맨손이든 물건이든 마찬가지다. 그럴 때 강도를 잘못 조정하면 으깨져버려 처참한 꼴을 봐야하니까 조심해야한다. 녀석이 기절하면 깨어나기 전 얼른 화장지로 꼭꼭 짓눌러서 변기통에 버리고 물을 내린다.

바퀴벌레가 더럽다고 하지만 주변이 더러움을 옮길 수 있는 병원이라거나 오물처리장이 아닌 이상 그자체로서는 그렇게 흉측한 생물은 아니란다. 어떤 나라에서는 단백질 공급원으로 튀겨 먹기도 한다니 그것도 생각하기 나름인 모양이다.

바퀴벌레는 약3억5천만 년 전부터 지구상에 서식하고 있으며, 화석을 보자면 그때나 지금이나 모양이 변한 게 없단다. 고향은 아프리카로 추정

되고 있으며 전 세계적으로 4천여 종이 있는데 이중 30여종이 인가에 침입한다고 한다. 국내에는 8~10종이 있으며, 물만 먹고도 1달을 살 수 있고 먹이로는 머리카락, 가래침, 전선, 동물의 시체 등 못 먹는 게 없단다.

이동 속도는 치타보다 3배나 빨라서 초당 자기 몸길이의 50배 거리를 이동할 수 있다는 데, 사람으로 치자면 100미터를 2초대에 돌파하는 속도라고 하니 대단한 것들이다. 이것들은 엄청난 번식력으로 일생동안 20~50개의 알집을 만들며, 1개의 알집에 20개 정도의 알이 들어 있다고 하니, '까짓, 저 한 마리 쯤' 하지 말고 보는 족족 때려잡고 불태워버릴 일이다.

〈2009년, 아세아문예〉

제4부

——

여
행
기

경북 영양 문학기행

〈2007년 지훈 예술제〉(2007. 5. 19~20)

야호! 출발이다.

문학저널 문인회에서 문단의 거목 조지훈 선생의 '지훈 예술제' 참석을 겸해 경북 영양으로 문학기행을 다녀왔다. 평소 직장에 매어 있는 몸이라 변변한 여행 한번 못하고 살던 내가 난생처음 따라나선 문학기행이었다. 우리는 효도관광도, 묻지마관광도 아닌 이름도 고상한 문학관광을 간 것이다.

첫째 날, 새벽 5시부터 일어나 부산을 피웠다.

오늘은 평소 고생하시는 이 어마마마께서 문학기행을 가는 날이다. 늦잠 자는 남편이랑, 강의 없는 토요일은 그 누구로부터도 결코 늦잠의 권리를 침해당하지 않겠노라고 공언한 녀석들(제까짓 것들이 그러건 말건)까지 모조리 깨웠다.

솜씨 좋은 둘째가 합창단 공연 때처럼 속눈썹을 붙여줬다.

속눈썹을 붙이면 마스카라를 안 해도 되니 좋다. 마스카라를 왜 하냐고 묻는 건가? 그건 나잇살이나 먹은 사람들은 다 안다. 처진 눈꺼풀을 까먹고 자꾸 웃다보면 오후쯤 되서는 눈두덩이의 아이샤도우가 아래에 잔뜩 묻어서 꼭 팬더곰처럼 되기 때문에 그걸 방지하기 위함이다. 그거 붙이면 더 예뻐 보인다. 헴헴.

"이거 입을까? 아니, 이게 낫겠지? 모자는 챙이 있는 게 낫겠지? 산나물 축제도 참석한다는데 구두 말고 운동화를 신을까? 그럼 스타킹 말고 양말 신어야겠네. 이렇게 청바지 입고 갈 거면서 그저께 괜히 새 바지 샀다. 그치?"

물론 시간 관계상 묻기만 하고 내가 알아서 처리한다.

그렇게 엄청난 호들갑을 떨며 준비해서 7시 50분쯤 집을 나섰다. 너무 늦게 헐레벌떡 뛰어가면 많은 사람들이 쳐다보아 창피하니까 서둘렀다. 뭐 어딜 가든 워낙 친화력 좋은 나 자신을 믿지만 말이다. 날씨는 화창했다. 언젠가부터 밝은 태양 아래에서 타인에게 얼굴 내미는 게 영 자신 없어졌는데, 화장은 안 떴는지 모르겠다(토닥토닥).

서초 구민회관 주차장에서 8시 51분쯤 버스가 출발했다.

생각보다 이른 출발이다. 어느 모임에나 지각생은 있기 마련이어서 8시 30분 집합이니 9시경에나 출발하려니 생각했는데 예상이 빗나갔다. 앞으로도 명심해야할 부분으로 생각된다.

장거리 버스를 이용할 때에는 절대로 남편 아닌 남자랑 한 좌석에 앉으면 안 된다. 나중에 졸다보면 머리도 부딪치게 되고 옆구리도 지르게 되는 등, 아무래도 흐트러진 모습을 보이게 되니 피하는 게 신상에 이롭다. 어설프게 친한 사람과 앉는 것도 피해야 한다. 별 대화 없이 멍청하게 창밖만 내다보고 가는 것도 고역이니까. 또 오가다 휴게실 같은 데서 커피라도 한

잔 뽑아다 줄 수 있는 도량 있는 사람을 파악하는 것도 중요하다. 이것 말고도 혼자 음악을 듣거나 뭔가를 끄적이며 만인 속의 고독을 즐기려는 걸 방해하는, 일명 따발총 족과 함께 앉는 것도 피해야한다. 그저 몇 시간을 침묵해도 불편하지 않을 만큼 아주 친한 사람이거나 아니면 생면부지 낯선 분 곁에 앉는 게 좋다. 그래서 나는 생면부지 여자 선생님 곁에 앉았다.

차가 출발하자 권재도 사무국장께서 조지훈 선생의 고종사촌이라는 유종식 선생을 시작으로 전원에게 자기소개를 시켰다. 참석 인원 중 절반 정도는 교수나 교사 출신인 모양이다. 인사하는 사람마다 교육자 출신이란다. 사람 주눅 들게시리. 그런데 나만 초행인줄 알았더니 많은 분이 문학기행은 처음이라고 했다. 이명순 사무차장은 미리 준비해온 사탕과 방울토마토, 음료수 등을 고루 나눠줬다.

중부 내륙고속도로 연풍 인터체인지에서 청주 팀 다섯 분이 합류했다. 얼굴도 예쁜 이종려 선생은 직접 수확한 찹쌀로 인절미와 흑미시루떡을 해 와서 열렬한 환영을 받았다. 고속도로를 달리는 동안 이기순 선생께서는 지훈 선생의 문학과 삶에 대한 얘기를 들려주셨다.

김진시 회장의 고향 자랑이 둥둥 떴다.

영양에 가면 조지훈, 오일도, 이문열, 문학저널 김창동 사장, 그리고 본인과 집행부원 등 문인들이 많아서 모두 문인으로 보인단다. 또 전·현직 검사만도 47명이나 되며 교수나 기업가 등, 사회에 영향력 있는 분들을 많이 배출한 지방이란다.

정오가 넘어 안동시에 도착했다.

정옥식당이라는 곳에서 가벼운 중식을 들었다. 그곳은 안동의 외곽인 모양인데 KBS 방송국이 있었다. 김진시 회장께서 '행복비타민' 프로를 진행하는 방송국이란다. 동네에는 '농어촌 총각 장가보내기 운동본부 안동지사'라는 특이한 간판이 있었다. 실감 나지 않는 현실이다.

오후 2시. 안동시를 출발했다.

도중 임하댐에서 단체사진을 찍었다. 댐 주변은 연초록 나무들이 우거져있고 아카시아 하얀 꽃도 많이 피어있었다. 댐에서 안개가 자주 피어올라 주변 농가에 피해가 되기도 한단다. 단체 여행을 하다보면 언제나 예상을 뛰어 넘는 말재주를 보이는 사람이 있다. 그날의 주인공은 김진시 회장이었다. "영양 사람은 이혼한 이가 없다" "소문 날까봐" "자랑 하려고" "안 쓰는 물건" 등의 Y담을 능숙하게 했다. 또 그곳 특산품을 소개 할 때는 고추! 고추! 하며 사람들의 상상력을 자극시켜 웃게 만들었다. 회장이 무게잡지 않고 유머러스하게 구니 모든 사람이 좋아했다.

다음에 들른 곳은 '영양고추 홍보 전시관'이었는데 전시관 안은 들르지 않고 주변만 둘러봤다. 밖에서는 '일월산 등반대회' 어쩌구 하는 현수막이 걸려있고 가설무대에서는 노래자랑이 열리고 있었다. 좁은 무대에 사람들이 몰려서 요란한 반주에 맞춰 노래를 부르는 건지 춤을 추는 건지 모를 만큼 난리였다. 그동안은 청양고추만 들어봤는데 영양도 고추가 유명한 모양이다. 그러고 보니 '양'씨 형제다. 매운 고추의 대명사 청양고추와 달리 영양고추는 맵지 않고 살집이 도톰하며 이름처럼 영양가가 많단다. 영양의 또 다른 특산품으로는 담배도 있단다.

다음에는 오일도 선생 생가를 둘러봤다.

이기순 선생과 윤광로 선생께서는 한국 문학사에서 오일도 선생의 역할을 얘기해 주셨다. 생가는 명성에 비해 다소 썰렁했다. 같은 생각인 듯 누군가 "경주에 있는 박목월 선생의 생가도 아주 허술하게 보존되고 있다"고 하자, 문화재청은 뭐하고 있느냐며 모두들 분노했다. "그런 예산은 경주 시청에서 나와야 된다."는 말을 들은 김정서 선생은 "경주 시청에 내 친구가 있는 데 고걸 조져야겠구만."해서 다들 웃었다. 처마에는 보기 드문 제비가 둥지를 틀고 새끼들을 돌보고 있었다. 그곳을 관리하는 후손과 함께 단체 사진을 찍고 생가를 나왔다.

생가를 나와 오일도 선생 시비(詩碑) 보러가는 길을, 나는 이문열 작가의 문학관 가는 길로 잘못 알고 좋아하고 있었다. 그런데 "지금 이 시점에서 이 작가를 찾는 것은 무리다. 사회적 분위기도 안 좋고 또 우리 일행 중에는 이 작가보다 선배들이 속해 있어 집행부에서 다음으로 미뤘다"고 전한다. 많이 아쉬웠다.

4시경, 영양군민회관에서 그날의 주 행사인 조지훈 문학세미나에 참석했다. 연사는 서울대 국문과 방민호 조교수와 문학평론가 이희중 교수였다. 방민호 교수는 "조선어학회 사건 전후의 조지훈"을 이희중 교수는 "조지훈의 시에서 울음의 의미"라는 주제의 발표가 있었다. 그리고 각 두 명씩의 질문자가 있었다. 평소 들어보지 못한 깊이 있는 발표라서 흥미진진했다. 발표가 끝나고 방청객에게 질문 시간이 주어졌다. 우리 일행 이기순 선생께서 나가시더니 질문을 하는 게 아니라 조지훈 선생과 문학에 대해 박식함을 드러냄으로서 또 다른 발표자가 되고 말았다. 게다가 윤강로 선생의 추가 말씀까지 있으니, 마치 문학저널의 발표회장 같았다. 그런데 그처럼 대단한 강의가 아까울 정도로 세미나장은 썰렁했다. 청중이라야 동원한 듯한 대학생 몇 명뿐이어서 문학저널 회원이 아니었으면 참으로 김빠진 행사가 될 뻔했다.

6시 50분. 오지 체험을 했다.

김진시 회장께서 형님네 목장에서 흑염소탕을 먹여준다며 일행을 어둠이 내려앉는 산길로 서둘러 안내했다. 그 길은 강원도나 지리산 천황봉처럼 한참을 꼬불거리며 올랐다. 회장님은 그곳에서 자란 어린 시절 얘기를 들려줬다. 집이 잘 살다가 갑자기 가세가 기울어 그곳으로 이사를 갔는데, 걸어서 읍내에 있는 학교를 가려면 족히 2시간은 걸렸단다. 논이 귀해서 처녀가 쌀 한 말만 먹고 시집가도 많이 먹었다고 할 정도로 쌀이 귀했단다. 그곳에서 조금만 더 가면 영덕 바다가 나온다는데 지리적 위치가 감이 잡히지 않았다.

8시 19분경, 식당에 도착했다.

날이 금세 어두워지고 간간이 비가 뿌리자 낮과는 달리 추웠다. 그곳은 한여름에도 난방을 하고 자야 할 정도로 기온이 낮은 지방이란다. 방은 따뜻하게 준비되어있었다. 메뉴는 흑염소탕과 볶음고기, 이름이 생소한 어수리나물도 있었다. 어수리는 드릅 향이 나는 나물로 고급음식이란다.

재빨리 식사를 마치고 더 어두워지기 전에 강서영 선생과 함께 건물 뒤 동산으로 올라갔다. 길에서 좀 떨어진 개집에서 한 무리의 개 떼가 우리를 보고서 엄청 짖어댔다. 그곳은 염소만 키우는 게 아니라 개도 사육하는 모양이었다. 그것들이 누가 꼬챙이로 후벼 파듯이 요란하게 짖는 통에 더 이상 오르지 못하고 내려와야 했다. 내려오면서 보니 어떤 칠칠맞은 내 친구가(?) 동글동글한 배설물을 쏟아 났다. "아주 공갈 염소 똥, 일 원에 열두 개" 어릴 적 노래가 생각났다.

남자들은 식사가 끝났는데도 한잔 술의 매력을 떨치지 못하고 술잔을 기울이고 있었다. 9시가 넘어서 대기하고 있던 버스를 타러 내려가는데 가로등이 없어 완전 캄캄했다. 더러는 더듬거리며, 더러는 승용차 몇 대에 6명씩 끼어 타고 내려갔다. 게으른 나는 얼른 승용차 족에 붙어 다리의 수고를 덜었다.

숙박 장소인 수비면 송하동 펜션으로 이동했다.

기대했던 캠프파이어는 비로 인해 취소되었고, 강당에서 시 낭송회와 노래자랑 등이 펼쳐졌다. 나는 시 낭송까지만 참석하고 피곤하다는 핑계로 방으로 들어갔다. 그러나 계속 울려대는 밴드소리에 잠을 이룰 수가 없었다.

'아, 저놈의 노래방 기기는 누가 만들었냐고요!'

둘째 날, 새벽 5시가 조금 넘자 절로 눈이 떠졌다.

산속 오지인 숙소는 핸드폰도 터지지 않아 전날 저녁 남편에게 몇 차례나 통화를 시도했으나 실패했다. 미리 전화가 불통될 거라는 얘기를 해주지 않았기에 가족들이 염려할까 봐 걱정됐다. 엄마라는 자리는 자나 깨나 걱정하는 자리인 모양이다.

비 갠 뒤, 햇살이 화사한 아침은 낯선 잠자리에서 상쾌치 못했던 기분을 남의 일처럼 느끼게 했다. 전날 내린 비로 숙소 주변을 흐르는 도랑엔 물이 가득 흐르고 있었다. 그런데 물이 놀랍도록 말갛고 찼다. 비온 후에는 흙탕물을 보는 게 일상인지라 그게 신기했다. 또 도랑 주변에 물이끼가 끼어있지 않았는데 그건 어린 시절 말고는 깊은 산속에서나 볼 수 있는 모습이었다. 그것을 보자 소설 '월든'에서 헨리데이빗 소로우가 "사람들이 땅을 파헤치지 않는 한, 풀잎 위에는 먼지 하나 앉지 않는다."던 대목이 생각났다. 기왕 '월든'을 소개한 김에 책을 뒤져서 멋진 한 대목을 올려본다.

노동자는 단순한 기계 이외에 다른 아무것도 될 시간이 없다. 인간이 향상하려면 자신의 무식을 항상 기억해야 하는데, 자기가 아는 바를 수시로 사용해야만 하는 그가 어떻게 항상 자신의 무식을 기억할 수 있겠는가? 우리는 그를 평가하기 전에 그에게 가끔 무상으로 먹을 것과 입을 것을 주고 그의 기운을 북돋아주어야 하겠다.

"채소만 먹고는 못삽니다. 뼈가 될 만한 성분이 하나도 없거든요" 그러고는 자기 몸에 뼈 성분을 공급해 줄 원료를 생산하느라고 꼬박꼬박 하루의 일부분을 바친다. 농부는 이런 말을 하는 동안에도 줄곧 소 뒤를 따라 다니는데, 그 소인 즉 풀만 먹고 자란 뼈를 갖고서도 온갖 장애물을 헤치면서 농부와 그의 육중한 쟁기를 끌고 있다.

-월든 본문 중에서

오전 7시, 시원한 동태국과 간 고등어, 나물들로 아침식사를 하고 짐을 챙겨서 8시 12분쯤 펜션을 출발했다. 나는 MP3에 가득 담긴 클래식 음악을 들으며, 태고의 전설을 간직한 이끼 낀 바위와 울창한 숲을 바라보노라니 말할 수 없이 행복했다. 조지훈 선생 문학관으로 이동하느라고 주변이 탁 트인 곳으로 나왔더니 그때에야 휴대폰이 터졌다. 집으로 전화를 걸었다. 평소 일요일이면 날 잡아 잡수! 하고 일어나지 않던 녀석들이 모두 깨어있었다. 이 없으면 잇몸이라더니, 아빠가 마구잡이로 흔들며 깨우더란다.

이동 중 "일월산 산나물 채취를 생략하고 이문열 작가의 '광산문학관'을 간다."는 반가운 소식을 전해준다. 나는 이번 여행 중 주변사람들(그래봤자 관심도 없는 사람들이지만)에게 이문열 문학관을 간다고 자랑을 많이 했었다. 그랬다가 가지 못한다기에 실망이 컸었는데 예상치 못한 소식에 가슴이 설레었다.

조지훈 문학관을 가기 전, 시인의 형님 조동진 선생의 시비가 있는 곳을 들렀다. 겨우 21세에 유명을 달리했다는 조동진 선생은 오랫동안 방치되어 있다가 1940년에야 동생 조지훈 시인에 의해 시비가 세워졌단다.

"…길게 살아 무엇 하리, 오래 살아 무엇 하리, 끝이 구슬픈 삶일 양이면"
다 같이 소리 내어 시를 읽던 중 누군가 그랬다. "시를 보니까 알겠구만, 차중락도 낙엽 따라 가버린 사랑을 부르더니 가버렸고, 이 분도 미리 시에서 다 얘기 했구먼" 모두 고개를 끄덕이며 긍정을 표시한다. 한 인간의 삶을 짓눌렀던 고독의 깊이를 어찌 타인이 짐작이나 할 수 있겠는가 싶어 잠시 가슴이 짠했다.

어느새 나타났는지 영양군청 기획이사라는 여자 분이 우리 일행을 '주실 숲'으로 안내했다. 주실 숲은 악귀와 나쁜 기운을 쫓기 위한 보호림으로 그 지방 사람들이 영험한 숲으로 여기는 곳이란다. 금빛 햇살을 통과시키는 여린 나뭇잎과 은은한 신록의 향이 후각을 자극했다. 산새소리가 있는 정말 아름다운 숲이었다.

다음 장소는 조지훈 문학관이 있는 주곡리였다.

생각보다 규모가 작은 마을은 새로이 단장을 한 듯 깨끗했다. 비록 행사 당일이 지났다지만 아직 예술제 기간 중인데 마을은 너무도 한적했다. 예술제가 썰렁한 것을 보자 사람들이 모두 시장으로 몰려갔나 싶어서 아쉬웠다. 여러 유품들이 진열되어 있는 문학관을 둘러봤다. 선생께서 평소 사용하시던 안경과 장갑, 그리고 약간 화려한 붉은 줄무늬 나비넥타이, 파이프와 훈장 등도 볼 수 있었다. 평상복과 모시와 명주로 만든 두루마기 등도 있었다. 선생은 검은 테 안경을 쓰셨으며 이마가 유난히 훤한 미남자였다. 여러 사진속의 선생은 주변 분들에 비해 키가 상당히 컸고 세련돼 보이셨다.

건물 전체에는 잔잔한 여자 음성이 선생의 시와 삶을 들려주고 있었다. 헤드폰을 끼고서 '낙화'를 읊는 선생의 육성을 들어봤다. 선생의 목소리는 힘이 없었고, 함께 낭송 하던 여성이 끝부분에서 흐느끼는 것으로 보아 병환 중이었거나 운명하기 얼마 전쯤으로 추정됐다. 전시관을 한 바퀴 돌고 나오자 지훈 선생이 좀 더 친숙하게 느껴졌다.

다음에 들른 곳은 가장 기대가 컸던 시 공원이었다.

일렬로 줄지어 나무 계단을 올랐다. 계단 옆에는 선생의 시비가 줄지어서 있었다. 많은 분들이 멈춰 서서 합창하듯 낭독한다. 그냥 눈으로 읽을 때보다 낭랑한 목소리로 듣자 감동이 배가 됐다. 그래서 시낭송가가 따로 있나 보다. 누군가는 선생의 시라면서 거기에 없는 '귀촉도'를 낭송했는데, 함께 따라 외우던 또 다른 선생님, "그건 미당 선생의 대표작이야"라고 일침을 놨다. 나는 긴지 아닌 지도 모른다.

정지용 선생의 추천으로 문단에 데뷔했다는 지훈 선생은 종군 문인단으로 전쟁터를 누비기도 했으며, 초기에는 전통지향적인 서정시를 쓰셨으나, 후반기에는 투철한 현실 인식으로 사회의 부조리와 부패를 비판하는 역사의식이 담긴 작품을 쓰셨단다. 우리 모두가 선생의 대표작이라고 알고 있는 승무는 약관(弱冠) 19세 때의 작품이라니 놀랍다.

시 공원에는 황금 칠을 한 선생의 동상이 서있었다.

그런데 그게 좀 기막혔다. 마치 유치원생 그림에나 등장하는 사람처럼 몸통에 비해서 유난히 머리가 컸고 조금도 고고한 빛이 보이지 않았다. 아무리 조각이 어렵다지만 그건 너무 했다. 더 기막힌 것은 동상 옆의 춤추는 승려 상이다. 신비롭기는커녕 둔중해 뵈는 고깔과 코끼리 다리처럼 양쪽 땅 바닥에 내려와 있는 튼실한 소매는 "얇은 사 하이얀 고깔은 −중략− 휘어져 감기우고…"가 상상되기는커녕 폭소가 터졌다. 나만 그런 게 아니라 대다수 분들이 그렇게 느꼈다. 불경스럽게도 그곳은 이번 여행 중 가장 크게 웃었던 곳이 되고 말았다. 문학관을 주관하는 곳에서는 이점도 참작하셨으면 좋겠다. 공원 주변에는 신경 써서 가꾼 작약과 수국 등 고운 꽃들이 몽우리 져 있었다. 그것들이 화려하게 피어나면 더욱 풍성한 나들이가 될 것이다.

우리가 방문한 20일이 지훈예술제 마지막 날이어서 생가 앞에는 아직 천막이 줄지어 있었다. 전통놀이 체험장도 있었고, 도자기와 음식도 판매하고 있었다. 그러나 어찌나 한산한지 판매하는 사람이 구경꾼보다 많아 보였다. 사람이 좀 더 북적거렸으면 좋았으련만, 서울에서는 밟힐 정도로 지겨운 인파가 그곳에서는 아쉬웠다.

생가 앞에서 미국서 왔다는 큰 아들과 사모님을 모시고 단체 사진을 찍고 집 안을 둘러봤다. 예전 양반들은 귀한 손은 좋은 집에서 출산케 하느라고 선생도 큰댁에서 탄생하셨단다. 집은 모든 시설이 크고 좋았고 높지막한 지붕과 기와도 주변 집들과 달랐다. 지금 글 쓰는 분들은 가난한 분이 많지만 예전에는 글이 여유 있는 계층의 몫이어서 그럴 것이다. 김창동 사장님을 따라다닌 덕분에 지훈 선생의 후손이 건네는 차와 다식도 즐길 수 있었다. 송홧가루의 진한 향이 입속을 화하게 했다.

다음에는 시장을 구경했다.

산나물 채취 기간이라 각종 산나물이 넘쳐났다. 산나물은 채취 시기가 지났는지 좀 거세 보였지만 기념으로 한 봉지 샀다. 영양읍이 이번 행사를 위해 투자를 많이 한 모양이다. 산나물을 사면 튼튼한 천 가방까지 줬다. 예쁜 고추 아가씨들이 다트 게임을 주관했다. 나는 1번을 맞춰서 고춧가루 1kg을 선물로 받아 신났다. 꽝!이 나와도 커피믹스만한 고춧가루 한 봉지를 주니 아주 너그러운 게임이다.

계속되는 김진시 회장의 너스레다.

"여기 모인 사람이 영양사람 전부입니다."

웃음이 나왔지만 쓸쓸한 일이다. 영양에는 흔하고 흔한 게 아카시아였다. 차로 달리며 보니 주변의 산과 마을이 온통 하얀 아카시아천지였다. 차창을 열면 적당히 희석된 은은한 향을 맡을 수 있을 테지만, 관광버스는 창문을 열 수 없으니 아쉬웠다.

내게 있어 이번 여행의 최대 관심사는 이문열 작가의 문학관 견학이었다. 젊은 날 나는 그의 열렬한 팬이었다. 그래서 그 어느 자리에서건 만약 대한민국에서 노벨 문학상 수상자가 나온다면 그건 두말할 것도 없이 이문열 작가라고 당당히 말했다. 그랬기에 몇 년 전, 이 작가께서 여기저기서 쏟아내는 말들에 불만이 있었음에도 불구하고 미워할 수 없었고, 평생 듣도 보도 못한 책 장사를 지내느니 어떠느니 할 때도 마음이 편치 않았다.

나는 이번 기행을 위해 예전에 읽었던 『사람의 아들』, 『우리들의 일그러진 영웅』, 『레테의 연가』 등도 다시 한 번 훑어보았고, 그 말 많던 『호모엑세쿠탄스(처형자)』도 대충 봤다. 『호모엑세쿠탄스』는 분량도 엄청난 3권이다. 그런데 책을 읽으며 참 씁쓸했다. 그건 순수 문학이 아니라 정치 소설이었고, 한쪽 귀를 막은 불평 불만자의 걸러지지 않은 시선이었다. 그러잖아도 망국병과도 같은 지역주의와 또 다른 두 축, 보수와 진보의 갈등을 더욱 부채질하는 것으로 보였다. 그 대단하던 분이 그걸 문학이라는 이름으로 내 놓은 속을 이해할 수 없었다.

소설 내용은 김대중 정권 말부터 시작해서 노무현 정권의 탄핵 까지를 다루고 있는데, 이름부터 유치찬란하다. 신성민-(신성한 백성), 박성근-(문성근), 박계남-(명계남), 유종석-(이종석) 눈 가리고 아웅이라더니, 이게 뭐냐고요? 이건 해도 너무 한 거 아닌가? 젊은이들로부터의 욕은 말할 것도 없고, 그런 비판적인 글을 쓰는 동안은 자신의 내면도 그만큼 피폐해졌을 것 같아서 안타까웠다. 그래서 그것들에 대해 묻고 싶었다. 그러나 묻지 못했다. 그를 만나지 못했으니까.『호모엑세쿠탄스』는 한 때나마 그를 추종했던 사람들을 생각해서 거두어들이는 게 좋을 성 싶다. 이 작가는 어느 인터뷰에서『호모엑세쿠탄스』에 대해 오랜 시간이 흘러도 비판의 글조차 올라오지 않자 속이 쓰리다고 했다.

'이것 보십시오, 작가님만 속이 쓰린 게 아니라 열렬한 팬이었던 이 사람도 속이 쓰립니다.'

이 작가의 문학관 이름은 광산문학연구소였다.

두들마을에는 소설『선택』의 실제 주인공이었던 정부인 안동 장씨의 예절관도 있었다. 주변의 집들도 보기 드문 모양새를 갖춘 한옥들로써 이곳이야말로 진정한 영양의 명소로 여겨졌다. 나는 작가를 만난다는 사실에 가벼운 흥분을 느끼며 광산문학연구소로 들어섰다. 그러나 근사한 그 집엔 아무도 없었다. 내가 만나지 못해서인지 관리인조차 보이지 않았다. 나중에 듣기로 작가는 평소 경기도 어딘가에 있는 또 다른 문학관에 기거하고, 이곳은 아주 가끔 들르는 곳이라고 했다. 깨끗하게 잘 관리되어있는 집은 모든 방문이 굳게 잠겨 있었다. 본관 옆에는 시원한 정자가 있었고 그 밑에는 작은 연못도 있었다. 고여 있는 물에는 샛노란 붓꽃이 드문드문 피어 있었다. 그렇게 위용이 대단한 집에 사람이 없으니 한낮의 적요(寂寥)가 느껴졌다. 이곳저곳을 기웃거리다가 그냥 나왔다.

그리고 바로 옆에 있는 '정부인 안동장씨 예절관'으로 갔다.

『선택』을 읽지 않았던 나는 알지 못하는 '안동장씨'에 관한 여러 유품들이 있었다. 며느리에게 전해주기 위해 쓰셨다는 책은 필체가 유려했다. '음식

미디방'이라는 그 요리책은 동아시아에서 가장 오래된 책이라고 한다. 자세한 소개와 함께 요리법을 영상으로 보여주고 있었다.

잘 가꾸어진 마을에 사람이 없었다.

지훈 선생 생가가 있는 주곡리도 그랬지만 특히나 두들마을은 거의 텅비어 있다는 느낌이었다. 눈에 띄는 사람들이라고는 무리지어 다니는 파라솔 족들 뿐, 그리고 그 관광객을 실은 승용차가 이따금 드나들 뿐이었다. 알 수 없는 서글픔 같은 게 밀려왔다. 정오의 햇살이 아주 따가웠다. 이럴 땐 감상에 젖어 있을 게 아니라, 에어컨 바람이 나오는 시원한 버스 안으로 피하는 게 최고다. 후다닥 버스로 올라탔다.

청송군 진보면 신촌리, '세미정식당'에서 닭죽과 닭갈비를 먹었다. 닭죽은 국물이 뽀얗고 입술이 쩍쩍 달라붙으며 어찌나 고소하던지 식당을 나서면서 누가 시키지도 않았는데 짝짝 박수를 치며 "아주 잘 먹었습니다"가 튀어나왔다. 그쪽을 들르게 되면 꼭 다시 가고 싶은 곳이다. 또 약수가 유명하다더니 도로가에도, 식당 마당에도 철분이 많이 든 약수가 철철 넘쳤다. 약수는 예상했던 대로 한 모금도 마실 수 없었다. 어찌나 톡! 쏘는지 겨우 병아리 눈물만큼만 맛을 봤다. 나는 못 먹어도 남편 주려고 작은 물병에 하나 가득 담았다.

2시 16분, 든든한 중식으로 포만감을 느끼며 다음 장소인 하회마을을 향해 출발했다. 부지런한 사무차장 어느새 작업을 해놨는지 차에 오르자 모두에게 수건과 고추장, 그리고 영양군의 선물인 우산이 든 봉지를 하나씩 나눠줬다. 버스에 올라 다리를 쭉 뻗어 봐도 몸이 뻐근하니 집 생각이 났다. 겨우 하루 반나절 동안 집 떠나 있었는데 모든 낯섦이 불편했다. 나는 늘 일탈을 꿈꾸었으면서 그 정도도 감내할 준비가 되어있지 않았던 모양이다. 강렬한 태양아래 고독이 느껴지는 시골의 한적함은 내가 늘 꿈꾸던 곳이 아니었다.

한참을 졸다 시계를 보니 2시 54분, 커튼을 걷자 뭔가 익숙한 풍경들이 눈앞에 펼쳐졌다. 그건 바로 우뚝우뚝 솟아있는 아파트와 집들이 조밀한 도회의 모습이었다. 버스가 안동 시내를 지나고 있었다. 다리를 건너 시내를 빠져나가자 입구에 갖가지 모양의 천하대장군과 상품들이 즐비한 하회마을이 나타났다.

정확한 지명은 '경북 안동시 풍천면 하회리', 그곳은 많은 자동차와 사람들이 붐비고 있어서 서울 근교의 유원지처럼 느껴졌다. 그런데 마을규모는 생각보다 작았다. 이모저모 역사와 인물에 박식한 이기순 선생께서는 "하회마을은 낙동강물이 이곳에서 돈다." 해서 붙여진 이름이라고 설명해 주신다. 이 선생만 따라다니면 많은 것을 듣게 되겠구나 싶어서 곁에 따라 붙었다. 그러나 그건 오산이었다.

이 선생은 거쳐 온 다른 곳들처럼 그곳도 몇 번을 다녀가신 듯 아무것에도 호기심이 없어보였다. 그래서 내가 보고 싶어 하는 것들을 획획 지나치셨다. 그래도 따라다니며 메모를 했는데, 어느 순간부터 혼자만 남게 되었다. 차라리 잘되었다 싶어서 그때부터는 혼자 돌아다녔다.

일행과 함께 마지막으로 본 것이 삼신당이라는 무지무지 큰 느티나무였다. 소원을 비는 나무란다. 그래서인지 나무 둘레에 쳐진 새끼줄에는 수많은 하얀 편지가 끼여 있었다. 나도 식구 모두의 안녕을 비는 종이를 끼

워놓고 돌아섰다. 거기서부터는 혼자였지만 그래도 외롭거나 불편하지는 않았다. 그때부터 어느 단체 관광객들 틈에 끼여서 많은 상식을 주워듣기도 했으니까.

유성룡선생의 종가라는 '충효당'을 들렀다.

그곳은 두 번이나 들락거리게 됐다. 처음 일행을 따라서 들렀을 때는 마당만 한 바퀴 돌다 나오기에 따라 나왔었는데, 일행과 헤어지게 되자 다시 혼자 들어가서 여러 유품들을 둘러보고 나왔다.

유성룡 선생은 여러 벼슬을 두루 거치고 임진왜란 때는 영의정으로 전쟁의 어려운 상황을 이겨내는데 많은 공헌을 한 분이란다. 선생이 쓴 '징비록'과 '서애집'은 임진왜란사 연구에 빼놓을 수 없는 귀중한 자료로 평가받고 있단다. 충효당은 행랑채, 사랑채, 안채로 구성되어 있었다. 대문을 들어서자 대청마루에 젊은 세 녀석이 무릎을 꿇고 후손이신 듯한 할아버지의 말씀을 듣고 있었다. '마루에 오르지 마세요'라는 푯말은 뭐고 쟤네들은 뭐야? 그들은 곧 일어섰는데 커다란 촬영용 특수 카메라를 메고 있었다. 단순 관광객이 아닌듯해서 다가가서 물었다. 한국종합예술대학 영상학부 학생들이란다.

유품을 전시해놓은 '영모각'에는 선생의 필첩, 임금으로부터 받은 교지와 수많은 문서들이 전시되어 있었다. 키가 아주 크셨는지 가죽신은 완전 항공모함 같았다. 문득 후손이라는 탤런트 류시원이 키가 큰 게 생각났다. 장원 급제 시 임금으로부터 하사받은 '어사화'도 봤다. 어사화 막대기는 TV 사극에서 보던 것 보다 훨씬 길었다. 그 옛날엔 영롱하게 흔들거렸을 종이꽃은 무슨 색인지 조차 구분키 어렵게 누렇게 변해있었다. 접혀있는 꽃잎은 끝이 뾰족하게 잘린 게 꼭 카네이션을 닮았다. 사건이나 날씨 등을 기록했다는 '구주대통력'은 요즈음의 일기장 같은 것이란다. 유성룡 선생께서는 1607년에 사망하셔서, 올해가 딱 400년이 되는 해란다. 정원에는 간지럼 타는 나무도 있었다. 몸통을 살살 긁어봤더니 신기하게 저 위에 있는 잎까지 잘게 흔들렸다. 나무 밑동에서부터 여러 갈래로 나눠진 굉장히 큰 소나무도 있었다. 충효당 건너편에 있는 '양진당'은 시간이 없어 대문만 쳐다보고 지나쳤다.

탤런트 '류시원'네 집도 봤다.

그 집은 지금은 별장용으로 쓰이고 있으며, 이따금 외국 관광객이 묶기도 한단다. 말이 드나들었다는 높은 소슬 대문은 굳게 닫혀있었다. 내부가 궁금해서 담 너머로 구경하려고 했는데, 담들이 유난히 높아 도저히 볼 수가 없었다. 참 불친절하다 싶었다. 마을 입구에 짚공예 체험 장도 있었는데 아줌마 두어 명이 자녀들에게 지게를 지우고 사진을 찍느라고 애쓰고 있었다.

하회마을은 이 선생께 들었던 대로 일반 가정집들도 간판을 내걸고 민박을 하고 전통 물건을 팔고 있었다. 워낙 수입원이 없다니까 그러려니 싶었지만 간판이 하나같이 플라스틱이어서 그건 화가 났다. 하회마을은 우리나라에서도 손꼽힐 만큼 전통이 잘 보존되어있는 곳으로 알려져 있는데, 그 모습을 보자 안타까웠다. 플라스틱 간판을 모두 떼어내고 나무로 만들어 달거나, 한지에 붓글씨로 써서 붙인다면 더 멋지지 않을까? 인파에 섞여 몰려다니다가 문득 시계를 보니 집합시간이 지나있었다. 걸음을 재촉하고 있는 데 강미희 선생으로 부터 전화가 왔다. 모두 모였는데 나만 빠졌단다. 100M를 18초대의 실력으로 헐레벌떡 달렸다.

돌아오는 버스 안, 우리 참석인원의 면면을 보자면 여타의 모임 같지 않고 직업군이 다양하지 않다. 연령층도 다양하지 않다. 우리는 주로 중, 노년층으로 구성되어있다. 나이든 사람은 누가 봐줘도 그만, 안 봐줘도 그만인 시와 수필을 쓴다. 젊은이들은 실력이 있다 해도 그런 것은 안 쓴다. 그들은 돈벌이도 괜찮고 이름도 알릴 수 있는 드라마 대본이나 영화 시나리오에 매달린다.

우리는 누군가에게 뭔가를 해줄 수 있을 때 생의 보람을 느낀다. 문인들은 삶의 노정에서 느끼고 깨우친 것을 글이라는 매체를 통해 사람들을 변화시키고자 하는 열망을 갖고 있다. 그래서 돈도 안 되는 이 일에 매진하는가 보다. 우리 인생의 최대 목표는 영혼을 레벨 업 시켜 보다 나은 인간이 되는 데 있지 않겠는가.

뉘엿뉘엿 해가 진다.

차도를 따라 곁을 흐르는 작은 강줄기, 부드러운 미풍이 물 위를 스쳐 잔물결을 이루고 있다. 강물은 작은 파편으로 반짝이며 끝없이 흘러흘러 먼 곳의 사념과 유쾌한 소식을 전해주는 듯하다. 나는 이번 문학기행을 통해 참으로 많은 것을 보고 배웠다. 수고하신 김창동 사장님과 집행부를 비롯한 문학저널 회원들께 진심으로 감사드린다.

주산지 호수와 주왕산 기행

– 재경순천중고동문산악회 산행기 1

재경 순천중고동문회에는 산악회, 골프, 당구, 바둑 등 다양한 동호회가 있다.

그 중 산악회가 가장 많은 회원을 확보하고 있다. 산악회는 서오성(12회) 1대 회장님께서 2004년 총무이사 최성백님(24회), 등반대장 이정우님(24회), 구조대장 장세남님(24회) 등과 집행부를 꾸려 발족하셨단다. 그 후 매월 1회씩 정기산행을 하며 3월에는 시산제, 7월에는 하계대회, 12월에는 총회를 갖고 차기 회장을 뽑는다. 나는 남편이 총무이사직을 맡은 2008년부터 동행하기 시작했으며, 산행 후기를 써서 산악회 카페에 올리고 있다. 그동안 약 70여 편의 산행기를 썼다.

2009년 11월 6~7일, 무박 2일로 경북 청송의 주산지호수와 주왕산을 다녀왔다.

밤10시30분경, 곽용식(19회)회장님을 비롯한 동문과 가족 39명이 교대역을 출발했다. 여행의 들뜬 기분에 왁자하던 동문들은 12시경 불이 꺼지자 조용히 수면에 들어갔다.

휴게소에 들렀을 때는 텅 빈 주차장에 승용차 몇 대가 보였을 뿐, 대형 관광버스는 우리 차뿐이어서 왠지 뿌듯했다. 자는 둥 마는 둥 했는데 청송군 산길로 접어들었는지 커브 길을 세게 달리는 바람에 몸이 우르르 쏠리며 잠이 달아나버렸다. '주산지'주차장에는 예정보다 이른 4시경 도착했다. 차안에서 잠시 더 눈을 부치라는 집행부의 설명이다.

5시경 식사를 하라고 깨우기에 찌부둥한 몸으로 내렸다. 눈앞에 안개가 자욱했지만 생각보다 공기가 차지는 않았다. 주차장 매점 옆 탁 트인 공간에서 준비해간 식사를 했다.

6시경 백인선(22회)등반대장님의 지휘아래 안개 속을 걸어 주산지 호수로 갔다. 몇몇 선배님들은 플래시를 비추며 걸었다. 주변에 쭉쭉 뻗은 가문비나무가 즐비해 이국적 정취가 풍겼다. 채 먼동이 트지 않은 어둑한 새벽안개 길은 특별한 추억으로 남겠다. 차 안에서 백대장님으로부터 주산지가 천연호수가 아닌 '인공저수지'라는 새로운 사실을 듣게 되었다. 아울러 지금이 갈수기인데다 최근 가물어서 물에 잠긴 왕버들의 모습은 볼 수 없을 것이라는 다소 실망스러운 얘기도 들었다. 서서히 먼동이 터왔다.

대한민국에 주산지가 널리 알려지게 된 계기는 아무래도 김기덕 감독의 영화 '봄 여름 가을 겨울 그리고 봄' 때문일 것이다. 그 영화를 통해 주산지는 '4계절이 눈이 시리도록 아름다운 풍광을 지닌 호수'로 사람들 뇌리에 각인되었다. 계절의 바뀜과 인생의 시기를 대입시킨 이 영화는 이전의 김기덕표 영화와는 판이하게 다르다.

영화의 내용은 대강 이렇다.

호수 위 암자에는 노승과 동자승 단 둘이 산다. 싱그러운 봄, 천진난만한 동자승은 죄의식 없이 개구리나 뱀에게 돌을 매달고 놀며 업보를 쌓는다. 강렬한 에너지가 넘치는 여름, 장성한 청년은 문(門)을 통하지 않고 담을 넘나들며 욕정에 몸을 맡기더니 불상을 훔쳐 암자를 떠난다. 가을이 오고, 남자는 아내를 죽인 살인범이 되어 암자로 피신해오는데, 그의 내면은 분노로 들끓고 있다. 노승은 나무 바닥에 반야심경을 써주며 칼로 파게 한다. 겨울, 노승은 혼자 다비식을 치른다. 세상이 얼음과 눈으로 하얗게 덮인 날, 중년의 몸으로 출소한 남자는 암자로 돌아와 살며 노승처럼 그도 또다시 남겨진 어린 아이를 받아들인다. 그는 맷돌을 매단 밧줄을 허리에 감고 산을 오른다. 나뭇가지와 바위에 부딪쳐도 맷돌을 번쩍 들어서 옮기지 않고 밀리고 치이면서도 오른다. 처절한 정선아리랑이 울려 퍼지고 그 장면은 롱 샷으로 오래도록 보여준다.

흠… 이런 스포일러성 글을 거침없이 올릴 수 있는 것은, 이 정도의 스토리를 안다 해도 영화를 감상하는 데는 조금도 방해받지 않을 것임을 자신하기 때문이다.

다시 산행일기 계속이다.

어두컴컴한 그 시각, 유명한 '왕버들'(이 나무는 영화의 메타포를 담고 있는 문(門) 바로 곁에 서있었다)을 찍기 위해 전국에서 모인 사진작가들이 빽빽했다. 삼각대를 설치한 대형 카메라들은 고속촬영이라도 하는지 자리를 비키지 않고 있고, 일반 관광객들은 뭔가 특별한 호수의 풍경이라도 볼 수 있으려나 싶어 비집고 들어가지만, 안개에 싸인 채 변함없는 광경에 그만 포기를 하고서 다음사람에게 자리를 양보하느라 들락날락 했다. 대부분 "물이 없어 실망스럽다"는 말을 흘리면서….

그중 어디서 왔는지 모를 아줌마 부대가 유난히 소란스러웠다.

그들은 계속 큰 소리로 웃고 떠들어 신비로운 분위기를 깨뜨렸지만 언쟁이라도 붙을까 싶어 아무 말도 하지 못했다. 잎이 다 떨어진 왕버들은 고목이 다 되어가는 듯 커다란 몸통에 잔가지들만 뻗어있었다. 영화를 찍은지 몇 해 되지 않았는데 그새 저토록 고목이 되어버렸나 싶어 서운했다. 잘한 일은 아니지만 호수를 빠져나오며 주변의 멋진 나무에 올라서 사진도 찍었다. 그때쯤은 대부분의 관광객들은 빠져나가고 우리 일행 몇뿐이어서 조용했고 누가 뭐라 하는 이도 없었다.

주경중(28회) 감독은 영화감독으로서 감회가 남다른지, 호수 위의 암자를 치워버린 처사를 참으로 개탄스러워했다. 영화 '실미도'를 찍었던 촬영지도 철거해 버려서 아우성이었는데 그곳도 그런 모양이다. 우리나라 행정 관료들의 문화의식이 문제다. 호수 위의 암자가 그대로 있었다면 그 자체만으로도 훌륭한 관광자원이 되었을 텐데…. 우리가 호숫가에서 머문 시간은 얼마 되지 않았다. 대부분의 동문들도 또 다른 관광객들처럼, 날이 개고 태양이 올라와 호수 주변의 풍광이 그대로 물 위에 투영되는 광경을 볼 때까지 기다리고 못하고 되돌아갔기 때문이다. 너무 많은 분들이 떠나 버리자 우리 몇 사람도 더 이상은 기다리지 못하고 철수해야했다.

주산지에서 예정보다 이른 7시40분경 주왕산을 향해 출발했다.

도로 주변에는 가을걷이를 하다 쌓아둔 볏짚더미도 보이고 포기를 싼 배

268

추밭도 보였다. 가장 눈길을 끈 것은 키 작은 사과나무에 빨간 사과가 주렁주렁 달린 모습이었다. 참으로 탐스러웠다. 정원에 그런 과실수가 있다면 얼마나 뿌듯할까. 잠시 이동 중에도 모두들 토막잠을 자느라 조용했다. 버스 안은 엘로의 'Midnight Blue'와 제목을 알 수 없는 스콜피온즈의 노래 등이 흐르고 있어 감미로웠다.

경북 청송군 부동면에 위치한 주왕산은 해발 721M로 태백산맥에 솟아 있으며, 계곡의 상류에는 고생대식물 화석이 발견되기도 한단다. 주변에 있는 달기약수탕은 철과 이온이 함유된 탄산수로 위장병과 피부병에 특효가 있다고 한다.

아침 8시가 다 되어가는 데도 청송군은 짙은 안개에 덮여 있었다.

주차장에서 단체사진을 찍고 8시10분쯤 산행이 시작되었다. 주왕산 입구의 상가에는 커다란 통에 사과가 둥둥 떠 있는 막걸리가 즐비했고, 색깔이 어여쁜 분홍색의 복분자 막걸리, 꽃잎을 그대로 말려서 노란 잎이 싱싱하게 살아있는 국화차 등을 팔고 있었다.

비 오듯 땀을 쏟으며 산을 오르는데 안개가 서서히 걷히고 햇살이 쨍한 맑은 하늘이 되었다. 등산로는 비교적 평이했다. 이번 산행에서는 작심하고 백대장님을 따라다녔더니 사진이 많이 찍혔다. 백대장님은 방금 곁에서 사진을 찍어주셨는가 하면 바람처럼 저만치 앞서가 계셨는데 하나도 힘들어 보이지 않아 신기했다.

김양기(21회) 선배님은 선두에서 어지간히 무전기 놀이(?)를 하셨다. 후발 팀에게 끊임없이 어디메쯤 오는지를 확인하시니 '양기'가 넘쳐서라며 후배들이 웃는다. 백대장님이 한 말씀하셨다.

"남자들은 밑에서부터 양기가 올라간대. 태어나서는 발가락을 먼저 꼼지락거리고, 조금 더 크면 양기가 다리로 올라오니 뛰어다니고, 청년이 되면 가운데 다리가 더 난리고(이 대목에서 모두들 웃음), 중년에는 양기가 입으로 올라오니까 말이 많아지고, 노인이 되면 양기가 머리로 올라가서 생각만 굴뚝이래."

모두 한바탕 크게 웃었다.

표석이 있는 정상에 도착했더니 먼저 오른 분들이 의리 없이 단체사진도 찍지 않고 내려가 버렸단다. 후발 팀끼리 인증 샷은 남겼다. 하산 길은 낭떠러지가 많아 조심스럽게 걸었다. 중간 중간에는 새로운 계단을 설치할 자재들이 수북이 쌓여있었는데 부피와 무게가 어마어마한 것으로 보아 헬기로 실어 나른 듯 보였다. 산 중턱쯤에서 그 자재들로 작업하는 인부들이 있기에 "수고가 많으십니다."며 인사를 건넸다. 자잘한 돌멩이가 흘러내리는 암산 등산로에는 비록 자연경관을 좀 해칠지라도 계단이 있는 게 편해서 좋다. 그러나 서초구의 청계산 같은 육산에 계단을 설치한 것은 바보 같은 짓이라고 생각된다.

산 중턱에는 정상에서 보기 드물었던 소나무가 많았다.

점심은 2폭포와 3폭포 사이의 계곡에서 먹었다. 사과를 넣은 막걸리도 한 잔 마셨는데 정말 독특한 맛이었다. 제2폭포 아래로 내려오자 빨간 단풍과 노란 단풍을 볼 수 있었는데, 얼마 전의 한파 때문인지, 가뭄 때문인지 잎들이 완전 말라있어 단풍은 볼 게 없었다.

계곡을 따라 하산했는데 물이 기막히게 맑았다.

주왕산 전체 경관을 보자면 폭포와 기암절벽이 잘 조화된 제1폭포 주변이 제일 멋졌다. 높은 바위 끝에는 흙으로 빚은 듯한 말벌집도 있었고, 중국 산악지대나 요르단의 페드라 계곡처럼 가파른 절벽으로 둘러싸인 협곡이 멋졌다. 그러니까 산을 잠깐 올라서 멋진 풍광을 보고 싶다면 B코스를 권하면 되겠다. 우리 일행이 워낙 이른 시간에 산행을 시작해서인지 정상에 올랐다가 3폭포, 2폭포, 1폭포, 그리고 망월대와 주왕굴까지 보느라 장장 6시간 정도가 걸렸는데도 하산하니 오후 2시 30분밖에 되지 않았다.

시간 여유가 많아서 오를 때 그냥 스쳐지나갔던 대전사를 둘러봤다.

대전사(大典寺)는 최치원·나옹화상·무학대사·김종직 등이 수도했고, 임진왜란 때에는 사명대사가 승군을 훈련시키기도 했던 곳이란다. 마당에는 그 지역 특산품으로 만든 먹거리 장이 열리고 있었다. 천막을 빙 둘러보니 제품이 다양했다. 무료 시음 행사 하는 곳에서 국화차도 마셨다. 회장님 기수인 2619선배님들께서는 전원에게 파전과 막걸리를 쏘셨다. 덥고 갈증 났던 터라 막걸리를 3컵이나 들이켰더니 나중엔 숨도 차고 다리에 힘이 풀려서 애 먹었다. 시류(時流)에 편승하지 않고 알코올을 입에 대지 않음을 큰 자랑으로 여겼던 난데…, 산악회 따라다니며 그 전통이 다 깨져버렸다. 앙~ 난 몰라!

상경도중 사과밭에 들러 사과를 박스로 사서 나눠먹었는데 싱싱한데다 달고 맛있었다. 휴게소에서는 풍기에서 주문했다는 육회를 모두들 어찌나 맛있게 드시든지, 육회를 먹지 못하는 나는 억울했다. 원거리 산행을 했었지만 새벽부터 움직여서인지 밤10시가 되기 전 서울에 도착할 수 있었다.

산은 건강에 심각함을 느끼는 40대 이후 분들에게 인기다.

이제는 어딜 가나 마찬가지지만, 산에도 젊은이들은 별로 없다. 젊은이들은 휴일에도 명동이나 강남 등 복잡한 도회의 거리를 몰려다닌다. 그렇게 막연한 희망과 즐거움을 찾아 헤매는 그들에게 어느 순간 지혜와 건강이 깃들겠는가. 그들에게 우리 몸 세포 하나하나가 웃는 듯한 이 기분을 전할 수 없어서 안타까울 뿐이다.

구봉대산 하계수련회
– 재경순천중고동문산악회 산행기 2

2015년 7월 10~11일에는 강원도 영월로 하계수련회를 다녀왔다.

달리는 차 안에서 정석균 총무이사 사회로 김양기 회장님의 인사말씀과 박재진 등반대장의 산행안내와 문화재 해설이 있었다. 차창으로 펼쳐지는 7월의 산하는 푸른 초록의 세상이었다. 지금은 어딜 가나 녹색 천지다. 한여름 시골 풍경은 도회 생활에 찌든 우리에게는 볼 수 있다는 그 자체가 축복이다.

나이 50이 넘으면 외모만으로는 스승과 제과, 선배와 후배를 구별하기 어렵다. 산을 사랑하는 자들은 체격도 날씬하고 몸놀림도 재빨라서 더더욱 나이를 가늠하기 힘들다. 산행하는 선배님들에게서 팔팔하게 되살아나는 젊음을 본다.

A팀은 구봉대산의 법흥사 적멸보궁을 둘러보고 널목재를 지나 1봉~9봉을 거쳐 법흥사 일주문으로 하산했다. 9개의 봉우리는 인간이 태어나서 죽기까지를 상징하는 이름이 붙어 있단다. 김학동님 부인 최인자님은 남편이 힘들어하자 엉덩이를 두드리며 등산하더란다. 제2의 진수 엄마가 나오려나 보다.

B팀은 김종문(16회/2대 회장)님 내외, 황순효(16회/감사)님 내외, 지인태 선배님, 장성문 선배님, 주기율 내외, 버스기사 내외였다. 목표는 널목재 까지였으나 저질체력 3인방(최순희, 서은선, 송인자)을 포함한 일행은 한 30여 분 오르다 모두 일심동체가 되어 바로 하산해 버렸다. 그리고 법흥사 앞 소나무 숲에 꾸며진 가설무대에서 즐거운 점심시간을 가졌다. 시간이 많았던 우리는 둘레에 지천인 민들레와 씀바귀 등 나물도 캤다. B팀도 지인태 선배님이 계시니 사진은 풍부했다.

B팀은 전원 적멸보궁을 올랐다.

구봉대산은 유독 소나무가 많았다. 경내에서 산 중턱에 위치한 적멸보궁을 오르는 길은 아름드리 금강송이 싱싱하게 쭉쭉 뻗어 있었다. 그토록 푸른 숲 가운데 있는데도 날씨는 태풍의 영향으로 후덥지근했다. 길은 잘 닦여 있었다.

산길 중간쯤 약수터가 있었는데, 상단은 부처님께 올리는 물, 중단은 불자들의 식수용, 하단은 바가지 및 손 씻을 때 사용 이라고 씌어 있었다. 스님 한 분이 오더니 보란 듯이 하단 물에 바가지를 씻더니 중단 물을 떠 드셨다. 우리도 그렇게 따라했다.

부처님 진신사리가 봉안되어 있다는 적멸보궁은 그 누가 보더라도 명당임을 알 수 있겠다. 박재진님 설명처럼 진신사리를 모신 전각이기 때문에 예불을 올릴 불상이 따로 없고 불단만 설치되어 있었다. 하산 길에는 울긋불긋한 단풍나무도 볼 수 있었다. 시간 맞춰 일주문 옆 주차장으로 내려갔더니 먼저 도착한 A팀 선두 그룹은 신라가든에서 생맥주를 들고 계셨다

숙소인 휴펜션으로 이동했다.

펜션 주변에는 캠핑용 천막이 많았고 너른 잔디도 잘 가꾸어져 시원스러웠다. 숙소에 들러 짐만 풀어 놓은 채 모두 족구대회를 위해 족구장으로 모였다. 드디어 족구가 시작되었다. 구경꾼들은 먼저 묵었던 어느 친절한 분이 냉장고 속에 두고 가셨다는 시원한 수박을 쪼개 맛있게 먹었다. 또 김종문 회장님 댁에서 공수한 수박과 참외, 각종 주류와 마른안주 등이 주리리 깔리니 신나게 먹고 마시며 구경했다.

총무이사와 집행부원들은 먹거리 등을 숙소로 날랐다.

박준형님이 골프장 전동카트를 능숙하게 몰자 주인여자 아무나 운전하지 못한다며 감탄한다. 심판은 고교시절의 규율부장을 평생 써먹고 사시는 지인태 선배님이셨는데 한잔 걸치셨음에도 불구하고 숫자도 헷갈리지 않고 명확히 진행하셨다.

첫째 구멍은 울 서방님 주기율씨였다.

헛발질은 물론이고 필요치도 않는 이상한 동작이 연속 나와 눈 뜨고는 볼 수 없을 정도였다. 두 번째 구멍 백인선 감사님도 술기운인지 헛발질을 해댔고, 그 외에도 여기저기 헛발질과 헛머리질이 난무해 많은 웃음을 줬다. 사실 누가 이기건 상관이 없는 그런 경기에서는 구멍들이 기쁨을 주니 상을 줘야 마땅하지 않나 생각된다.

올해의 에이스는 박준형, 박병길님이었지만, 상당한 연륜임에도 막판 연거푸 4점을 추가하신 황순효 전 감사님이 MVP로 뽑혀서 산악용 랜턴을 받으셨다. 출전한 선수 전원에게도 양말과 팔 토시 등의 선물이 주어졌다.

저녁 7시, 준비된 '제천 통돼지 바비큐'와 주류를 들며 김종문회장님의 건배사를 시작으로 역대 회장님들의 건배사가 있었으며 화기애애한 분위기 속에 즐거운 시간을 가졌다. 식사가 끝날 무렵 비가 부슬거려 운치를 더했다. 날이 어두워지고 비가 뿌리니 더위가 가셨다. 그래도 편히 자기 위해 샤워는 해야 했다.

저녁 식사 후 씻고 노래방으로 내려가려는 데 갑자기 전기가 나갔다. 다른 동은 멀쩡한데 하필 우리 동문 숙소만 나가서 무려 1시간 30분 동안 캄캄한 상태로 지내야 했다. 계단을 오르내릴 때는 핸드폰이나 헤드랜턴을 이용했다. 다행히 여자들의 숙소는 옆 건물과 연결되었다고 괜찮았다.

불이 나가자 집행부원들 부리나케 여기저기에 촛불을 켰다.

그 옛날의 호롱불 얘기도 하며 맥주를 마시며 놀았다. 운전기사분의 트롬본 연주도 있었고, 내가 가져간 블루투스 스피커로 'Saturday night fever' 'Dancing Queen' 등 댄스곡을 틀어주니 탁자 주변에서 막춤을 추며 좋아해주셨다. 버스기사님은 박재진님의 해설에 칭찬을 아끼지 않으셨다. 본인이 문화해설사반을 이끄는 사학과 교수들을 태우고 다녀봤지만, 박재진님 해설이 최고라고 해서 자랑스러웠다.

드디어 한전에서 사다리차까지 출동해 전봇대의 퓨즈를 갈고서야 환한 세상이 되었다. 전기가 들어왔지만 문제는 많은 분들이 기다리던 노래방이었다. 그사이 상당수의 동문들이 알코올 기운에 잠들어버렸기 때문이다.

노래방은 신발을 벗고 들어가는 커다란 방으로 지하가 아니고 1층이라 쾌적했다. 과일과 푸짐한 안주에 또다시 먹고 마시며 놀았다. 노래방 심사위원은 지인태, 김현기, 송인자였단다. 한데 두 분이 잠들어 버렸다며 회장님께서 나 혼자 처리하라는 것이다. 여럿 사이에 묻히면 상관없지만 혼자면 당연히 그 누구에게든 욕먹을 일이다. 어쨌든 평소 무한대의 개별성

276

을 지닌 개개인의 목소리에 등수를 매긴다는 것에 심한 거부감을 갖고 있었음에도 불구하고 심사위원 자릴 넙죽 받았다. 그것도 감투라고.

첫 주자 막내 박병훈 사회자의 노래는 소리만 컸다.

원래 노래 못하는 사람이 더 열창하는 법이다. 그래도 맨 처음 불렀으니 기준이 되는 것인가? 모든 분들의 노래를 다 듣고 나서 채점을 하기에는 내 기억용량이 부족함을 능히 아는 관계로 처음부터 점수를 매기기 시작했다.

동문들 실력은 대단했다.

음정박자가 엉망인 2~3분을 제외하고는 우열을 가리기 힘들었다. 많은 동문들이 여기저기 음정, 박자 틀려주고 그래야지 심사하기 좋을 텐데… 그러나 어찌됐든 등수는 매겨야 했기에 나름 고심했다. 채점을 하고 보니 상위 그룹은 1점씩 밖에 차이 나지 않았다. 모두 가창력 좋고 음정, 박자가 정확했기에 음색이 예쁜 사람 순으로 상을 드렸다. 심사위원이라는 새로운 신분에 적응하지 못한 나는 순위 발표할 때 최우수상부터 발표하는 우를 범할 뻔 했지만, 회장님의 사전 조치로 위기는 모면했다.

최우수상은 박준형님으로 산악용랜턴을 드렸다. 박현진 선배님과 김양기 회장님은 상을 받으셔야 마땅함에도 제외시켰다. 합창단에서도 박현진 선배님 같은 목소리는 드물다. 두 달 전 처음 노래를 듣고서 깜짝 놀랐다. 역시 이날도 산악회에서는 적수가 없었다. 클래식한 성악 발성과 풍부한 성량, 정확한 음정 박자 등 두루 갖춘 데다 인기도까지 높아 채점표를 보니 그만 만점이 되고 말았다. 그러나 사회자가 '초청가수'라기에 미리 얘기가 된 줄 알고 순위에서 제외시켰다.

시상 때 그 설명을 드렸는데, 우왕좌왕 잡음 속에 듣지 못하셨는지 "왜 박 선배님께 상을 주지 않았느냐"고 묻는 분이 계셨다. 김양기 회장님도 '무작정 달려 갈 거야.' 하며 온몸으로 쇼를 해 모두를 박장대소하게 만들었으니 인기상을 줘야했지만 집행부라 당연히 제외시켰다. 유일한 실수는 김주태 동문도 집행부라는 걸 깜박하고서 인기상을 줬다는 점이다.

12시경, 1차 노래방이 끝나고 일부는 침실로 갔다.

그 후에는 초저녁에 잠들었던 분들이 일어나 2부 노래방이 열려 새벽 3시까지 즐겼단다. 김학동님 최인자님은 밤에 불려 나가서 듀엣으로 여러 곡을 불렀단다. 언니들 말에 의하면 박병길, 김주태님이 온갖 쇼를 해서 엄청 재미있었단다. 일찍 들어가서 밤새 뒤척인 나는 애석했다.

박병길님은 밤 2시 반에 냄비를 두드리며 잠을 깨우더란다.

심술궂기가 놀부 뺨친다. 또 한밤중 누구누구는 빗자루로 물고기를 때려잡으려는데 안 잡힌다 하더란다. 펜션 주변에 맑은 물이 흐르고 있어서 몇 분은 물에 들어갔다 나왔단다. 그곳이 숲속이라 장마중인데도 공기가 맑았고 수건과 침구류 등이 냄새나지 않아 좋았다. 모기도 거의 없었다.

둘째 날이다.

남영식님은 새벽 5시를 6시인 줄 착각하고서 여성들 문을 세 번씩이나 두드렸다. "일어나세요, 일찍 일어나야 하루가 깁니다." 겨우 잠들었던 여성들 자다깨다 하느라고 피곤하다고 투덜대면서도 일어나 씻고 단장을 했다. 그렇게 대충 자고 일어났지만 공기는 아주 상쾌했다. 아침에도 비는 부슬거리며 내렸다. 아침식사는 콩나물 황태국과 더덕무침, 고추 장아찌 등 반찬이 깔끔했다.

10시경, 가벼운 트래킹 코스인 요선암과 마애석불을 구경했다.

그곳에서도 박재진님의 해설은 이어졌다. 고려시대 토호들이 자기 집안을 과시하기 위해 이런 것들을 만들었단다. 멀리 안개가 기어오르는 '한반도면'도 둘러보고 많은 사진도 찍었다. 부슬거리는 빗속에 우리 말고도 관광객이 상당히 많았다.

영월 시내의 '동강다슬기'에서 다슬기해장국으로 점심 심사를 했다. 다슬기는 별로 씹히는 게 없었지만 김치가 유난히 맛있었고 다른 반찬도 깔끔했다.

"거기 고추 좀 줘!"

"밑에 거 따 먹어!"

"뭐, 실한 고추 하나도 없네."

고추란 단어만 나오면 사람들은 웃느라 정신없다.

김양기회장님 : "서울 가기 전까지 이 막걸리를 다 조져야 됩니다."

우리는 그 막걸리를 조지려고 휴게소에 내렸지만, 수박 2통만 아작을 내고 막걸리는 조지지 못해 각자 집으로 1병씩 챙겨갔다. 김승식님은 작은 과도를 가지고도 수박 1통을 예술적으로 잘랐다. 그 뒤를 이은 수박은 이사람 저사람 만지며 깨지고 쪼개져서 짠했다. 회장님은 정전이 되어 광란의 시간을 보내지 못해 죄송하다며 인사하셨다. 나는 도로 곁을 흐르던 빗속의 동강을 구경하다 잠이 들었다.

매년 하계수련회 때마다 김종문 회장님 부부께서 많은 수고를 하신다.

올해도 그 많은 먹거리와 소모품들을 챙기고, 주류와 음료수, 과일 등은 시원하게 만들어 오시느라 애 많이 쓰셨단다. 이 행사를 위해 임채룡(재경 순천중고총동문 회장)님과 회장님 동기 분들이 많은 협찬금을 지원하셨다.

서울문협 진도기행

2012년 4월 13일~14일, 서초문인협회원들은 서초구청장님과 직원들의 배웅을 받으며, 서초케이블국장님까지 동행해 진도기행을 떠났다. 여행은 어떠한 형태든 우리의 마음을 설레게 한다. 열린 마음으로 물과 풀과 하늘과 바람과 바다… 모든 자연과 사람이 부딪히며 만들어 내는 화음을 맛보리라는 기대감에서다.

진도는 서남 다도해에 위치하고 있으며 기후가 온난하고 시(詩), 서(書), 화(畵), 창(唱)의 본고장이며, 삼별초와 명량대첩 등의 호국전적지이며, 토질이 비옥하고 청정해역에 각종 수산양식이 자라는 곳이다. 천혜의 자연경관으로 관광자원이 풍부한 곳이며, 3가지 보물은 진돗개와 구기자 돌미역이 있고, 3가지의 즐거움으로는 진도민요와 서화, 홍주가 있다.

현역 군인인 이창선 사무국장님은 지금 비상사태라서 함께 떠나지 못했다. 대신 북한이 미사일을 쏘지 못하게 붙잡고 있겠노라 하셨다. 차가 출발하자 배해영 총무님의 간단한 인사에 이어 손해일 회장님의 인사말씀이 있었다. "이 버스는 새 차며 기사님은 3살 때부터 운전을 한 대가"라고 소개하셔서 모두에게 웃음을 준다. 현옥희 부회장님은 떡을, 시인이자 화가

인 조성아 선생은 민화 한 점을 선물로 내놓아 많은 박수를 받았다.

마이크를 잡은 강기옥 부회장님(국사편찬위원회 사료조사위원), 올해는 기온 저하로 군항제 기간 동안 벚꽃이 피지 않고 지금이 피크라고 자랑하시며 "꽃이 가니 꽃이 활짝 피었다"고 회원들을 둥둥 띄운다. 우리가 찾아갈 진도의 진(珍)은 보배 '진'으로 보물 같은 섬이며, '명량'의 '량'은 병목현상 있는 곳을 말하며, 진도의 명물3가지도 자세히 설명하셨다. 진도기행이 3번째라는 임윤식 부회장님, "섬은 산 위에 올라서 봐야 제대로 볼 수 있다"며 진도에 가면 꼭 '조도'를 가보라 권하셨다.

강 선생님의 해설이다.

섬을 열도라 하는가? 군도라 하는가? 점점이 뿌려져 있으면 군도라 하고 나란히 있으면 열도라 한다. 경부선 열차가 원래는 공주에 생길 건데 양반들이 동네 시끄럽다고 못하게 해서 대전으로 옮기게 되었고. 그래서 충청도 한복판 공주에 있던 도청 소재지가 한쪽 귀퉁이인 대전으로 옮겨가게 되었다.

버스가 고속도로를 달리는 동안 날씨가 줄곧 흐렸지만, 길가에 스치는 노란유채꽃과 개나리가 활짝 피어 여행을 설레게 했다. 신문 발행인 장건섭 선생님은 "북한이 미사일을 발사했으나 실패해서 바다에 떨어졌다… 백령도에 잔해가 떨어졌다."며 계속 중계를 하셨다.

9시 35분경, 차는 지난해 가을 문학기행을 다녀왔던 김제평야를 달리고 있었다. 끝도 없이 이어지던 그때의 코스모스는 보이지 않고, 초록의 들판에 하얀 도로가 길게 뻗어 있었다. 평야를 지나는데 10분은 족히 걸렸던 것 같다.

11시경, 예정보다 빠른 시간에 중식을 들 음식점에 도착했다. 기와와 돌로 이루어진 담장에 담쟁이 넝쿨이 기어오르는 '남원 춘향골 추어탕'집은 정원에 향이 진한 고운 수선화가 많았고, 하이얀 목련꽃과 매화꽃 등 각종 봄꽃들이 화사했다.

점심은 우거지가 듬뿍 든 추어탕과 튀김미꾸라지, 감태와 매실 저민 것 등이었고, 기념으로 '구기자동동주'도 한 잔씩 마셨다. 식사를 끝내고 수선화를 앞에 두고 함께 기념사진을 찍으며 행복해했다. 하늘은 엷은 구름이 껴서 약간 후덥지근했다. 중식을 끝내고 다시 진도를 향해 출발했다. 반쪽만 열리는 차창으로 시원한 바람이 들어왔다.

강 선생님의 해설은 계속되었다.

우리나라 섬 크기는 〈제·거·진·남·강〉(제주도, 거제도, 진도, 남해도, 강화도)순이다. 고려시대 무신의 난은 1142년 김부식의 아들 김돈중이 정중부의 수염을 태워 무신의 감정을 키웠는데, 1170년 한뢰라는 젊은 하급 문신이 늙은 이소응 장군의 뺨을 때려 무신들이 문신을 죽인 난이다. 노론의 영수로서 진도에 유배된 뒤 사약을 받았던 조선시대 김수항은 김상헌의 손자로 형제가 영의정을 했고, 큰아들이 영의정을 하여 안동김씨의 핵심이 된 인물이다. 진도는 많은 문인들이 귀향을 갔던 곳이라 후손들이 유식한 것 같다. 진도는 섬이지만 농사가 잘 되어 어업과 농업이 반반이다. 이순신장군이 명량대전을 치를 때는 도망갔다 돌아온 배 12척뿐으로, 133척의 왜군을 쳐부수었으니 세계 해전사에 길이 남을 명장이다. 완도는 윤선도 한 분으로도 먹고 사는 데, 시(詩), 서(書), 화(畵), 창(唱)의 더 많은 문화재를 갖고 있는 진도는 개발이 덜 되어 안타깝다.

12시 45분, 낙동강 하구댐을 지났다.

몇 년 전 완도 갈 때는 잠자느라 보지 못했던 댐은 바다처럼 강폭이 넓고 거대했다. 1시 30분경, 진도대교를 지나서 마중 나온 한민숙 가이더를 만났다. 이따금 가녀리게 흩뿌리는 빗속에서 30미터 높이의 거대한 충무공 동상을 둘러보고 용머리에 올라 단체사진도 찍었다. 물이 회오리치며 돈다는 진도대교 밑의 울돌목도 건너다 봤다.

들판 군데군데 태양광 발전 판이 보였다. 이충무공 전첩비를 둘러보고 거기서 인증샷을 남겼다. 전첩비는 국한문혼용체로 쓰였는데 손병익 선생의 손자이신 소전 손재형 선생의 작품이란다. 비를 바치고 있는 거북형상은 그 자리에 있던 바위를 깎아 만든 것이란다. 2008년 심었다는 김대중 대통령님의 기념식수도 있었다.

강 선생님의 해설이다.

진도대교는 1984년 완공된 우리나라 최초의 현수교다. 명량해전을 치룰 때 장군은 울돌목 양쪽 바다 밑에 철 줄을 달아 내려놨다가 왜군의 배가 지나갈 때 끌어올려서 배가 뒤집히게 했단다. 해남 명량대전은 과학전이었다. 진도의 진돗개는 지형상 혈통보존이 잘되었다고 한다.

다음에 찾은 곳은 고려시대 삼별초가 몽고군에 항쟁하며 남하하여 근거지로 삼았다는 용장산성터를 둘러봤다. 용장산성은 총 12.75km나 된단다. 강 선생님 해설은 계속되었다(강선생님이 계시니 문화국 해설자는 별 존재감이 없었다).

단 9개월 만에 완성된 왕궁 터는 개성의 왕궁 터와 흡사하다. 그곳이 궁터가 될 수 있었던 가장 큰 이유는 식수가 가능해서다. 삼별초는 무신정권의 사병으로 강화도로 가서도 사치했으며 문신들의 화친요구를 뿌리치고 끝까지 항쟁한 것도 자신들의 권력을 유지하기 위함이므로 또 다른 해석이 필요하다. 제주도에도 삼별초를 따라 들어간 원군이 1천명이나 주둔하며 각종 악행을 저질렀다. 차라리 항복해버렸다면 그런 사태를 피할 수 있었을 것이다. 오끼나와에서 고려시대의 기와가 나온 걸 봐도 우리의 문화가 전수된 게 맞다. 진도는 왜구의 노략질이 심해 87년간 공도로 비워두었다가 세종 때 다시 사람이 들어와 살게 된 곳이기도 하다.

영상실에서 진도의 이모저모도 보고, 읍내로 이동하는 동안 민둥산의 무명용사들 묘지도 보고, 박지원 의원의 생가도 봤다. 진도는 진돗개 혈통

보존상 일반 애완견이 들어가지 못하며, 나갈 때도 반출증이 있어야 가능하단다. 또 저수지가 300개가 넘는다더니 수시로 크고 작은 저수지가 눈에 띄었다. 진돗개는 1956년 이승만 대통령께서 명견을 만들라 지시하셔서 1960년 협회를 만들어 족보를 만들게 되었단다. 개새끼를 높여 부르면 '견 자제분'이란다. 3시 37분. 진도군립도서관 앞에 내렸습니다. 도로에는 왕벚꽃이 만개했고, 진도의 군화가 동백이라더니 야산과 가는 곳마다 동백이 지천이었다.

4시 10분, 진도철마도서관에서 국혜숙 선생님 근사한 멘트로 시낭송의 사회를 보셨다. "우리는 452킬로를 달려 이곳에 왔습니다. 진도는 대한민국의 보물입니다. 오늘은 혼령이 살아 움직이듯 봄기운이 완연합니다."

시낭송 순서는 정임숙, 강기옥, 하순명, 이향희, 오진환, 진도 문인 두 분, 그리고 마지막으로 국혜숙 선생님 순이었다. 신길우 전 회장님의 짤막한 문학 강연이 있었으며 윤영전 부회장님은 좋은 목소리로 가곡을 선물하셨다.

6시 20분, 옥천횟집에서 숭어회와 진도 홍주를 곁들인 저녁식사를 했다. 싱싱해 뵈는 숭어에 군침이 돌았다. 그런데 테이블의 1개 라인에 난방이 되지 않았고 친절치 못한 종업원으로 인해 좀 언짢았다. 하지만 갑자기 난방에 이상이 생겼다니 어쩌겠는가. 40년 만에 만난 친구들과 다른 곳에서 식사하셨던 하 선생님은 뒤늦게 얘기를 듣고서 많이 속상해하셨다. 그러나 가격조정 등 어려움을 이야기하자 선생님들 모두 수긍하신다. 식사 후 국립남도국악원으로 이동하느라 너른 들판을 달릴 때는 이미 어둑어둑해졌다.

'국립남도국악원'에 들렀다. 국악원 건물은 크고 아름다웠다.

어느 예술대학생들의 공연을 관람했는데 아직 배우는 학생들이어서 어딘지 풋내가 나는 듯 했지만 부채춤은 아주 고왔다. 공연이 끝나고 관객 모두가 함께 참여하여 강강술래 배우는 시간이 있었다. 대부분 마뜩찮아 했는데 직접 참여하고 보니 생각과는 완전 달랐다.

처음에는 천천히 걷는 늦은 강강술래, 자진강강술래, 남생아 놀아라, 고사리 꺾자, 기와 밟기, 문 열어라, 덕석몰이, 덕석풀기, 쥔 쥐 새끼놀이, 가마등, 도굿대 당기기, 수건 찾기, 품고동, 봉사놀이 등이 있다는데 시간 관계상 몇 가지만 배웠는데도 어찌나 땀이 나고 재미있던지 그날의 행사 중 최고로 꼽고 싶다. 진도강강술래 가사는 꼭 배워야겠다.

첫날의 일정이 끝나고 군에서 지원한 숙소로 이동했다.

6명이 함께 쓰는 이층침대 방이었는데 전망도 좋고 이부자리가 깨끗해서 만족스러웠다. 처음에는 아는 분이라고는 정임숙 선생님 한 분뿐이었는데, 우리는 어느새 친구가 되어 깔깔거리고 노래를 부르고, 만들며 노느라 1시 30분이 넘어서야 잠자리에 들었다. 다음날 부르자며 한밤중에 만든 코믹송 '달타령'은 분위기상 실현되지 못하고 말았다.

둘째 날.

아침 식전에 방 친구들과 국악원 둘레를 산책했다. 전날과 달리 태양이 눈부시게 반짝였다. 식사도 깔끔해서 좋았다. 우리는 전날 받은 물통에 각자 물을 담은 후 출발했다. 9시경, 한여름이면 마아가렛 꽃이 마당 가득 흐드러진다는 '나절로(스스로 흥에 겨워 즐거움)' 미술관을 관람했다.

폐교가 된 '상만초교'를 미술관으로 개조한 한국화가 이상은씨가 고급 정원수를 옮겨 심고 주변을 가꿔 자유로운 예술세계를 펼치는 공간이란다. 그곳에는 75점의 시비와 10톤이나 되는 그림비도 있었다. 나절로는 이병주 시인이 지어준 호란다. 미술관을 둘러본 문인들에 둘러싸여 기념촬영도 했다.

강 선생님 해설이다.

진도의 '남도진성'은 고려 원종 때 '배중손'이 이끌던 삼별초가 진도에서 몽골과 항쟁을 벌일 때 해안지방을 방어하기 위해 쌓은 성으로 제주도로 옮겨 갈 때 이곳에서 출발했다. 조선 초기에는 왜구가 해안을 자주 침범하여 해안과 섬 지방에 성을 쌓고 수군을 파견하였으며, 현재 남아있는 성은 세종 20년 이후에 쌓은 것으로 보아야 한다.

10시 40분, '윤선도' 간척지 방파제를 지날 때, 어느 분이 미역 양식장을 보고 새 떼냐고 묻기도 했다. 지금은 세계적 명소가 된 '신비의 바닷길'을 처음 발견한 분은 '삐에르랑디'라는 프랑스인이란다. 그는 진도에 잠시 들렀다 앞바다가 쩍 갈라지는 걸 보고 놀라 '한국판 모세의 기적'이라는 내용의 글을 프랑스 신문에 게재했단다. 바닷길이 아무 때나 열리는 것이 아니므로 우리는 뽕할머니 동상 앞에서 사진 찍는 것으로 만족했다.

11시 10분, 드디어 그날의 하이라이트 소치 허련 선생의 미술관 '운림산방'을 들렀습니다. 배용준 주연의 '스캔들' 촬영지였다는 연못에는 수련 잎이 떠있었는데, 영화에서도 그랬듯이 물이 맑지 않았다. 처음에는 모르고 그림 경매장을 들러 잠깐 구경을 하고 '운림산방'으로 향했다. 역시나 그곳 정원도 동백이 지천이었다. 날씨는 화창했으나 바람이 세차게 불어 모자가 날아가지 않게 잡아야했다.

오랜만에 가이드가 한마디 한다.

"수련의 수자가 무슨 '수' 인줄 아십니까?"

"졸 수(睡)요."

"아, 역시 문인들은 다르십니다. 대부분은 물 수(水인)줄 알거든요."

강 선생님 해설이다.

> 운림산방은 조선시대 남화의 대가 소치 '허련'(1808~1893)의 화실로,
> 스승인 추사 김정희가 타계하자 고향인 이곳에 내려와 초가를 짓고 여생
> 을 보낸 곳이다. 중국 원나라 4대 화가의 한 사람인 황망공을 '대치'라 했
> 는데, 추사 김정희는 허련 선생을 그와 견줄만하다 해서 '소치'라 했고,
> 압록강 동쪽에서는 소치를 따를 자가 없다고 극찬했다는 일화가 전한다.

바로 곁에는 진돗개 쇼를 위해 백구와 황구가 준비를 하고 있었는데 쇼가 1시부터 시작 된다는 소리에 그냥 가자는 분들이 많아 쇼는 보지 못했다.

2시 10분경 향토문화회관에서 그날의 마지막 행사인 진도 '군립민속예술단'을 관람했다. 그날이 올해의 개막공연이라는데 관심 있었던 씻김굿은 보지 못했다. 씻김굿은 죽은 혼령을 위로하는 슬픈 공연이라 개막행사

에는 어울리지 않아 뺐단다. 그래도 선반사물놀이, 남도민요, 가야금병창, 토속민요와 특별하다는 진도 북놀이 등 흥겨운 한마당이었다.

모든 공연이 최고였다. 특히 이마가 훤한 이난초명창의 판소리는 대단했다. '춘향가'중 월매가 이 도령을 맞는 장면으로 그 애절한 외침에 가슴이 울컥했다. 뻔히 아는 내용과 가락인데도 말이다. 엿 타령 후에는 관중석을 돌며 엿도 팔았다. 앞자리 이용관 부총무님은 엿도 얻어 드셨단다. 마지막에는 모두들 무대 위와 앞으로 나아가 어울려 강강술래를 췄다. 향토문화회관의 무대는 국악원보다는 좁았으나, 공연은 전날 저녁의 예술대학생들보다 더 화려하고 힘이 느껴졌다.

4시, 드디어 상경버스가 출발했다. 충무공 동상 곁을 지날 때 "어제 뵙고 또 뵈니 더 반갑다"고 유쾌한 멘트를 날리는 이용관 부총무님, 상경 내내 회원들을 완전 초토화시켰다. 그동안 좀이 쑤셔서 어떻게 가만 계셨을까. 서초케이블 국장님의 표현을 빌자면 김제동 같은 사회자의 탄생이었다. 그동안 원톱이었던 강기옥 선생님과 짝을 이루어 즐겁게 진행하니 타지역 문인들이 '서초문협에 들어오고 싶다'고 했다.

행운권 추첨이 있었는데 이날의 최고 행운권자는 멋지게 사회를 보셨던 국혜숙 선생님으로 조성아 선생님 작품 '민화'를 선물로 받았다. 그냥 추첨을 한 것인데 신기하게도 주인을 알아보는 것 같다. 이번 기행은 때때로 버스 스피커가 벙어리가 됐지만 좌석도 널찍했고, 좋은 분들과의 1박 이어서 최고의 여행이었다. 기획하신 하순명 부회장님께 모두 감사함을 전했다.

한국방송통신대 국어국문학과

〈2010 한마음 학술제〉

내 최종학력은 전문대 영어과 졸업이었다.

1955년생인 내 세대만 해도 대학진학자가 많지 않았다. 전문대 졸업이 사는 데 큰 지장은 없었다. 그러나 고학력자가 많은 문인세계에 발을 들려놓은 후, 이력을 적을 때면 학력이 부끄러웠다. 특히 어느 문인 모임에서 기행을 갈 때였다. 그날의 구성원들은 유난히 학력과 경력이 화려했다. 사무국장은 내 차례가 되자 직장만을 소개하고 마는 것이었다. 그게 나에 대한 사회자의 배려라는 것을 아는데도 자존심이 상했다. 그래서 2010년, 학력 세탁과 대학원 진학이라는 거대한 목표를 세우고 한국방송통신대학교 국문학과 3학년으로 편입학해 2012년 졸업했다.

방송대 초기와 달리 이제 방송대는 대학을 나오지 못한 사람이 가는 게 아니라 일반대학을 졸업하고 평생교육 차원에서 입학하는 분들이 많다. 일테면 경영학과 출신이 컴퓨터공학을 공부하고, 영문과 출신이 법학을 공부하는 식이다. 물론 가장 많은 수는 제때 대학공부를 하지 못한 분들로 연령층은 40~60대가 대부분이었다.

아래의 글은 첫해 국문학과 전국 학술제에 다녀온 이야기로 국문학과 '통문'지에 실렸던 글이다.

2010년 7월 17일(토요일)

기상 예보대로 전날 밤부터 쏟아지던 장대비는 아침까지 계속되고 있었다. 식구 모두 쉬는 토요일, 남편과 아이들의 염려 속에 집을 나섰다. 9시 집합이었지만 9시 30분쯤 되어서야 학우들이 몰려왔다. 나는 너무 일찍 도착한데다 아는 분이 없었기에 선배를 교수님인줄 알고 인사할 뻔 했다. 우리대학의 가장 큰 단점은 도대체 학생과 교수를 분간할 수 없다는 점이다. 그러니 나 같은 편입생은 모르는 분이 등장하면 얼른 주변의 분위기를 살펴야 한다.

오전 9시 46분, 심재욱 회장을 비롯한 '서울지역대학' 학우 36명은 축제 장소인 전주를 향해 출발했다. 빗줄기는 더욱 거세어졌다. 습기 제거를 위해 틀어놓은 에어컨으로 인해 차 안은 오싹거리게 추웠다. 전원에게 파란색 T셔츠를 나눠줬는데 모든 치수가 L와 XL 뿐이란다. S정도는 아니라도 M정도라도 섞었어야지 싶었지만 모두 불만 없이 받아든다. 같은 색 유니폼은 멀리서도 우리 편임을 확인할 수 있어 좋다. 명찰은 학년별로 색깔이 달라 선후배를 알아볼 수 있어 좋았다. 생수와 분홍♡마크가 붙은 호박백설기 떡은 동아리 '현운재'의 전 회장 하보경 선배의 선물이란다. 학생회 대표들이 차례로 인사를 했다.

상가가 늘어선 도로변이나 한강변이나 온통 회색물방울에 쌓여 희뿌연 세상이다. 곁을 달리는 차들이 일으키는 물보라가 장관이었다. 고속도로를 달리는 사이 빗줄기가 점점 가늘어지더니, '공주, 남공주' 이정표를 지나고부터는 하늘이 서서히 개었다. 드디어 날이 화창해지니 기분이 상쾌해졌다. 흘러가는 몇 겹의 구름 사이로 언뜻언뜻 비치는 파란 하늘은 말간 호수를 들여다보는 것 같았다. 물결이 잔잔한 금강 대교 위를 지날 때에는 물 위의 주황색 띠가 4대강 사업의 표적처럼 보여 잠시 궁금증이 생기기도 했다.

탄천휴게소에서 도시락으로 점심을 때웠다.

후식으로 1, 2학년 대표들이 커피를 타서 나르고, 김윤호 선배는 아이스크림을 사서 돌리니 모두 감사를 표한다. 차안에서 장기자랑이 시작되었다. 우리 3학년 대표 강예자씨, 질펀한 전라도 사투리를 구사했다. "전라도에서는 아따, 참 거시기 하요. 하면 다 통한다."고 하자 모두 크게 웃는다. 최근 방송에서도 자주 쓰는 '거시기'라는 말이 나는 듣기 거북하다. 비교적 사투리가 적은 순천에서 자란 점도 있겠지만, 대개 그 단어와 함께 구사하는 전라도 사투리가 어딘지 촌스러운 구석이 있어서다. 드디어 강예자의 판소리 한마당이 열렸다. '빗소리' '쑥대머리' '닐리리야' 등등 창을 배운다더니 걸걸한 목소리가 제법이다. 선배의 넌센스 퀴즈도 모두를 웃겼다.

"대학생과 화장실의 공통점은?" "학(학)문에 힘쓰고 학(항)문을 확대 발전시키고 학(항)문을 닦아야한다"

한참을 달리다보니 또다시 진한 회색의 두터운 구름이 서편하늘 가득이다. 다시 비가 뿌릴 모양이다. '연무, 강경'이라는 이정표를 스치고 지나간다. 너른 들판의 반듯반듯한 논에 연두 빛 벼가 바람에 일렁이는 잔디처럼 곱다.

차 안에서는 선배들의 회고담이 계속되었다.

국문과 학생들에게 인기 최고인 조남철 총장께서는 예전 학과장시절 OT 때마다 "방송대는 들어오기는 쉬우나 졸업하기는 어려운 곳이다. 4년 만에 졸업한다는 것은 무리다. 적어도 6, 7년은 해야 인간적이다. 모두 열심히 공부해서 꼭 졸업하라."라며 애정 어린 충고를 하셨단다.

"조남철 교수님! 한국방송대학교 총장 당선을 진심으로 축하드립니다."

1시 48분경, 목적지 청정인성수련원에 도착했다.

지역별로 방이 배정되었는데 서울지역대학에는 3개가 배정되었다. 각자 이부자리와 베개를 챙겨 자신의 영역을 확보해 놓고 둘러앉아 잡담을 시작했다.

"국정홍보물 찍는데서 나 좀 엑스트라로 써 달랬더니, 베드신 하실래요? 그러는 거야."

70세가 넘은 4학년 홍보부장 신영자 언니의 말에 다들 폭소를 터뜨렸다. 일부는 끈적이는 땀을 씻으러 세면실로 가고, 일부는 누군가 "내 이름을 묻지 마세요." 흥얼거리자 벌떡 일어서서 손을 잡고 돌리며 춤을 췄다.

〈손종흠 학과장님 특강〉

2시 51분, 손종흠 학과장님의 특강시간이 되어 모두 4층 강당으로 집결했다.

"여러분! 광한루 보러 왔죠? 광한루가 잘 있는지(와하~), 많은 사람들이 춘향전을 잘 알고 있다고 생각하지만 실은 잘 모르고 있습니다. 내일은 '만복사' 터도 볼 거예요"라고 운을 뗀 후 아래와 같은 특강을 하셨다.

대표적 판소리계 소설인 춘향전은 오리정에서 이별하는데 까지고, 그 뒷부분은 암행어사 설화다. 제1단계는 만남의 공간인 광한루고 사랑이 이루어지는 제2단계는 월매의 집, 그리고 3단계는 이별의 갈등이 있는 오리정이며, 4단계는 암행어사가 되어 만나는 것, 5단계는 사후의 공간인 춘향의 무덤과 사당이다. 지금 광한루에 모여 있는 것들은 그네와 오작교만 남겨두고 모두 장소를 옮겨야 한다. 사랑을 나누던 곳은 20리쯤 떨어진 곳에 테마 공원을 조성하면 좋을 것이다. 조선시대 이별의 장소였던 오리정(五里亭)은 전국에 수백 개가 있었다. 주로 관청이 있던 곳으로부터 12킬로쯤 떨어진 곳에 설치했다. 비록 엉터리이기는 하나 현재 오리정은 남원 한 군데 밖에 남아있지 않다.

정자(亭子)는 2층으로 지으면 안 된다.

1층으로 사방이 트여야 하며 야트막한 언덕이나 경치 좋은 곳에 위치하고 기둥은 6개고 지붕이 있어야 한다. 루(樓)는 2층으로 지으며 기둥이 4개다. 각(閣)은 가벼운 생활도 할 수 있는 곳으로 문을 단다. 대(臺)는 높게 솟아올랐다는 뜻으로 자연적이든 인위적이든 높은 곳에 지어 내려다보는 곳이다.

"나한테 졸업논문 지도 받으려면 제발 공부 좀 하고 오세요! 근데 내가 지금 뭔 얘기 했죠? 강의한 지 한 30분쯤 지나면 흥분이 돼서 잊어버려요."(모두 웃음)

오리정(五里亭) 옆에는 춘향의 눈물로 만들어졌다는 연못이 2개 있고, 조금 가면 춘향의 버선이 벗겨져 생겼다는 버선 밭이 있다. 그곳에서 전주쪽으로 말달리기 언덕이 있으나 거기는 차가 많아 가지 못할 것이다. 춘향이 매 맞을 때 십장가를 불렀다는 남원 관아는 원래 남원 역 자리에 있었다. 무덤은 광한루 동쪽 지리산 정령치 가는 곳에 있다.

박색설화, 영월기(寧越妓) 경춘설화 등 춘향전의 모티브가 된 작품은 많다. 광한루(廣寒樓)는 시간의 지배를 받지 않고 하늘나라의 기를 받는다는 곳으로 한반도의 무게 중심이다. 역귀가 많이 살았던 요천(蓼川)은 남원의 자랑이었다. 한데 요새는 물가에 살고 있던 검붉은 역귀가 보이지 않더라. 이것도 살려내야 한다. 남원에서 3박 4일정도 놀다 가야지 돈을 쓸 텐데 놀 데가 없으니 안타깝다. 우리나라에서 관광지를 제대로 활용하지 못해 가장 아까운 곳이 경주고 그다음이 남원이다.

그리고 지금은 사라진 전기수(傳奇叟)에 대해 얘기하며 낭랑하게 '갈(葛)'의 한 대목을 낭독하셨다. 교수님은 본인 말씀처럼 이시대의 마지막 전기수가 아닌가 싶었다.

〈이상진 교수님 특강〉

입학 후 처음으로 교수님을 뵙는 자리였다.

나는 황홀한 심정으로 경청했다. 3학년 학생들에게 이상진 교수님 강의는 최고 인기다. 본인이 심혈을 기울여 준비하는 만큼 학생들이 알아준다는 말이 맞을 것이다. 나는 지난 1학기동안 유일하게 이 교수님 '문학비평론' 방송강의를 2~3번씩 들었다. 내 허기진 지적욕구를 채워주셨다고 해야 할 것이다. 강의를 들으며 다시금 대학생이 되었다는 행복감을 맛보았다.

이날도 역시나 미리 준비한 슬라이드 자료로 방송에서처럼 명 강의를 하셨다. 내용은 페미니즘 비평에서도 다루었던 것으로, 여성의 자존감과 자각을 일깨워주는 강의였다. 이제 막 부모가 되는 젊은 여성들에게는 자녀교육과 본인의 인생에 큰 도움이 되었을 것이다.

〈창작 동화에 나오는 엄마의 성(姓)역할〉

공주동화는 환상을 심어주기 때문에 나쁘다며 종이공주를 읽히는데 이것은 문제가 있다. 아이들에게도 판단력이 있다. 사실동화와 환상동화는 구분할 줄 안다. 우리는 아이들의 힘을 믿어야 한다. 현실적인 인식이나 작품 속에서 엄마는 언제나 희생적, 가정적인 것을 이상적인 것으로 묘사하고 있다. 그러나 너무 완벽한 며느리, 아내, 엄마가 되려고 하지 말라. 많은 분들이 '엄마' 하면 텅 빈 존재라고 생각한다. 본인도 여러 역할 앞에서 고민한다. 여자가 교통정리를 잘못하면 시부모와 남편, 자식이 주위에 완벽한 존재가 없으면 못산다. 자기는 자기가 지켜야 한다. 아이의 성공을 위해 모든 것을 포기하며 나대신 자식은 뭔가 되어야 한다. 내 한을 풀어줘야 한다는 생각은 버려야 한다.

여성 스스로 사회현상을 바라보는 관점이나 태도를 바꾸어야 하며, 진정으로 자존감을 갖고 살아야한다고 권장하셨다. 여러 동화책도 소개했다. 오정희 『송이야, 문을 열면 아침이란다』, 임정자 『꽁꽁 별에서 온 어머니』, 김희숙 『엄마는 파업 중』, 선안나 『엄마의 이름』, 목용균 『아빠는 요리사, 엄마는 카레이서』 등이었다.

강의를 들으며 그렇게나 참신한 내용의 창작동화가 많다는 데 놀랐다. 이제는 동화가 소용없게 커버린 아이들에게 미안한 생각도 들었다. 내 아이들이 어렸을 적에는 창작동화도 더러 샀지만 주로 대형 출판사에서 나온 고전전집을 많이 사줬기 때문이다.

　휴식 후, 드디어 본 행사가 시작되었다.

　교수님들께서 무대 위에 착석하시고, 14개 지역대학의 학과기가 단상 앞
에 도열한 후 회장단이 입장하자 국민의례가 거행되었다. 단상에는 촛불
켜진 커다란 떡 케이크가 준비되어 있었는데 커팅 식을 하려다 말고 사회
자 황급히 말했다.

　"순서가 바뀌었네요. 교가 제창이 있겠습니다."

　교가를 제창하는 데 나는 입도 벙긋 못했다. 나뿐 아니라 주변이 다 비
슷했다. 그냥 MR(Music Recorded)에 의지해서 적당히 우물거렸다. 생각해
보니 OT 때 단 한번 교가를 불러본 후로 들었던 기억조차 없었다. 내빈 소
개 시 교수님을 호명할 때마다 큰 환호성이 나왔다. 학과장님과 선배들의
축사가 있었고 현 회장님께 격려금을 전달하셨다.

　즐거운 저녁식사 시간이 되었다.

　반찬 가짓수는 많지 않으나 맛의 고장 전라도답게 모든 음식의 간이 맞
아 맛있었다. 식사 후 운동장에서 교수님과 함께 촬영하는 시간을 가졌다.
교수님들 모델 서느라 아주 바쁘셨다. 정말이지 사진 찍으려는 사람들이
끝도 없었으니 행복하셨을까? 힘드셨을까?

　엄청난 폭우를 쏟고 저물어가는 하늘에는 흰 구름이 군데군데 떠 있었
다. 푸르스름하고 축축한 어두움이 내려앉고, 수련원 주변의 산이 검은 선으
로 하늘과 경계를 지었다. 좀 후덥지근했지만 한여름 날씨 치곤 괜찮았다.

　저녁 7시45분, 참가자 전원에게 OX 카드가 주어지고 게임이 시작되었다.

손종흠, 이호권, 이상진, 고성환, 박태상(대타를 내보내심) 교수님 다섯 분이 돌아가며 문제를 출제하셨는데, TV에서와 같은 일반상식 문제가 아니었다. 순전히 국문학과 학생들만이 풀 수 있는 문제였다. OX 퀴즈를 하며 이 행사가 학술제임을 다시 한 번 상기하게 됐다.

이호권 교수님이 가장 재미있게 출제하셨다.

"여러분이 맞으면 내가 잘 가르쳐서고, 틀리면 고성환 교수가 잘못 가르쳐섭니다."라고 장난스레 말씀하니 모두 재미있어 한다. 나는 '구레나룻'이라는 단어에서 떨어졌다. 어디서 얼핏 본 것도 같았지만 '구렛나루'라고 말해왔던 습관은 어쩌지 못했다. 국문학도가 알아야 할 많은 상식을 얻은 자리였는데, 개인적으로 고성환 교수님의 산부(아이를 낳고 난 몸)와 임신부(임신한 상태)의 차이, 단어가 없다는 '손주' 등이 새로웠다.

패자부활전까지 치렀는데, 개인전 1등은 제주지역대학 1학년 조연임 학우, 2등은 서울지역대학 2학년 이경예 학우, 3등은 울산지역대학 이인숙 학우로 부상으로 상금도 받았다. 동점자가 나와 2, 3등을 결정하는 문제에서 이상진 교수님께서는 본인의 생각을 맞춰보라는 다소 엉뚱한 문제를 내셨는데, 너무 완벽해서 접근키 어려운 교수님께 여유로움이 느껴지는 쉼표 같은 문제였다.

단체전은 지역대별로 다섯 명씩 1팀을 이루어 출전했다.

퀴즈는 그야말로 내 무지(無知)를 확인하는 자리였다. 대표주자로 밀 때 나서지 않았던 게 잘했다 싶었다.

이어서 12개 지역대학에서 준비한 짤막한 콩트극과 춤 등 문화예술경연이 펼쳐졌다. 그런데 우리대학 특성인 고 연령과 그로인한 경직된 사고 때문인지 신선하고 독특한 작품은 거의 없었다. 황조가, 선화공주, 빨래타령 등 대개가 우리의 고전작품을 패러디한 것들이었다. 대상은 전북지역대학의 매창이었는데 내레이터나 시 낭송자가 워낙 세련돼서 모두들 예상했었다. 이상진 교수님께서 간단한 심사평과 함께 시상을 하셨다.

일정이 끝나고 식당에서 다과의 시간도 가졌다.

더러는 숙소로 돌아갔고 서울지역대학 학우들은 운동장에서 스텝도 배우고, 둥글게 둥글게 숫자 놀이도 했다. 잠자리가 바뀌어서인지 대부분 새벽 3시가 넘도록 잠들지 못했는데, 새벽 4시경 인기 짱인 이호권 교수님과 이상진 교수님께서 방을 돌았다는 후문을 듣고 "잠이 웬수야!"하는 사람들이 있었다. 이로서 첫날의 행사를 마쳤다.

7월 18일 (일요일)

아침 식사를 마치고 9시 조금 넘어 문학기행지인 남원시를 향해 출발했다. 날씨가 쾌청했다. 진하게 코팅된 유리창 덕에 햇볕 쨍한 바깥세상을 눈부심 없이 바라볼 수 있었다. 풍성한 물과 내리쬐는 태양으로 초록의 벼들이 싱싱해 보였다. 논 가운데는 하얀 백로 한 마리가 우아하게 걷고 있었다.

나는 수면 부족으로 자꾸만 눈이 감겼다.

차안에서 4학년 나민자 수석부회장은 복습하자며 전날의 OX퀴즈 문제를 냈다. 나선배는 빨간펜 학습지 간부답게 역사와 문화에 대한 상식이 풍부하다. 기생 매창(梅窓)과 유희경의 사랑, 그리고 매창을 향한 허균의 짝사랑에 대해서도 얘기했다. 매창을 진정 사랑한 자는 허균인 모양이다. 절절했다는 그의 사랑의 시를 찾아 읽어봐야겠다.

목적지인 오리정에 당도했다.

인도자 손종흠 교수님께서는 전날 모두 설명해버려 인지 아주 간단한 설명만 하셨다. 그런데도 그 지역 문화재 해설사는 교수님의 카리스마에 눌렸는지 나서지 못하고 질문 시에만 간략하게 답을 했다. 해설사는 그 후로도 우리를 따라다니며 되레 녹음을 한다거나 경청하는 모습만을 보였다. 우리는 교수님께 들을 수 없는 또 다른 설명을 듣고 싶었는데 말이다. 춘향의 눈물로 만들어졌다는 연못에는 하얀 연꽃이 곱게 피어 있었다. 도로변에는 배롱나무와 무궁화 꽃이 만발했다. 계량 종의 화사한 무궁화가 가로수인 듯 길게 뻗어 있었다.

다음은 김시습의 금오신화 중 하나인 '만복사저포기'의 무대 만복사 절터였다. 잔디 깔린 절터는 굉장히 넓었다. 만복사(萬福寺)는 고려 문종 때 창건한 절로 임진왜란 때 소실되어 지금은 터만 남아있다고 한다. 정오의 햇살이 따가웠다. 뜨거운 볕에 질려 역사적 의의를 찾고 자시고 할 여유가 없었다. 여기저기 우산을 펼쳐드는 동문들이 많았다.

최대 관심사였던 광한루는 사방에 수양버들, 대나무, 소나무 등 녹음이 우거져 시원했고, 남원의 대표적 관광지답게 잘 꾸며져 있었다. 맨 먼저 1920년대에 건립했다는 춘향사를 들렀다. 교수님께서 사당에 걸려있는 춘향의 영정 얼굴이 부여의 논계와 똑같으니 잘 보라 하셨다. 그 시절 화가들은 왜 좀 더 개성 있는 얼굴을 그리지 못했을까. 입구 문지방 위에는 좀 조잡스레 뵈는 토끼와 거북상이 붙어 있었다. 교수님은 거북의 머리 귀두(龜頭)를 설명하시다가 '가필귀색(모든 노래는 색으로 돌아간다)'이라며 본인의 전문분야(?)에 대해 친절하게 반복하셨다.

"역귀가 살아야 요천이다. 역귀는 자세히 보면 검은 띠로 8자가 새겨져 있다. 8자는 불교에서 왔다. 중국의 '소상8경' [山市晴嵐(산시청람) 煙寺(遠寺)晚種(연사만종) 瀟湘夜雨(소상야우) 遠浦歸帆(원포귀범) 平沙落雁(평사낙안) 洞庭秋月(동정추월) 漁村落照(夕照(어촌낙조) 江天暮雪(강천모설)]은 조선시대에 큰 영향을 끼쳤다. 붉은 역귀 꽃이 피어있는 곳은 기러기가 내려앉는 모습 같다."

신발을 벗고 광한루에 오르니 탁 트인 사방에서 시원한 바람이 불어왔다. 넓고 두툼한 나무로 만든 바닥이 매끈매끈 닳아 나이테가 드러나 있어 세월의 흔적이 느껴졌다. 학우들이 넓은 정자에 우르르 오르니 일반 관광객들이 밀려나고 방송대 생으로 꽉 찼다. 교수님께서 사방을 내려다보며 견우와 직녀의 전설이 담긴 오작교를 비롯하여, 월매집, 완월정, 삼신산 등 여러 가지를 설명하셨다.

삼신상은 마음의 눈으로 봐야 아름다움이 보인다. 황희 정승이 세운 경기도 파주의 반구정은 자연과 하나 되니 아직도 건재하다. 이에 반해 한명회가 세웠던 서울의 압구정은 이름을 잘못지어서 지금 없어지고 말았다. 황희 정승은 눈을 아끼기 위해 한 쪽씩만 썼다는 일화도 있다. 월매집은 원본대로 복원해야한다. 원본에 보면 대문에서 안채로 들어가는 중간에 유비가 제갈량을 얻기 위해 세 번이나 찾아갔다는 삼고초려의 그림이 붙어 있고 커다란 연못도 있는 으리으리한 집으로 이 도령이 그 규모에 놀랐다 한다."

우리는 교수님이 이끄는 대로 월매집까지만 둘러보고 나왔다. 학우들은 버스에 오르기 전 각종 기념품들을 구입했다.

중식을 들기로 한 육모정은 관광객이 많아 들어가지 못하고 버스 안에서 도시락을 먹고 귀경길에 올랐다. 며칠 내린 비로 사방은 싱싱한 녹원의 세상이었다. 태양이 자글자글 끓는 한낮이었지만 복사열이 없고 간간이 구름이 엷은 막을 쳐주니 참을 만했다. 이로써 국문학과의 가장 큰 연례행사인 '2010 한마음 학술제'를 마쳤다.

국문학과를 지원한 사람은 누구든 문학에 대한 열망을 갖고 있다. 성실하게 자신의 영혼의 소리에 귀를 기울이고 고상한 감정을 길러, 이 시대를 담아내는 많은 작가가 나오리라 기대해 본다.

〈2010년, 방송대 국어국문학과 '통문'〉